HEINZ G. KONSALIK

Die schweigenden Kanäle

Buch

Dr. Peter Berwaldt ist gelungen, wovon die Menschheit träumt: Er hat ein wirksames Medikament gegen den Krebs gefunden. Doch der deutsche Wissenschaftler muß mit Entsetzen feststellen, daß eine Überdosis des Präparates zum Tod führen kann.
Als Berwaldt nach Venedig reist, um mit einem Chemiekonzern Verhandlungen aufzunehmen, ahnt er nicht, daß er sich in Lebensgefahr begibt. Ein skrupelloser Erpresser ist ihm auf den Fersen. Ein Mann, der vor nichts zurückschreckt, auch nicht vor Mord …

Autor

Heinz G. Konsalik, Jahrgang 1921, stammt aus Köln. Nach dem Abitur studierte er in Köln, München und Wien Theaterwissenschaften, Literaturgeschichte und Germanistik. Nach 1945 arbeitete Konsalik zunächst als Dramaturg und Redakteur; seit 1951 war er als freier Schriftsteller tätig.
Bis zu seinem plötzlichen Tod im Herbst 1999 schrieb Heinz G. Konsalik 154 Romane, die in 26 Weltsprachen übersetzt und mehr als 85 Millionen Mal verkauft wurden. Damit ist Konsalik der national und international meistgelesene deutschsprachige Schriftsteller der Nachkriegszeit.

KONSALIK

DIE SCHWEIGENDEN KANÄLE

Roman

PORTOBELLO

Ungekürzte Ausgabe

Umwelthinweis:
Alle bedruckten Materialien dieses Taschenbuches sind chlorfrei und umweltschonend.

Portobello Taschenbücher erscheinen im Goldmann Verlag
einem Unternehmen der Verlagsgruppe Random House GmbH

Einmalige Sonderausgabe April 2004

Taschenbuchausgabe mit Genehmigung des Hestia-Verlages, Bayreuth
Umschlaggestaltung: Design Team München
Umschlagfoto: ZEFA/Rossenbach
Druck: GGP Media, Pößneck
Verlagsnummer: 55357
An · Herstellung: Lisa Weber
Made in Germany
ISBN 3-442-55357-1
www.portobello-verlag.de

Sie stand allein in der weiten Bahnhofshalle und wußte nicht, wie es weitergehen sollte.

Um sie herum hasteten die Menschen zu den Ausgängen, rangierten die Lokomotiven, brüllten Gleisarbeiter und zogen Wolken von Ölgestank, heißen Bremsen, Staub und Ruß über sie hinweg. Sie wurde angestoßen, man trat gegen ihre Koffer, ein höflicher Mann – der einzige – sagte im Vorbeirennen: »Pardon Signorina – – – «, und dann war wieder Kreischen um sie, Quietschen, Rattern, Schreien, Pfeifen.

Das ist also Venedig, dachte Ilse Wagner. Nicht anders als auf dem Bahnhof Zoo in Berlin. Es war enttäuschend. Mag sein, daß sich außerhalb dieser tosenden Bahnhofshalle der Zauber der Lagunen ausbreitete, und daß die erste Gondel mit dem geschnitzten, bunt bemalten Kiel die Romantik herbeizauberte ... im Augenblick spürte sie nichts von der Stadt der Verliebten. Im Gegenteil, sie kam sich elend und verlassen vor, und ein wenig hilflos inmitten des lauten Lebens.

Sie hatte ein enges, hellgraues Reisekostüm an, eine Umhängetasche baumelte von ihrer linken Schulter, zwei helle braune Koffer standen neben ihr, ein Schirm lag über ihnen, denn auch in Venedig soll es Regen geben ... und sie hatte sich gefreut, als sie aus dem Zug gestiegen war, denn es war ihre erste große Auslandsreise.

Mit großen ratlosen Augen sah sie sich um. Ihre Hand fuhr durch die von der langen Reise zerdrückten braunen Locken und dann über das schmale, schöne Gesicht. Noch einmal drehte sie sich im Kreise und sah nach allen Richtungen in die weite Bahnhofshalle.

»Das ist dumm!« sagte sie laut und setzte sich auf den größeren ihrer Koffer. Ein Bahnbeamter blieb stehen, überlegte kurz, ob er etwas fragen sollte, musterte das Mädchen und entschied sich dafür weiterzugehen. Der Zug, mit dem Ilse Wagner gekommen war, rasselte aus der Halle. Der Bahnsteig war leer. Es war der letzte Zug, der hier an diesem Tage einfuhr.

Ilse Wagner nahm einen Brief aus der Tasche ihres Kostüms und faltete ihn auseinander. Nein, es war kein Irrtum.

»Sonnabend, 21.15 Uhr . . .« stand darin.

Sie blickte auf die Bahnhofsuhr. 21.30 Uhr.

»Na also«, sagte sie laut und steckte den Brief wieder ein. »Ist ja richtig – – –«

Ein wenig verärgert, aber doch mit einem Gemisch von Ratlosigkeit und einer plötzlichen unbeschreibbaren Angst, verzog sie den Mund und wartete weiter. Sie beobachtete die Abfahrt eines Zuges nach Mailand auf dem gegenüberliegenden Bahnsteig, lächelte über den temperamentvollen Abschied der Italiener, die sich umarmten, als gingen sie auf eine Weltreise, schüttelte den Kopf über das Einsteigen in den Zug, das mehr einer Erstürmung einer Festung glich und blickte dann wieder auf die Bahnhofsuhr, unruhiger, unsicher und merklich ängstlicher.

Niemand kam. Zwei Frauen begannen, den Bahnsteig zu fegen und kehrten um sie herum, Ilse Wagner vorwurfsvoll anschauend. Als es 22 Uhr war, sprang sie auf, fuhr sich mit beiden Händen durch die baunen Locken . . . aber zu mehr war sie nicht fähig. Was tun, dachte sie nur immer wieder. Mein Gott, was soll ich denn tun? Nun stehe ich in Venedig und weiß nicht, wohin ich gehen soll, was ich hier suchen soll, was das überhaupt alles zu bedeuten hat! Ob in einer Großstadt oder in einer Wüste ausgesetzt, das blieb sich jetzt fast gleich.

Noch einmal las sie den Brief durch, der sie nach Venedig gerufen hatte. Dr. Berwaldt hatte ihn unterzeichnet, aber geschrieben hatte ihn ein anderer. Es war nicht der Briefstil Dr. Berwaldts. In Berlin, als sie ihn empfing, hatte sie sich keinerlei Gedanken darüber gemacht, sondern vor Freude singend ihre Koffer gepackt. Jetzt, allein in der Bahnhofshalle von Venedig, begann diese Frage plötzlich drückend zu werden: Wer hatte den Brief geschrieben, wer hatte die Fahrkarten geschickt?

Als sie den Brief wieder in die Tasche knüllte, spürte sie, wie sich jemand hinter ihrem Rücken näherte, zögerte und dann vollends auf sie zutrat. Eine tiefe, wohltönende Stimme sagte:

»Mylady . . . ist es wirklich wahr . . .«

Der Herr sprach englisch. Ilse Wagner drehte sich schnell herum und sah einen großen, schwarzhaarigen Herrn in einem weißen

Wollanzug vor sich stehen. Er verbeugte sich und lächelte sie an, als seien sie alte gute Bekannte. Ilse Wagner schüttelte traurig den Kopf.

»Sie irren, Sir! Ich bin nicht Ihre Lady ... übrigens ein alter, dummer Trick! Ich warte – – –«

»Ah! Sie sind Deutsche?!« Der Herr lächelte stärker. Er verbeugte sich nochmals und schien sehr fröhlich zu sein. »Das wollte ich nur wissen.« Er sprach ein akzentfreies, ein wenig singendes Deutsch.

»Wieso?«

»Ich stehe hier nämlich schon eine ganze Weile und beobachte sie.«

»Sie müssen sehr viel Zeit haben, daß Sie sie so nutzlos vertun!«

»Sie sollten abgeholt werden, und keiner ist gekommen, – stimmt's?!«

»Sie sollten als Hellseher auftreten.«

»Ich bin ein weichherziger Mensch. Ich sehe, daß Sie ratlos sind. Ich kann aber keine ratlosen Mädchen sehen! Das ist eine alte Schwäche von mir.«

»Dann wenden Sie sich ab, und sehen Sie sich die Züge an – – –«

»Und Sie?«

»Ich warte weiter.«

»Auf wen?«

»Auf meinen Chef.«

»Ein vergeßlicher, unpünktlicher Herr, nicht wahr? Wie kann man ein Mädchen wie Sie warten lassen!«

Ilse Wagner hob die Schultern. Sie sah sich wieder suchend um. Der Bahnhof starb aus ... sie waren neben den beiden fegenden Frauen die einzigen, die noch auf dem Bahnsteig III standen. Ein Gefühl tiefster Verlorenheit kam in Ilse hoch. Sie schluckte mehrmals; wie ein Kloß saß ihr die Angst in der Kehle.

»Was nun?« fragte der Herr. Er war ernst geworden. Die Burschikosität, mit der er Ilse Wagner angesprochen hatte, war von ihm abgefallen. »Es muß doch etwas geschehen!«

»Aber was – – –?« sagte Ilse kläglich. »Es kommt keiner ... Ich verstehe das einfach nicht – – –«

»Wenn es auch schwer ist und ich Ihnen völlig fremd bin: Bitte, haben Sie Vertrauen zu mir. Ich heiße Rudolf Cramer, in Zürich geboren, bin Opernsänger und kein Papagallo, der auf den Bahnhöfen herumschleicht, um junge Mädchen zu fangen. Wenn ich kann, will ich Ihnen helfen.«

»Danke – – –« sagte Ilse Wagner. Sie sah Cramer von der Seite an. Ein Opernsänger, dachte sie. Aus der Schweiz. Wie soll er mir helfen? Warum ist Dr. Berwaldt nicht gekommen?

»Warum sind Sie nach Venedig gekommen?«

»Mein Chef hat mich herbefohlen. Mit einem Brief und einer fertig ausgeschriebenen Fahrkarte. Er wollte mich abholen – – –«

»Wer ist Ihr Chef?«

»Dr. Peter Berwaldt. Ein Arzt und Virusforscher. Er hat in Berlin-Dahlem ein großes Laboratorium, und ich bin seine Chefsekretärin. Wir haben 14 Angestellte, 21 Affen, 67 Meerschweinchen und 145 Ratten ...«

»Danke, das genügt!« Rudolf Cramer lächelte. »Halten Sie mich jetzt bitte nicht für den 22. Affen – – – aber ich werde nicht klug aus der Sache.«

»Ich auch nicht – – –« sagte Ilse kläglich.

»Ihr Chef holt Sie nach Venedig – – –«

»Geschäftlich! Er ist seit acht Wochen hier zu Versuchen und Besprechungen – – –«

»Aha! Nehmen wir einmal an, Ihr Chef ist verhindert ... eine unvorhergesehene Konferenz oder sonst etwas ... kurz: Er kann Sie nicht abholen!«

»Dann hätte er bestimmt jemanden geschickt.«

»Logisch! Aber es ist keiner da. Das ist die Tatsache. Wohin darf ich Sie also bringen?«

Ilse Wagner sah Cramer aus großen, braunen Augen an. Ihr Mund zitterte, und noch bevor sie sprach, hob sie hilflos die Schultern.

»Das ist es ja ... ich weiß es nicht – – –«

»So etwas gibt's doch nicht! Sie müssen doch wissen, wohin Sie gehen sollen ...«

»Nein! Bitte. Lesen Sie selbst.« Sie holte den Brief wieder aus der Tasche und hielt ihn Cramer hin. Er las ihn laut vor, und seine Stimme wurde immer verwunderter.

». . . erwarte Sie Sonnabend, 21.15 Uhr, am Zug in Venedig. Akte siebzehn und dreiundzwanzig bitte mitbringen. Ich werde am Zuge sein ...«

»Und nun stehe ich hier – – –« sagte Ilse leise.

Cramer drehte den Brief herum, nahm das Kuvert und schüttelte den Kopf. »Kein Absender – – – keine Adresse ...«

»Das ist es ja!«

»Aber wohin gingen denn alle Briefe, die Sie in den vergangenen acht Wochen sicherlich geschrieben haben.«

»Postlagernd Venedig I.«
»Das ist die Hauptpost.«
»Ja.«
»Und warum?«
»Aus Geheimhaltungsgründen ... Ich ... ich kann Ihnen das nicht erklären! Ich darf es nicht – – –«
»Großer Forschungsknüller, was?«
»Ganz großer. Dr. Berwaldt glaubt, es könne damit eine Revolution in der Carcinombekämpfung geben. Aber solange das Präparat nicht über lange Untersuchungsreihen hin erprobt worden ist, soll Stillschweigen bewahrt werden. Deshalb die Vorsicht – – –«
Ilse Wagner sah Cramer hilfesuchend an. »Was mache ich nun?«
»Zuerst werfen Sie alle Sorgen weit weg und lachen Sie! Es ist ein ungeheures Glück für Sie, daß gerade ich bei Ihnen bin!«
»O Gott!« seufzte Ilse.
»Sie werden es gleich anerkennen! Im Augenblick sind Sie wie ein in die Wildnis ausgesetztes Kind.«
»So ähnlich.«
Rudolf Cramer faßte Ilse Wagner an den Ärmel ihres Kostüms und bückte sich gleichzeitig zu den Koffern. »Avanti – – – gehen wir – – –«
Ilse stemmte die Füße fest auf den Betonboden. »Wohin denn?«
»Ins Hotel ›Excelsior‹.«
»Sie sind wohl übergeschnappt!«
»Ich wäre es, wenn ich Sie nicht ins Excelsior bringen würde.«
»Lassen Sie bitte diese dummen Reden! Was soll ich in diesem Hotel?«
»Essen, baden, schlafen, frühstücken, mich erwarten und mit mir Venedig kennenlernen – – – Ist das kein tolles Programm?!«
»Und sicherlich ist das ›Excelsior‹ das 1. Haus am Platze.«
»Natürlich.«
»So natürlich ist das nicht! Die Reisekosten nach Venedig bezahlte mein Chef. Ich stehe jetzt hier mit ganzen hundert Mark in der Tasche – – –«
»Ein Aschenputtel – – –«
»Ohne meinen Chef bin ich hier verloren! Die mir geschickte Fahrkarte war eine einfache Fahrt ... keine Rückfahrkarte! Ich ... ich weiß wirklich nicht, wie es weitergehen soll ...« Ilse Wagner sah flehend zu Cramer empor. Jetzt war sie ein kleines, verzweifeltes Mädchen. Alle Sicherheit war von ihr abgefallen. »Sie wollen mir helfen, Herr Cramer – – –«

»Ich werde nichts anderes mehr tun – – –«

»Suchen Sie meinen Chef!«

Rudolf Cramer schob die Unterlippe vor und steckte die Hände in die Hosentaschen. Es war eine so hilflose Gebärde, daß sie irgendwie beruhigend auf Ilse wirkte.

»In Venedig einen Menschen suchen, ist etwa, als wolle man den Stillen Ozean nach einer Flaschenpost absuchen. Wo soll man anfangen? Beim Postamt I? Kleines Fräulein ... wenn Sie Venedig kennen würden ... Und überhaupt wird mir die Sache immer merkwürdiger! Warum ist dieser Dr. ...«

»Dr. Peter Berwaldt ...«

»... dieser Dr. Berwaldt nicht hier? Sagen Sie mal ... was sind das für Mappen, Nummer 17 und 23?«

»Die Formeln des Präparates ...«

»Und die haben Sie bei sich?«

»Ja – – – Dr. Berwaldt hat doch nur deswegen mich nach Venedig kommen lassen – – –«

»Kinder, Kinder ... das kann ein faules Ei sein!« Rudolf Cramer sah Ilse Wagner nachdenklich an. Sein schönes, ebenmäßiges Gesicht war braun gebrannt und glänzte etwas in der Schwüle, die mit der Nacht über Venedig gekommen war. »Wo ist die Mappe?«

»Im Koffer.«

»Wir werden sie zuerst einmal in ein Bahnhofsschließfach tun.«

»Aber Dr. Berwaldt – – –«

»Wenn er ein logisch denkender Mann ist – und das muß er ja sein –wird er mir danken! Kommen Sie ... machen Sie den Koffer auf und schließen wir die Formeln sicher weg!«

Ilse Wagner zögerte einen Augenblick. Kritisch sah sie Cramer an. Nur ein ganz kleiner Kreis Fachleute wußte, wie wertvoll und revolutionierend diese Formeln waren. Cramer nickte ihr stumm zu. Da bückte sie sich, schloß den Koffer auf, entnahm ihm eine flache Kollegmappe und reichte sie Cramer. Er schob sie unter den Arm und half Ilse, den Koffer wieder zu schließen.

»So!« sagte er. »Nun weg damit! Und dann fahren wir zum Excelsior.« Er legte Ilse beruhigend die Hand auf die Schulter, als sie etwas sagen wollte. »Bitte, keinen Protest! Wir müssen jetzt ganz klar denken. Das ›Excelsior‹ ist das Domizil der sogenannten ›großen Welt‹. Man bekommt dort ein Steak für 10 Mark, das woanders 3 Mark kostet ... und auch nicht besser ist. Aber es ist möglich, daß wir dort etwas über Ihren Dr. Berwaldt erfahren. Vielleicht wohnt er sogar dort.«

»Dann wüßte ich es doch!«

»Das ist wirklich alles sehr, sehr verworren!« Cramer hob die Koffer auf, klemmte den Schirm unter den anderen Arm und nickte zum Ausgang hin. »Dort sind die Schließfächer. Und wenn sich Ihr Dr. Berwaldt morgen früh auch polizeilich nicht feststellen läßt, geben wir in alle Zeitungen eine Suchanzeige. Hübsche, verlassene Sekretärin sucht ihren Chef ... es wird ein Rennen geben – – –«

»Lassen Sie doch bitte die dummen Witze ...« sagte Ilse fast weinerlich. »Wenn Sie wüßten, wie mir zumute ist – – –«

»Wir wollen zuerst einmal gut essen, gut trinken und dann gut schlafen. Morgen früh sieht Venedig wirklich wie ein Zauberreich aus ... auch für Sie! Und Ihren Dr. Berwaldt kriegen wir ... und wenn ich vierzehn Tage lang alle venezianischen Straßensänger in allen Kanälen seinen Namen singen lasse – – –«

»Halten Sie ein!« Ilse Wagner versuchte zu lachen. Aber es war ein klägliches, gequältes Lachen. »Mit hundert Mark in der Tasche – – – «

Rudolf Cramer stellte die Koffer wieder auf den Betonboden des Bahnsteiges. Sein Gesicht wechselte wieder vom Jungenhaften zum ernsten, männlich-harten Antlitz. »Ja, das wollte ich noch sagen. Fassen Sie es bitte nicht als unverschämt auf, sondern als echtes Hilfeangebot: Bis Sie Ihren Chef wiederhaben, seien Sie mein Gast – – –«

Ilse zögerte einen Augenblick. Ihre augenblickliche Lage war verzweifelt. Außerdem empfand sie Angst vor all den Unerklärlichkeiten, denen sie jetzt gegenüberstand. In dieser Lage war es ein Trost, eine Hilfe wie Rudolf Cramer neben sich zu haben. Ein Mann, zu dem sie Vertrauen hatte, ohne sagen zu können, wie sie zu diesem Vertrauen kam. Er hat blaue Augen, dachte sie plötzlich. Schwarze Haare und blaue Augen ... welch ein Kontrast. Waren es diese Augen ... oder sein Lächeln ... oder sein ganzes Wesen, das eine Paarung von Frechheit und Logik war, von Burschikosität und Galanterie ...?

»Nur, wenn ich Ihnen später alles zurückzahlen kann – – –« sagte sie leise.

»Einverstanden! Also auf ins ›Excelsior‹!«

Sie schlossen die dünne Kollegmappe mit den Formeln in ein Schließfach. Cramer gab Ilse den Sicherheitsschlüssel mit der eingravierten Nummer.

»Nummer 178! Behalten Sie sie, wenn Sie den Schlüssel verlieren sollten ...«

»Ich werde ihn mir um den Hals hängen ...«

»Ein beneidenswerter Schlüssel – – –«

Mit großen Schritten eilte er aus der Bahnhofshalle, die hellen Koffer in den Händen bei jedem Schritt hin und her schwingend. Ilse rannte ihm nach, sich immer wieder umsehend, ob nicht doch noch Dr. Berwaldt kam. Aber der Bahnsteig lag verlassen da, menschenleer, eine Öde, die bedrückend war.

Rudolf Cramer ging einem kleinen Seitenkanal, dem Rio della Croa, zu. Mit lauter Stimme rief er in die Nacht hinein: »Gondola! Gondola!« Es war mehr ein Singen, volltönend, kraftvoll, schön. Ilse Wagner hielt den Atem an. Aus dem Dunkel des Kanals, fast lautlos, glitt eine Gondel an den Kai. Das schwarze Wasser teilte sich vor dem geschnitzten Kiel und umspielte in zierlichen Wellen das schlanke Boot. Der Gondoliere nickte zu ihnen hin und bremste mit dem langen Ruder.

Cramer warf die Koffer zuerst ins Boot, dann sprang er nach, half Ilse in die Gondel, rückte auf dem Sitz ein Polster in ihren Rücken und warf dem Gondoliere geschickt eine Münze zu. Es war ein Dollar, und der Gondoliere lachte breit.

»Excelsior – – –« sagte Cramer.

»Si, Signore ... Sofort ... oder mit Umweg ...«

»Sofort!«

Der Gondoliere nickte. Leise glitt die Gondel den schmalen Kanal hinunter und bog in den Nannaregio ein, der bei San Geremia in den Canale Grande mündet.

Der Zauber, die unwirkliche Schönheit einer venezianischen Nacht lag vor Ilse Wagner.

Leise gluckerte das Wasser gegen die Bordwand. Die mächtigen Mauern der alten Paläste raunten von fernen Jahrhunderten. Von Abenteuern und Schicksalen, von Liebe und Tod, von Größe und Vergessen ...

Es war ein Märchen, das Ilse Wagner still bestaunte, zurückgelehnt in die Polster, umrauscht von den schwarzen Wellen der Kanäle.

Plötzlich, unsagbar woher sie es empfand, hatte sie das Gefühl, glücklich zu sein.

Es war ihr, als glitten die Sorgen von ihr je näher sie dem steinernen Märchen des Dogenpalastes kamen und der Piazetta mit der schlanken Säule und dem geflügelten Löwen – – –

*

Was war aber in den vergangenen Wochen in Venedig geschehen?

Es begann in Berlin. Dr. Peter Berwaldt fuhr sich mit beiden Händen über die müden Augen und schob das Mikroskop von sich weg. Ilse Wagner saß neben ihm, das Berichtsbuch auf den Knien, vor sich eine große Tasse dampfenden, starken Kaffee. Es war drei Uhr morgens ... in dem großen Laboratorium brannte nur eine Lampe über dem Arbeitstisch.

»Nummer?« fragte Dr. Berwaldt müde.

»Versuch 794 – – –«

»Negativ – – –«

»Schade – – – Gerade der ...«

»Ein Mist ist's, Wagnerchen ... Los, packen Sie alles ein, gehen Sie ins Bett! Morgen fangen wir eine neue Reihe an ...«

Dr. Berwaldt rückte das Mikroskop wieder zu sich heran und sah noch einmal durch das Okular, ehe er den Objektträger aus der Halterung schob. Mit einem Ruck umklammerte er die Tischkante, drehte an der Scharfeinstellung, hob den Kopf, starrte Ilse Wagner an und beugte sich wieder über das Mikroskop.

»Wagnerchen ...« stammelte er. »Das ... das ... Himmeldonnerwetter ... Von wem ist das Präparat?«

»Von Leopold. Affe Nr. 17.«

»Die carcinomatöse Zelle zerfällt! Sie zerfällt! Bei Gott ... sie bricht auseinander ... Das müssen Sie sehen ... kommen Sie her! Sehen Sie sich das an!«

Dr. Berwaldt rückte das Mikroskop zu Ilse Wagner hin. Sie verstand nicht viel von Medizin. Sie war Dr. Berwaldts Sekretärin und nahm im Stenogramm auf, was er ihr diktierte. Lange hatte sie gebraucht, bis sie die medizinischen und chemischen Fachausdrücke kannte. Die gläsernen Kolben und Retorten, die zischenden Glasschlangen und Brutschränke, die langen Reihen von Reagenzgläsern, in denen Blut- und Eiterabstriche, Zellverbände und vom Krebs zerfressene Haut- und Muskelfasern in verschieden farbigen Lösungen schwammen, vor allem aber die langen Käfige der Ratten und Mäuse in der Tierstation flößten ihr Ekel und später Schrecken ein, als sie erfuhr, wie ungeheuer giftig die Präparate waren. Einmal hatte Dr. Berwaldt ein kleines Reagenzglas hochgehalten, das mit ein paar Tropfen einer wasserhellen Flüssigkeit gefüllt war.« Damit können Sie hunderttausend Menschen unheilbar krank machen!« hatte er gesagt und das Glas in einen Panzerschrank verschlossen. Seit diesem Tage berührte Ilse Wagner nichts mehr, was auf den langen Labortischen stand.

Auch jetzt beugte sie sich zögernd über das Okular. Sie sah in vielhundertfacher Vergrößerung merkwürdige, in einer bläulichen Flüssigkeit schwimmende, runde, bizarre und stäbchenähnliche Körper, die hin und her zuckten, als tanzten sie. Dann plötzlich hielten sie still, und es war, als trockneten sie unter einer heißen Sonne weg. Sie lösten sich einfach in der bläulichen Lösung auf, zerfielen und vergingen.

»Wissen Sie, was Sie da beobachten, Wagnerchen?« fragte Dr. Berwaldt mit plötzlich belegter Stimme.

»Ja – – –« stotterte Ilse Wagner.

»Das kann eine neue Zeit bedeuten!« Dr. Berwaldt lehnte sich zurück und schloß die brennenden Augen. »Wenn das da kein Einzelfall ist, wenn Gott es zuläßt ... es kann die Rettung von Millionen Menschen bedeuten ...«

»Die komischen Figuren lösen sich auf ...« sagte Ilse leise.

Dr. Berwaldt nickte mehrmals. Er legte beide Hände über die Augen und schwieg. Mein Gott, dachte er. Wenn das Wahrheit ist ... wenn das keine Täuschung ist ... wenn sich der Versuch immer und immer wiederholen läßt ... Die Krebszellen zerfallen ... Es ist einfach nicht zu fassen ...

»Los! Neue Objekte, Wagnerchen!« Dr. Berwaldt sprang auf. Die bleierne Müdigkeit fiel von ihm ab. Ich bin am Ziel, dachte er immer wieder. Ich habe selbst nie daran geglaubt ... aber nun scheint es wahr zu werden. »Kommen Sie mit zu den Tieren ...«

Ilse Wagner überwand ihren Ekel und ihre Furcht. Sie lief Dr. Berwaldt in die Tierstation nach. Die Affen kreischten auf, als sie eintraten, die Ratten pfiffen widerlich und warfen sich gegen den Drahtkäfig. Nur die Meerschweinchen schliefen, dicht zusammengedrängt, ein Knäuel kleiner Pelze.

Bis zum Morgengrauen saß Ilse Wagner schaudernd neben Dr. Berwaldt und notierte die Nummern, Abnahmestelle und die Diagnose der einzelnen entnommenen Präparate. Dr. Berwaldt arbeitete wie im Fieber. Er narkotisierte Affen und Ratten, entnahm ihnen Krebsgewebe, aus der Haut, aus den Muskeln, aus den inneren Organen, vor allem von Ratten, die er auch, bevor er sie töten mußte, vorher narkotisierte. Mit einem Objektträgerwagen voll Präparaten kehrten sie dann ins Labor zurück.

Als die ersten Mitarbeiter gegen 8 Uhr morgens im Labor erschienen, hatte Dr. Berwaldt bereits den 32. Versuch seiner neuen Reihe vollendet. In den Brutöfen lagen die in wenige, stark verdünnte Tropfen der blauen Lösung eingelegten Krebszellen und wurden unter Körpertemperatur beobachtet. Die ersten Präparate zeigten schon nach drei Stunden deutliche Zerfallerscheinungen. Es war ein Blick in eine Zukunft, vor der die anderen Mitarbeiter Dr. Berwaldts stumm und fast ergriffen standen.

Nach drei Wochen wußte man es genau: Die neue Lösung war in stärkster, mehrtausendfacher Verdünnung ein wirksames und unschädliches Mittel gegen den Zellverfall durch bestimmte Krebssorten. Es griff keine gesunden Zellen an, schädigte weder das Blut noch das Nervensystem, griff die natürlichen Körperbakterien nicht an und hatte keine Rückwirkungen auf hormonale Vorgänge. Es war, als stürzten sich die Werkstoffe lediglich auf die erkrankten, krebsbefallenen Zellen und fraßen sie einfach auf. Es bildeten sich Ödeme mit einer trüben Flüssigkeit, die man aufschnitt, die Flüssigkeit ablaufen ließ, und die schnell wieder ohne Nachwirkungen verheilten. Der Körper schwemmte die Rückstände einfach aus.

Aber noch etwas anderes entdeckten Dr. Berwaldt und seine wie in einem Freudentaumel lebenden Mitarbeiter. Etwas Erschrekkendes, etwas Grauenhaftes: Das neue Mittel war bei stärkeren Dosierungen absolut tödlich. Verdampfte man gar die Originallösung, so trat ein augenblicklicher Tod durch Lähmung des Nervensystems ein. Dr. Berwaldt beobachtete es mit 100 Ratten, die er in einen Nebel seines verdampften Präparates laufen ließ. Sie rannten in den luftdichten gläsernen Kasten, blieben stehen, als habe man sie vor den Kopf geschlagen, und fielen leblos um, ohne noch einmal zu zucken.

Dr. Berwaldt starrte ernst in den gläsernen Kasten.

»Das ... das ist grauenvoller als die größte Atombombe ...« sagte er leise. »Mit zehn Gramm kann man ganze Provinzen entvölkern ...«

Keiner um ihn herum gab eine Antwort. Sie alle spürten, daß hier, in einem unbekannten Laboratorium in Berlin-Dahlem, Tod und Untergang der Menschheit in einem kleinen, gläsernen Käfig demonstriert wurden.

Wenig später erschien der erste Aufsatz Dr. Berwaldts in einem Fachblatt. Er nannte ihn schlicht: »Versuch über die Stabilisierung und Verminderung des carcinomatösen Zellwachstums«. Einige Tabellen waren dafür gezeichnet worden, einige Fotos gemacht. Und ein kleiner Satz am Ende des Aufsatzes wies darauf hin, wie giftig das neue, noch in den Kinderschuhen der Erforschung und Erprobung steckende Präparat sein konnte.

Die Fachwelt nahm kaum Notiz von dieser Veröffentlichung. Alles, was mit Krebsforschung zusammenhängt und außerhalb der großen, anerkannten Labors und Kliniken entdeckt wird, betrachtete man mit Vorsicht, Mißtrauen und sogar wissenschaftlicher Abneigung. Der Glauben an eine Sternstunde der Menschheit war im bisher aussichtslosen Kampf gegen den Krebs verloren gegangen. Die Forschungen eines Außenseiters lockten daher nicht mehr hervor als ein mitleidiges Lächeln.

Nur ein Brief traf bei Dr. Berwaldt ein. Ilse Wagner öffnete ihn, wie sie alle Post öffnete und nach dem Wichtigkeitsgrad sortierte, ehe sie die Briefe Dr. Berwaldt vorlegte oder – bei weniger wichtigen Schreiben – von sich aus beantwortete. Diesen Brief aber legte sie zuoberst. Er kam aus Venedig und war unterzeichnet von einem Sergio Cravelli. Er lautete:

»Wir lasen mit größtem Interesse Ihre Ausführungen über das von Ihnen entwickelte neue Anticarcinom-Präparat. Ich vertrete die Interessen eines der größten chemisch-pharmazeutischen Konzerne der Welt, der eine Zweigstelle in Italien unterhält. Wir wären an einer Weiterentwicklung Ihrer wegweisenden Ideen sehr interessiert und bitten Sie um eine Kontaktaufnahme mit uns.
Wir schlagen Ihnen vor, daß sich unsere Herren von der medizinisch-wissenschaftlichen Abteilung mit Ihnen in Venedig treffen, wo wir – dessen bin ich sicher – den Rahmen für eine enge und der Menschheit fruchtbringende Zusammenarbeit abstecken können. Erwähnen darf ich noch im Namen der Generaldirektion, daß wir Ihnen alle Forschungsmöglichkeiten bieten können, unabhängig von allen Kosten, die damit verbunden sind – – –«
Dr. Berwaldt las den Brief mehrmals lange und langsam durch.

Dann rief er die in dem Brief angegebene venezianische Telefonnummer an und unterhielt sich eine Viertelstunde lang. Ilse Wagner war dabei nicht zugegen ... sie schrieb die endgültigen Formeln und Zusammensetzungen ab, die Dr. Berwaldt errechnet und ermittelt hatte. Auch den Namen Cravelli vergaß sie wieder. Ein Name mit ›i‹ am Ende, das war alles, was sie behielt.

»Ich fahre nach Venedig«, sagte Dr. Berwaldt einen Tag später. »Es kann sein, daß ich Sie dort brauche, Wagnerchen. Halten Sie sich bereit.« Er zögerte beim Hinausgehen aus dem Büro und drehte sich an der Tür noch einmal um. Sein Gesicht war ernst und nachdenklich. »Noch eins: Ein großer internationaler Konzern will unser Präparat aufkaufen und entwickeln.«

»Gratuliere, Herr Doktor«, sagte Ilse fröhlich.

Dr. Berwaldt blieb ernst. »Das kommt mir alles etwas plötzlich. Zu impulsiv für einen großen Konzern! Sie machen Angebote und kennen gar nichts! Das macht mich nachdenklich. Behalten Sie gut, Wagnerchen: Wenn ich Ihnen aus Venedig schreibe oder Sie anrufe und Sie bitte, zu kommen und die Mappen 17 und 23 mitzubringen, dann kommen Sie sofort nach Venedig und bringen zwei Mappen mit *leeren* Blättern mit!«

»Mit leeren – – –«

»Ja. Ich kann Ihnen das jetzt noch nicht erklären. Es ist eine Vorsichtsmaßnahme. Vergessen Sie nicht: Mappe 17 und 23 *leer!«*

Am nächsten Tag fuhr Dr. Peter Berwaldt nach Venedig. Ilse Wagner und der Cheflaborant begleiteten ihn zum Zug. Von Frankfurt aus wollte Dr. Berwaldt dann weiter nach Venedig fliegen.

»Gute Reise!« rief Ilse, als sich der Interzonenzug schnaufend in Bewegung setzte.

»Und viel Erfolg!« schrie der Cheflaborant. »Ich drücke beide Daumen, daß wir bald Millionäre sind – – –«

Dr. Berwaldt winkte mit beiden Armen zurück. Dann saß er, nach der ersten Kontrolle durch die Vopos, am Fenster und blickte still über das vorbeirasende mitteldeutsche Land.

Venedig, dachte er. Wird Venedig die große Wende meines Lebens sein? Werde ich endlich alle geldlichen und räumlichen Möglichkeiten erhalten, mit einem Präparat, mit meinem Präparat die Menschheit von der Geißel Krebs zu befreien?!

Dr. Berwaldt lehnte sich zurück, drückte den Knopf an das Nakkenpolster und schlief im gleichförmigen Rattern des Zuges ein. Er wurde erst wieder geweckt, als man am Zonenübergang die Pässe kontrollierte und zwei Vopos ihn an der Schulter rüttelten.

Sergio Cravelli stand auf dem Rollfeld, als die Maschine ausrollte und das Fallreep herangeschoben wurde. Er schwenkte einen riesigen Blumenstrauß und stürzte auf Dr. Berwaldt zu. Er kannte den deutschen Arzt nicht . . . aber mit dem geübten Blick eines Agenten erkannte er ihn sofort, als Berwaldt auf der Treppe erschien und sich suchend umblickte.

»Signore Dottore!« brüllte Cravelli und riß Berwaldt fast von der Treppe. »Willkommen in Italia und dem schönen Venezia! Hatten Sie eine gute Fahrt, einen ruhigen Flug, eine liebe Betreuung, haben Sie Wünsche, Beschwerden, fehlt Ihnen etwas – – –«

Dr. Berwaldt schüttelte lächelnd den Kopf. Der Wortwasserfall versiegte. Cravelli und Berwaldt sahen sich groß an. Eine schnelle, gründliche Musterung, die entschied, wie die kommenden Tage verlaufen würden.

Sergio Cravelli war ein großer, hagerer Mann Ende der Fünfzig mit einer weit ausladenden Adlernase und einem zerknitterten, pergamentähnlichen Gesicht. Die kurzgeschnittenen, ergrauten Haare gaben dem Kopf das Aussehen eines gerupften Vogels. Vor allem die Augen, die tief in dunklen, bräunlich-gelben Höhlen lagen, stießen etwas ab und verursachten wenig Sympathie. Auch die weißen Augäpfel waren gelblich, mit roten Äderchen durchzogen.

Er ist herz- und leberkrank, dachte Dr. Berwaldt. Und sicherlich lebt er nicht Diät, was er tun müßte. Man könnte Vertrauen zu ihm haben, wenn man seine Augen nicht sieht. Es ist, als sei er immer auf der Lauer. Aber vielleicht ist das der Blick aller Manager ... Berwaldt wußte es nicht.

Sergio Cravelli hatte seine Musterung ebenfalls abgeschlossen. Ein netter, lieber Mensch, dachte er. Offen und ehrlich, mit dem treuen deutschen Blick, der uns ewig ein Rätsel bleiben wird, weil er so fern aller Wirklichkeitserkenntnis ist. Ein typischer Forscher, voller Ideale und Weltverbesserungsideen. Man wird ihn mühelos auf die geplante Seite ziehen können.

»Sie werden erstaunt sein, was wir alles für Sie vorbereitet haben!« sagte Cravelli enthusiastisch.

»Ich lasse mich überraschen.« Dr. Berwaldt nahm die Blumen und klemmte sie unter den Arm. »Ihr verheißungsvoller Brief – – –«

»Madonna mia! Das war nur ein Bruchteil dessen, was Sie hier erwartet! Sie ziehen ein als Unbekannter ... und Sie werden nach Berlin zurückkehren als ein kleiner Kaiser!

Dr. Berwaldt ging auf diese Lobreden nicht ein. Ein Manager ist schon ein Superlativ von Mensch, aber ein italienischer Manager sucht noch nach einer Bezeichnung. Es gibt kein Wort dafür.

Sie gingen über das Rollfeld wie alte Freunde, passierten die Zollkontrolle, die Cravelli elegant mit einem unheimlichen Wortschwall umschiffte, und standen vor dem Fluggebäude einem riesigen amerikanischen Wagen gegenüber. Ein langer, überdürrer Herr in einem weißen Leinenanzug sprang heraus und steckte seine brennende Pfeife in die obere Jackentasche. Er hatte einen typischen amerikanischen Haarschnitt und grinste breit, als Cravelli auf ihn zusteuerte und Dr. Berwaldt vor sich herschob.

»Das ist Mr. Patrickson!« rief Cravelli. »Unser amerikanischer Repräsentant! Sie sehen, wir haben alles Ihretwegen zusammengetrommelt.«

»How?« sagte Patrickson und streckte Berwaldt die Hand entgegen. Eine dürre, knochige, kalte Hand, wie eine Mumie. »Nennen Sie mich James ... das spricht sich leichter, Sir ...«

Dr. Berwaldt hatte das Gefühl, eine Totenhand zu drücken, kalt, glatt, als läge sie, eben aus der Formalinlösung gekommen, auf dem Marmortisch der Anatomie.

»Ich freue mich«, sagte er. Es sollte ehrlich klingen, aber er glaubte nicht, daß es ihm jemand abnahm.

Sie stiegen in den riesigen Wagen und fuhren in schneller Fahrt nach Chioggia. Cravelli sprach die ganze Zeit auf Berwaldt ein, während James Patrickson lenkte. Er erzählte von dem Konzern, den Berwaldt dem Namen nach kannte und dessen Sitz in Dallas, Texas, war. Er sang eine Hymne auf das vor ihnen auftauchende Fischer-Städtchen Chioggia, auf Venedig, auf seine Frauen, auf die Nächte und auf die Ewigkeit Casanovas, dessen Geist noch immer zwischen den alten Mauern der Palazzi geisterte.

In Chioggia stiegen sie in eine weiße Motorjacht um, die ebenfalls James Patrickson steuerte. Am Bug leuchtete in goldenen Lettern der Name des Bootes. »Königin der Meere«. Berwaldt lächelte still vor sich hin. Sie verstehen ihr Geschäft, dachte er, während er sich auf dem Vorderschiff in einem blauen Sessel niederließ und Cravelli einen Apéritif mixte.

Leise summend glitt die weiße Jacht »Königin der Meere« aus dem Hafen von Chioggia hinüber nach Venedig. Das Wasser des Canale di San Marco schäumte silbern in der Sonne vor dem Kiel. Neben ihnen glitt, wie mit Gold übergossen, die Isola di San Giorgio Maggiore vorbei, vor ihnen hob sich Venedig gegen den wolkenlosen blauen Himmel ab, ein steinernes Märchen, das ihnen entgegenkam. Am Punta della Saluta bogen sie in den Canale Grande ein ... Cravelli seufzte tief, als er das Glas mit dem Apéritif hob.

»Ist es nicht ein Zauber, Signore Dottore?« sagte er schwärmerisch. »Diese Stadt! Diese ins Meer gebaute Liebeserklärung: Nur wer hier lebt, weiß wirklich, was Leben ist – – –«

»Es ist imponierend!«

»Imponierend! O ihr steifen Nordländer! Auf die Knie sollte man fallen vor soviel Schönheit! Wenn Gott nur Venedig geschaffen hätte, reichte es aus, ihn ewig anzubeten!«

Das Gewühl der Gondeln schluckte sie. In der Ferne schimmerten die runden Kuppeln von Santa Maria della Salute, unwirklich, im Dunst des Sonnentages schwebend wie eine Fata Morgana.

Im Anblick des Markusplatzes, der Piazetta und den Säulengängen des Dogenpalastes verringerte Patrickson die Geschwindigkeit und stellte schließlich den Motor ganz ab. Um die Kuppeln des Markusdomes flatterten Schwärme weißer Tauben, wie flüssiges Gold lag der Sonnenschein über Marmor und Mosaiken.

»Wir haben Ihnen eine Zimmerflucht im ›Excelsior‹ reservieren lassen, Sir«, sagte Patrickson und klopfte seine Pfeife an der Bordwand aus. »Dort liegt es.«

Er zeigte mit dem Pfeifenstiel auf einen Palast, vor dem an blauweißen Haltepfählen Gondeln mit vergoldeten Gallionsfiguren warteten. Cravelli hob wie beschwörend beide Hände.

»Darf ich Sie bitten, heute abend Gast und Star einer kleinen Gesellschaft zu sein? Wir haben einen Saal im ›Excelsior‹ gemietet. Dort werden wir Sie den Herren vorstellen. Auch Prof. Dr. Panterosi wird zugegen sein.«

»Panterosi? Der Chirurg?« fragte Dr. Berwaldt.

Er riß sich von dem Anblick des berühmten Venedigpanoramas los. Diese neue Mitteilung veränderte auf einen Schlag die vorausgeahnte Situation. Wenn Prof. Panterosi anwesend war, bedeutete dies ein akutes Interesse der Schulmedizin an den Forschungen eines Außenseiters. Eine Anerkennung Prof. Panterosis öffnete das weite Feld der klinischen Erprobungen, war ein Sieg des Präparates, war wie eine Lebenserfüllung.

Cravelli bemerkte die starke innere Erregung Berwaldts. Er goß noch ein Glas Apéritif ein.

»Da staunen Sie, nicht wahr?« rief er.

»Das hätte ich nicht erwartet«, sagte Dr. Berwaldt ehrlich.

»Sie werden staunen, was Sie alles noch erwartet!« sagte James Patrickson trocken. Er stellte den Motor wieder an, und die weiße Jacht »Königin der Meere« glitt dem Palast des Hotels »Excelsior« entgegen.

In diesem Augenblick war Dr. Berwaldt davon überzeugt, daß er einer der Glücklichsten in Venedig war.

Die Bekanntschaft mit dem großen Chirurgen Panterosi war kurz. Wie alle berühmten Männer seines Fachs hielt auch Panterosi wenig von vielen Worten. Er gab Dr. Berwaldt die Hand, eine schlanke, weiße Greisenhand mit kräftigem Druck, sah ihn mit zusammengezogenen Brauen an und sagte:

»Sie also sind der Wundermann?! Sie wollen den Stein der Weisen gefunden haben?«

»Nein«, hatte Berwaldt geantwortet. »Ich wage es nur, zu hoffen, daß man dem Carcinom in absehbarer Zeit nicht mehr so hilflos gegenübersteht.«

»Wir sind nicht hilflos, junger Mann!« Prof. Panterosi klopfte mit den Knöcheln seiner Hand gegen die Brust Berwaldts. »Wir haben die ausgefeiltesten Operationsmethoden und die differenziertesten Strahlungen – – –«

»Und trotzdem sterben jedes Jahr über 3 Millionen Menschen an Krebs . . . allein in Amerika!«

»Und Sie wollen es ändern? Haben Sie das Wundermittel?«

»Ja, Herr Professor.«

»Wieviel?«

»Eine Lösung mit 10 Milligramm Wirkstoff.«

»Wollen Sie eine Maus behandeln?«

»Es reicht für über tausend Menschen.«

Prof. Panterosi schwieg. Aber man sah seinem Blick an, daß er Berwaldt nichts glaubte. Cravelli und Patrickson standen um ihn herum und schwiegen ebenfalls. 10 Milligramm, dachte Cravelli erschrocken. Daß ich ihn nicht gleich gefragt habe, wieviel er mitgenommen hat. Das war ein grober Fehler! Was sollen wir mit 10 Milligramm anfangen?! Er sah an den Augen Patricksons, daß er das gleiche dachte.

»Ich will mich überraschen lassen!« Prof. Panterosi beklopfte wieder mit seinen Knöcheln die Brust Berwaldts. »Kommen Sie übermorgen zu mir in die Klinik. Ich habe in der Krebsforschungsabteilung drei unheilbar kranke Meerkatzen.«

»Tierversuche habe ich genug gemacht – – –«, sagte Berwaldt. Prof. Panterosi zog das Kinn an.

»Glauben Sie, ich lasse Sie auf die Menschen los?« sagte er grob. Dann wandte er sich um und ging davon. Berwaldt, Cravelli und Patrickson sahen ihm nach, bis er in der palmengeschmückten Halle des »Excelsior« im Gewimmel der Menschen unterging.

»Ein Riesenerfolg!« sagte Cravelli aufatmend. »Sie sind der erste Ausländer, der in sein Forschungszentrum darf!«

»Warum haben Sie nur 10 Milligramm mitgebracht?« fragte Patrickson.

»Es reicht vollkommen. Unverdünnt kann es einige tausend Menschen töten . . .«

»Ach so!«

Cravelli und Patrickson sahen sich schnell an. In ihren Mundwinkeln lag ein zufriedenes Lächeln.

»Gehen wir an die Bar!« rief Cravelli aufgeräumt. »In wenigen Minuten kommt Dacore der Chefchemiker unseres Konzerns. Er landete vor drei Stunden, aus Tanger kommend.«

»Aus Tanger?«

»Wir haben dort ein Entwicklungslabor, in dem Dacore gerade einen neuen Kunststoff ausbaut. Eine Kunstfaser, die von reiner Wolle nicht mehr zu unterscheiden ist. Sie sehen, wir spielen auf allen Klavieren – – –«

Cravelli lachte und schob Berwaldt zur Bar. Patrickson folgte ihnen still und nachdenklich. 10 Milligramm reichen aus für einige tausend Menschen. Welche Wirkung hat dann ein ganzes Gramm? Es ist ungeheuerlich.

James Patrickson bekam plötzlich einen trockenen Hals und bestellte sich einen doppelten Whisky mit viel Eis, den er hastig austrank.

Auf dem Marmortisch mit der Ablaufrinne lag apathisch und mit großen, glänzenden Augen ein kleines, hellbraunes Äffchen. Es war so abgemagert und schwach, daß es an keine Gegenwehr dachte. Vor ihm standen in weißen Mänteln und langen, braunen Gummischürzen einige Männer und betrachteten einige Röntgenbilder, die ein junger Arzt gegen das starke Licht der über dem Marmortisch hängenden Lampe hielt.

»Ein Magencarcinom im inoperablen Zustand«, sagte Prof. Panterosi. »Wir haben Julio vor 9 Monaten mit Krebszellen geimpft und auch die Magenwand damit präpariert. Die Ausbreitung war sehr schnell. Das Herdcarcinom metastasierte bald und bildete Töchtercarcinome in der Lunge, an den Rippen und streut gegenwärtig ins Gehirn.« Prof. Panterosi nickte kurz, der junge Assistent senkte die Röntgenbilder. »So . . . nun zeigen Sie Ihre Kunst!«

Dr. Berwaldt sah auf den kleinen, armen Affen. Er lag ruhig auf dem Marmortisch und griff zaghaft nach dem Finger, den ihm ein Wärter entgegenhielt. Hinter Berwaldt, mit weißen Tüchern zugedeckt, lagen einige Spritzen und ein rundes Glasgefäß mit einer bläulichen Flüssigkeit auf einem fahrbaren Tisch. Cravelli hatte einmal kurz das Tuch hochgehoben und die zartblaue Flüssigkeit angestarrt.

Das ist sie, dachte er. Sein Herz schlug bis zum Hals. Ein Rippenstoß Patricksons zwang ihn, das Tuch wieder über das Gefäß fallen zu lassen. Er sah sich um und blickte in die kalten Augen des Amerikaners.

»Lassen Sie das!« murmelte er. Und Cravelli nickte und trat zur Seite, hinter Prof. Panterosi.

»Für Julio genügt 1 ccm«, sagte Berwaldt und griff nach einer der kleinen Spritzen. »Ich injiziere i.v., und zwar ganz langsam, wie bei Calcium . . .«

Der Tierwärter setzte dem kleinen Affen schnell eine Maske auf das Gesicht. Nach ein paar Zügen war Julio narkotisiert . . . der junge Assistent präparierte die Vene frei und trat zur Seite.

Berwaldt zog aus dem runden Gefäß seine Spritze auf. Fast spöttisch sah ihm Prof. Panterosi zu und klopfte gegen den Glasbehälter.

»Verdünnte Tinte?« fragte er. Niemand lachte, nur Berwaldt lächelte.

»Es wäre herrlich, wenn es so einfach ginge.«

Er beugte sich über den kleinen Affen, stach die feine Nadel in die Vene, zog ein paar Tropfen Blut an und drückte dann ganz langsam die hellblaue Flüssigkeit in die Blutbahn des Tieres.

»Was nun?« Prof. Panterosi lehnte sich an die Kante des Seziertisches.

»Wir werden bei Julio dreimal injizieren. An drei aufeinanderfolgenden Tagen, das genügt bei ihm. Immer 1 ccm.«

»Und dann?«

»Dann warten wir.«

»Bis er tot ist.«

»Ich hoffe, daß er weiterleben wird.«

»Er hofft es!« Prof. Panterosi drehte sich zu den anderen um. »Haben Sie das gehört, meine Herren! Der junge Herr injiziert blaue Tinte in eine Vene, und ein inoperabler, hoffnungsloser Krebsfall soll weiterleben! Und er sagt es, als sei es selbstverständlich.« Er wandte sich zu Berwaldt um und klopfte ihm wieder mit den Knöcheln gegen die Brust. »Junger Mann, wenn die Krebsbehandlung in Zukunft so einfach wird, schließen wir die Universitäten und Kliniken und bilden nur noch Spritzengeber aus! Das ist ja lächerlich – – –«

Er wandte sich ab und verließ grußlos den Sezierraum. Der Assistent, die anderen Ärzte, Cravelli, Patrickson und auch Dr. Berwaldt sahen ihm betroffen nach.

»Er ist tatsächlich wütend!« sagte Cravelli leise. »Es ist auch unbegreifbar, was Sie da sagen, Berwaldt.«

»Ich habe selbst einige Zeit gebraucht, bis ich es begriff. Aber es wird so sein . . .« Berwaldt wandte sich an den Assistenten. Er hatte ein Pflaster über den Veneneinstich geklebt; der Tierwärter trug den Affen Julio gerade hinaus zu den Käfigkammern. »Bitte, beachten Sie eins, Kollege: Es werden sich bald unter der Haut große Quaddeln bilden, die sich zu Ödemen ausweiten. Wenn diese Ödeme prall voll sind, öffnen Sie sie, lassen die Flüssigkeit ablaufen und legen einen kleinen Drain ein, um die Abflußstellen offen zu halten. Aus diesen sich bildenen Ödemen fließen die Rückstände der zerstörten Carcinomzellen ab. Während dieser Zeit geben Sie bitte keine eiweißhaltige Kost, sondern viel Kohlehydrate, Rohgemüse und milchsaures Gemüse. Und viel Flüssigkeit! Der Körper muß regelrecht durchgespült werden.«

»Toll!« sagte Cravelli ehrlich. »Wenn das alles wahr ist – – –«

Der Assistent schrieb sich die Anweisungen Berwaldts in einem Berichtsbuch auf. Dann sah er seinen deutschen Kollegen nachdenklich an. Man sah, daß er zögerte, etwas auszusprechen, aber dann sagte er es doch.

»Der Herr Professor weiß nichts davon ... aber sollten wir nicht außer Julio auch noch andere Tiere behandeln? Ein mehrfacher Erfolg – hoffen wir es, Kollege – wird ihn eher überzeugen. Wir haben noch 92 krebserkrankte Tiere in den Ställen ...«

»Es wird auch so gehen!« James Patrickson drängte sich nach vorn. Nur 10 Milligramm hat er bei sich, dachte er. Wenn er sie alle wegspritzt, bleibt uns nichts mehr in der Hand! Unsere Versuche werden anders sein als diese lächerlichen Injizierungen. Bei unseren Interessen geht es um mehr als 1 ccm pro Tag! Wir könnten einen Liter brauchen ... oder ein Faß voll ... Es geht um andere Dinge als um Lebensverlängerung einiger Hundertausend.

»Ich halte es aber für besser – – –« sagte der Assistent. Patrickson winkte schroff ab.

»Panterosi wird sich mit diesem Demonstrationsfall zufrieden geben! Wir können ja später in größerem Maß fortfahren! Es geht hier nur darum, daß man irgendeine Reaktion sieht ... und die wird man sehen!«

»Wie Sie wollen, meine Herren!« Der Assistent hob die Schultern. »Ich wollte dem deutschen Kollegen nur behilflich sein.«

Dr. Berwaldt zögerte. Vier Heilerfolge überzeugten mehr als einer, das war klar. Die stark verdünnte Lösung reichte für viele Versuche aus. Niemand hier in diesem Kreise ahnte ja, wie ungeheuer giftig das Präparat in seiner Konzentration war. 10 Milligramm reiner Wirkstoff, verdampft auch noch, reichten aus, einige hundert Menschen zu töten.

Sergio Cravelli drängte sich vor. »Wir sollten wirklich erst den einen Versuch abwarten!« sagte er laut. »Dottore Berwaldt hat im Rahmen unserer Forschung noch Gelegenheit genug, zu demonstrieren. Gehen wir also, meine Herren – – –«

Sie verließen das Krebsforschungsinstitut ohne noch einmal Prof. Panterosi gesehen zu haben. Der Portier berichtete ihnen, der Chef habe vor einer halben Stunde ziemlich ärgerlich das Haus verlassen und sei weggefahren. Mit einem der weißen Motorboote, die die Krankenwagen ersetzten.

»Machen Sie sich nichts daraus, bester Dottore!« sagte Cravelli, als sie wieder auf dem Deck der »Königin der Meere« saßen. »Auch Panterosi wird überzeugt werden. Zunächst werden wir in den kommenden Tagen uns um unsere Interessen kümmern! *Wir* glauben an Ihre Entdeckung, des können Sie gewiß sein!«

Dr. Berwaldt nickte dankbar, aber er sagte nichts. Er starrte auf das schmutzige Wasser, das aus den dunklen und lichtlosen Seitenkanälen in den Canale Grande floß. Obstschalen, Papier, Schmutz, Kot und tote, aufgequollene Ratten klatschten gegen die alten Kaimauern, als die Wellen ihres Motorbootes das Wasser aufwühlten.

Venedig kam ihm plötzlich nicht mehr so leuchtend vor. Die Märchenfassade blätterte ab. Auch im Paradies ist der Alltag der gleiche wie überall auf der Welt. Mißtrauen, Kampf, Anfeindungen ... nur die Umgebung war eine andere.

»Einen Hunger habe ich!« sagte Cravelli und rieb sich den Leib. »Vor allem nach diesem muffigen Loch von Seziersaal! Madonna mia, wer sein ganzes Leben dort verbringen muß ...«

Dr. Berwaldt entschuldigte sich, als sie wieder im Hotel »Excelsior« waren. Er ging auf sein Zimmer, bestellte eine Karaffe Orangensaft und legte sich aufs Bett.

Berwaldt atmete tief auf und verschränkte die Arme im Nacken. Er starrte gegen die stuckverzierte Decke, über die Sonnenkringel wie goldene Spiralen krochen.

Cravelli, Patrickson und ihr Konzern ... sie können mir alle Türen aufstoßen. Hinter ihnen steht ein unermeßliches, internationales Kapital. Mit ihrer Hilfe kann ich alle Zweifel zerschlagen, dachte er. Ich werde auf ihre Vorschläge eingehen – – –

So schlief er ein, von der Hitze ermüdet und von den neuen Eindrücken besiegt.

In Venedig flammten die Lichter auf, glänzten die Hotelpaläste, schaukelten die Laternen der Gondeln an den geschnitzten Bugen und den mit seidenen Schirmen überspannten Sitzen. Markusplatz, Dom, Dogenpalast, Piazzetta und Markussäule lagen im gleißenden Scheinwerferlicht. Weit in der Ferne, unter einem milchigen Mond, schimmerten die Kuppeln von Santa Maria della Salute.

Man hielt den Atem an vor soviel Schönheit . . . und man vergaß, daß hinter dem Zauber die engen, schmutzigen, dunklen, stinkenden Wasserwege lagen, die schweigenden Kanäle, die niemand sah und sehen wollte.

Julio, das winzige, sterbende Äffchen, lebte am nächsten Tage noch. Und am übernächsten Tage atmete es auch noch und fraß tapfer das rohe Gemüse und trank, von Durst geplagt, zwei große Flaschen voll milchsaurem Gurkensaft.

Was niemand wußte und der Assistent auch für sich behielt: Prof. Panterosi selbst machte die beiden anderen Injektionen bei Julio. Dann verließ er wortlos wieder die Sezierstation.

In diesen Tagen hatte man Dr. Berwaldt in das Haus Sergio Cravellis eingeladen. Es lag am Canale Santa Anna, einem jener alten, düsteren Seitenkanäle, die kein Fremder kennt und in denen die Jahrhunderte an den Fassaden kleben geblieben sind. Auch Cravellis Haus – Palazzo Barbarino – war ein verwittertes, hohes Steingebilde mit einer Renaissance-Fassade, mit Löwenköpfen verzierten Balkonen und einer Anlagetreppe, deren Geländer aus eisernen Schlangen bestand. Träge und schmutzig schwappte das Wasser über die Stufen, die einmal leuchtend weißer Marmor gewesen waren.

Es war ein weiträumiges, tiefes Haus mit Gängen, überbrückten Innenhöfen, unter dem Wasser liegenden Kellern und plötzlich aufsteigenden, teppichbelegten Freitreppen. Ein Unbekannter mußte sich in diesem Palazzo Barbarino verlaufen . . . es war ein Irrgarten von Zimmern und Gängen, vor dem selbst der oft zu Gast weilende Patrickson kapitulierte.

Hier hauste Sergio Cravelli, und wer ihn in diesem Palast sah, glaubte wirklich, in die Renaissance zurückversetzt zu sein.

In der Bibliothek des Palazzo Barbarino, umgeben von bis zur Decke reichenden, geschnitzten Regalen, in denen tausende Bücher verstaubten, saß James Patrickson vor einem alten, riesigen Globus und trank Whisky. Cravelli telefonierte.

»Er ist weggefahren!« sagte er, als er den Hörer wieder auflegte. »Er hat sich eine Gondel gemietet und wollte hinüber zur Madonna.«

Patrickson trank in kleinen, schnellen Zügen seinen Whisky aus. Dann wischte er sich mit dem Handrücken über den Mund und zog die Nase kraus.

»Wir müssen heute abend endlich weiterkommen, Sergio!« sagte er hart. »Diese dumme Inszenierung mit dem senilen Panterosi ist zum Kotzen! Verdammt noch mal ... es geht um andere Dinge! Was interessiert uns, ob er Krebskranken auf die Beine hilft?!«

»Immerhin ist es ein nettes Nebengeschäft.« Cravelli drehte den alten Globus und ließ seine Finger über die Welt gleiten. »Auf der einen Seite können wir Millionen machen mit einem Anticarcinommittel ... auf der anderen Seite – – –« Er schwieg und sah Patrickson sinnend an. »Die Möglichkeiten sind gar nicht ausdenkbar!«

»Ich denke an sie«, sagte Patrickson trocken. »Die Spitze der Menschheit wird aus zwei Köpfen bestehen.«

»Ist das nicht ungeheuerlich?!«

»Wie man's nimmt! Mich macht es glücklich.«

»Und wenn wir uns verrechnen?«

»Das ist nicht mehr möglich! Deshalb muß heute abend eine Entscheidung fallen! Die dämlichen 10 Milligramm, die er mitgebracht hat, soll er nicht an Affen verplempern! Hat er überhaupt die Formeln mit?«

»Ich habe nicht danach gefragt. Er ist mißtrauisch.«

Patrickson goß sich ein neues Glas Whisky voll. Sinnend starrte er in die goldgelbe Flüssigkeit.

»Wenn er die Formel nicht bei sich hat ...«

»Dann wird er sie holen!«

Patrickson sah Cravelli fast mitleidig an. Seine Augen strahlten dabei aber eine Kälte aus, daß Cravelli unwillkürlich die Schultern zusammenzog, als friere er.

»Als ob er zurückkäme, wenn er Venedig wieder verlassen hat – – – «

»Aber ohne Formel ... nur mit 10 Milligramm ...« Cravelli schob die Unterlippe vor.

»Wir werden heute abend weitersehen.« Patrickson lächelte wieder. »Es gibt bei allen Menschen eine Grenze der Widerstandskraft ... physisch und psychisch! Auch Berwaldt hat sie. Es wird an uns liegen, sie zu finden ... und so schonend wie möglich – – –«

Sergio Cravelli nickte. Jetzt fror er wirklich und drehte sich zu den hohen Bücherwänden um, um Patrickson nicht ansehen zu müssen.

*

Im großen Saal des Palazzo Barbarino war eine Festtafel gedeckt. Zwei Diener in schwarzer Livrée bedienten lautlos von silbernen Tellern, Platten und Schüsseln. Nur vier Personen saßen an dem mit weißem Damast gedeckten langen Tisch, auf dem drei vierarmige, vergoldete Leuchter mit dunkelvioletten Kerzen standen, deren Licht über die geschliffenen Gläser und Karaffen zitterte: Sergio Cravelli, James Patrickson, Dr. Berwaldt und ein kleiner, dicker, schwarzlockiger ungeheuer kurzsichtiger und lebendiger Mann: der Chemiker Tonio Dacore, der aus Tanger herübergeflogen war. Durch seine dicken, geschliffenen Brillengläser sah er während des Essens öfter zu Dr. Berwaldt hinüber, ihn musternd und wie einen Gegenstand, den man kaufen will oder der zur Versteigerung angeboten wird, abschätzend und taxierend.

Cravelli hatte ihn mit den Worten vorgestellt: »Hier treffen zwei Genies aufeinander: Dottore Berwaldt... Dottore Dacore. Aus dieser Begegnung müßte so etwas wie eine Sternstunde der Menschheit entstehen!«

Man hatte sich höflich begrüßt, die Hand gedrückt und ein paar allgemeine Worte über die Schönheit Venedigs gewechselt. Dacore berichtete von Tanger. Die Kunststoff-Forschung mache gute Fortschritte. In ein paar Jahren würden alle Menschen nur noch Stoffe aus der Konzernretorte tragen.

»Weich wie Merinowolle ist die Faser!« sagte Dacore. Seine Äuglein glitzerten unter den dicken Brillengläsern. »Und zehnmal zerreißfester. Wir haben sie zwei Monate in konzentriertes Salzwasser gelegt ... Ergebnis gleich Null! Der Stoff wurde getrocknet, gebügelt und sah wie neu aus der Webmaschine gekommen aus!«

»Ein Riesenerfolg!« rief Cravelli und prostete nach allen Seiten mit einem Glas dunkelrotem Marsala. Dacore winkte mit beiden Händen ab.

»Noch nicht! Noch nicht! Eine unangenehme Eigenschaft hat die Faser immer noch ... aber das bekommen wir auch weg!«

»Und das wäre?« fragte Patrickson uninteressiert.

»Die Faser erzeugt auf der menschlichen Haut eine leichte Allergie. Wo sie längere Zeit aufliegt, beginnt es zu jucken!«

»Großartig!« schrie Cravelli gutgelaunt. »Die erste Produktionsserie beginnen wir mit Damenschlüpfern!«

Tonio Dacore wieherte laut. Patrickson verzog schief den Mund, Berwaldt lachte mit. Nichts an der fröhlichen Männerstimmung verriet, daß im Hintergrund eine endgültige Entscheidung lauerte. Zehn Meter von ihnen entfernt war etwas vorbereitet, von dem Dr.

Berwaldt nichts ahnte. Cravelli hielt es für übereilt, aber Patrickson hatte keine Geduld. So ruhig er nach außen hin wirkte, so wild hatte ihn ein Rausch im Inneren erfaßt, wenn er die Möglichkeiten überdachte, die ihm Dr. Berwaldts Entdeckung erschließen konnte.

Nach dem Essen und einer Zigarre mit Mokka erhob sich denn auch Patrickson als erster und zog seinen Rock gerade.

»Zur Sache«, sagte er mit der Nüchternheit der Amerikaner. »Gehen wir, meine Herren.«

Cravelli ging ihnen voraus, über einen Flur, über eine Treppe, durch einen glasüberdachten Innenhof, wieder durch eine Diele ... Berwaldt gab sich größte Mühe, den Weg zu behalten, aber es gelang ihm nicht. Der Grundriß des Palazzo Barbarino mußte wie der eines Labyrinthes sein.

Cravelli blieb vor einer dicken, geschnitzten Tür stehen, zog einen Sicherheitsschlüssel aus dem Rock und schloß auf. Lautlos schwang die Tür nach innen auf. Ein großer, heller Raum lag dahinter, eingetaucht in die Strahlenbündel großer Neonlampen. Er war fensterlos, aber ein leises Rauschen verriet eine gut arbeitende Klimaanlage. Auf langen, breiten Tischen waren alle Geräte aufgebaut, die ein vollkommen eingerichtetes Labor brauchte.

Dr. Berwaldt blieb erstaunt stehen. »Das ist eine Überraschung! In einem Renaissance-Palast ein Labor von morgen – – –«

»Hier werden unter Ausschluß aller anderen Mitarbeiter die ganz großen Konzernpatente demonstriert und in der Retorte zu Ende geführt«, sagte Patrickson. Er ging voraus in den blitzenden Raum und machte eine alles umfassende Handbewegung. »Das alles steht auch Ihnen zur Verfügung, Doc Berwaldt!«

»Wozu?«

Berwaldt trat in das Labor. Die schwere Tür schloß sich hinter ihnen. Sergio Cravelli wischte sich über das Raubvogelgesicht.

»Ja, wozu?« fragte er zurück und sah dabei Patrickson an. Der Amerikaner schob die Unterlippe vor.

»Zur Forschung!«

»Die Entwicklung meines Präparates ist aus dem Stadium des Labors heraus! Es geht mir jetzt um die Auswertung – – –« Dr. Berwaldt ging die Tischreihen entlang. Es fehlte nichts. Die kompliziertesten Meßinstrumente waren vorhanden, sogar ein kleines Elektronenmikroskop stand in einem durch Glaswände abgeteilten Winkel des Raumes.

Cravelli war der erste, der die Sekunden der unerträglichen Spannung überbrückte. Er lachte plötzlich und nickte mehrmals.

»Natürlich geht es um die Auswertung. Aber ehe wir etwas auswerten, müssen wir erst sehen, *was* wir da kaufen. Ich schlage vor, daß die Herren Berwaldt und Dacore uns einige Experimente zeigen.« Er zeigte auf eine Tür im Hintergrund des großen Labors. Sie war, wie ein Eisschrank, durch einen großen Hebel gesichert. »Wenn Sie Tiere brauchen . . . dort haben wir alles!«

In der folgenden Stunde verwandelte sich der helle Raum in einen kleinen Hörsaal. Berwaldt hielt einen Vortrag über die Zeit der Suche und der Entwicklung, legte Bildserien vor und Berechnungen. Tonio Dacore ließ unterdessen in einen großen Glaskasten, der luftdicht verschlossen werden konnte, hundert weiße Mäuse laufen. Es war ein ähnlicher Kasten wie in Berwaldts Berliner Labor, in dem er die ungeheure Giftigkeit des Präparates bewiesen hatte.

Geduldig hörten Cravelli und Patrickson dem Vortrag zu. Erst bei dem Punkt der Gasgiftigkeit wurden sie lebendiger.

»Man riecht es nicht?« fragte Cravelli leichthin.

»Nein. Es ist völlig geruchslos.«

»Man sieht es nicht?« fragte Patrickson.

»Im Labor ja. Aber wenn wir – angenommen – größere Mengen in die freie Luft verdampfen, löst sich der Nebel auf, ohne daß die Giftigkeit nachläßt. Man atmet das Gas ein wie normalen Sauerstoff und ist in kürzester Zeit gelähmt.«

»Schrecklich!« sagte Patrickson. Aber es klang fast wie ein Jubelruf.

»Und das machen Sie uns jetzt vor?«

»Ungern.«

Berwaldt sah auf die vorbereiteten Mäuse. Dacore stand über den Glaskasten gebeugt und warf durch die noch offene runde Abdeckung kleine Brotstückchen in die weißen Pelzknäuel.

»Es würde uns sehr interessieren – – –« sagte Cravelli plötzlich heiser.

»Wie Sie wünschen.« Berwaldt trat zögernd neben den Glaskasten. Er schloß eine gläserne Schlange, die fest mit einem Erlemeierkolben verbunden war, an die runde Öffnung an. Dacore kontrollierte den festen und luftdicht schließenden Sitz der Gummimanschette und nickte zufrieden. Durch einen ebenfalls mit einem Gummi abzuschließenden Einguß schüttete Berwaldt einige ccm seiner hellblauen Flüssigkeit. Dann knipste Dacore den Bunsenbrenner an und schob die kleine, zischende Flamme unter den Kolben.

Schon nach wenigen Augenblicken begann die Flüssigkeit zu brodeln. Sie kochte, entwickelte einen leicht bläulichen Dampf und verdunstete schließlich völlig. Der Dampf zog wie ein Nebel durch die gläserne Schlange und breitete sich in dem Glaskasten aus. Schon bei dem ersten, kaum sichtbaren Nebelschleier wurden die Bewegungen der Mäuse still. Es war, als lauschten sie auf ein nur ihnen vernehmbares Geräusch. Dann – als sich der Nebel vollends über sie senkte, fielen sie ohne weitere Regungen um.

Patrickson, Dacore und Cravelli starrten fasziniert auf die toten Mäuse.

»Drei Sekunden – – –« sagte Patrickson. Er hielt eine Stoppuhr in der leicht bebenden Hand.

»Und was nun?« Dacore trat zurück. »Wie beherrschen wir das Gas? Was machen wir jetzt mit ihm?«

»Das eben weiß ich noch nicht!« sagte Berwaldt hart.

Cravelli sprang auf. In seinen Augen lag blankes Entsetzen.

»Das ... das wissen Sie noch nicht?« Er zeigte auf den Glaskasten, in dem man keinen Nebel mehr sah. »Was ... was geschieht damit ...«

»Das wäre eine neue Forschungsaufgabe. Ich möchte es nicht darauf ankommen lassen, das Gefäß an die Luft zu tragen und zu öffnen!« Berwaldt setzte sich neben den Glaskasten mit den toten Mäusen. »Die hier erzeugte Menge Gas genügt, um hundert Menschen zu töten – – –«

»Und Sie wissen nicht, was Sie jetzt mit dem Gas tun sollen?« schrie Cravelli.

»Nein.«

»Was haben Sie denn in Berlin getan?«

»Ich habe meinen Glasbehälter, so, wie er war, drei Meter tief vergraben und einen Meter dick mit gemahlener Kohle zugedeckt. Außerdem habe ich das Gefäß in einen Zinnkasten gestellt, den wir zulöteten.«

»Mein Gott ... dann tun Sie es doch jetzt auch! Dacore, helfen Sie ihm, das Teufelszeug aus dem Haus zu bringen.« Cravelli rang die Hände und war bis zur Tür zurückgewichen. Patrickson saß noch immer sinnend auf seinem Stuhl und starrte an die Decke.

»Man sollte vielleicht aus der chemischen Konstruktionsformel etwas erkennen können. Für jedes Gift gibt es ein Gegengift. Dacore ist ein hervorragender Chemiker. Wenn wir einmal alle Formeln durchgehen ... natürlich wird es wochenlange Arbeit kosten ...«

»Ich habe die Formeln nicht bei mir«, sagte Berwaldt.

Patrickson sah kurz zu ihm hin.

»Warum nicht?«

»Ich betrachtete unsere Zusammenkunft als eine Art Vorbesprechung.«

»Dann hat sich Signore Cravelli in seinem Schreiben unglücklich ausgedrückt. Wir wollen einsteigen, Doc! Mit allen Mitteln unseres Konzerns! Mit 25 Millionen Dollar!«

Dr. Berwaldt verschlug es einen Augenblick die Sprache. Über 100 Millionen DM, dachte er, ehrlich erschrocken. Sie werfen hier mit Zahlen herum, die unwahr klingen.

»Soviel wird die Weiterentwicklung nicht kosten ...« sagte er stockend.

Patrickson lächelte breit. »Weiterentwicklung? Wir verstehen uns falsch, Doc. Wir bieten Ihnen, über einen Zahlraum von 5 Jahren hinweg, 25 Millionen Dollar ... für Sie allein! Als Ankaufssumme für Ihr Präparat!«

Berwaldt sprang auf. »Das ist doch ein Witz, Mr. Patrickson!« rief er.

»Ich scherze nie mit Zahlen ... dazu sind sie zu ernst und gegenwärtig! Wenn Sie uns die Formeln bringen, machen wir den Vertrag, und 5 Millionen Dollar als erste Rate zahlen wir Ihnen aus! Allerdings gehen dann auch alle Rechte an uns über!«

Dr. Berwaldt schwieg. Irgendein unbestimmbares Gefühl hinderte ihn, sofort Ja zu sagen. Es war so stark, daß es sogar seine Freude dämmte, ein hundertfacher Millionär werden zu können. Patrickson verstand das Zögern anders. Er nickte und schlug sich auf die Schenkel.

»Sie sind ein cleverer Bursche, Doc! Also gut: 25 Millionen und dazu 5 % vom Umsatz! Soviel kann ein Mensch allein gar nicht ausgeben! Wie alt sind Sie jetzt?«

»Siebenundvierzig Jahre«, sagte Berwaldt heiser vor Erregung.

»Wenn es gut geht, leben Sie noch dreißig Jahre. In diesen dreißig Jahren wird es für Sie keine unerfüllbaren Wünsche mehr geben!«

Berwaldt atmete tief. Es war ihm, als verdünne sich die Luft in dem strahlenden Labor.

»Bitte, haben Sie Verständnis, wenn ich nicht sofort zugreife. Ich komme mir vor wie ein Zirkusbesucher, der sich auf das Seil eines Seiltänzers verirrt hat – – –«

»Aber *Sie* werden auf einen goldenen Berg fallen!«

Tonio Dacore wusch sich im Hintergrund die Hände. Er war der einzige, der keine innere Erregung zeigte.

»Der ganze Handel ist sinnlos, wenn wir nicht entdecken, wie wir das Gas, wenn es einmal Gas geworden ist, bändigen können!«

»Wozu?« Berwaldt sah sich im Kreise um. »Wir wollen doch kein Giftgas entwickeln, das Millionen Menschen töten kann, sondern wir wollen doch ein zytostatisches Therapie-Mittel auf den Markt bringen!«

»Das schon! Wenn aber bei der Fabrikation ein Unglück entsteht ... wenn durch einen dummen Zufall etwas verdampft ...« Patrickson hatte sich so in der Gewalt, daß er Berwaldt wie verzeihend anlächeln konnte. »Wir müssen an alles denken, mein Lieber! Wer soll Ihnen die 25 Millionen zahlen, wenn wir alle im Gas umfallen? Ich halte es für das beste, sofort an dieses Problem zu gehen.«

Dr. Berwaldt nickte. Was Patrickson sagte, war logisch. Und doch hielt ihn eine innere Abwehr ab, sofort zuzugreifen. Es war ihm alles zu glatt gegangen, zu unkompliziert, zu »filmisch« fast. Man warf mit unwahrscheinlichen Zahlen um sich und kannte von ihm und seinem Präparat nichts weiter als einen Fachzeitschriften-Artikel, einen Versuch bei Prof. Panterosi, einen Vortrag und eine Demonstration der ungeheuren Giftigkeit. Dafür 25 Millionen Dollar zu bieten, kam Berwaldt merkwürdig vor.

Ich muß Zeit gewinnen, dachte er. Einen kleinen Abstand von den Eindrücken, die mich jetzt noch überwältigen. Vor allem ist es notwendig, sich über diesen internationalen Konzern zu erkundigen. So freundlich Patrickson und Cravelli waren, soviel Reichtum sie demonstrierten ... Berwaldt schien es, als müßten die Repräsentanten eines solchen Konzerns anders aussehen. Wie sie aussehen sollten, das konnte er nicht erklären ... aber anders ... irgendwie anders ...

»Ich werde nach Berlin schreiben und mir die Formelmappe schicken lassen«, sagte er. Er sah nicht, wie hinter seinem Rücken Cravelli sichtbar aufatmete.

»Und bis dahin seien Sie weiter unser lieber Gast.« Patrickson war zufrieden. In einer Woche regiere ich die Welt, dachte er.

»Gehen wir in einen gemütlicheren Raum!« sagte Cravelli. Er starrte wieder auf den gasgefüllten Glaskasten und die Gefährlichkeit, die er im Hause hatte. »Dacore kann dafür sorgen, daß dieses Teufelszeug verschwindet – – –«

»In Venedig wird man wohl kaum ein Fleckchen Erde finden, wo man es vergraben kann – – –« sagte Dacore sarkastisch.

»Dann versenken Sie es in einem der kleinen, hinteren Kanäle.

Oder besser . . . fahren Sie aufs Meer hinaus . . .«

Dacore nickte. »Ich werde alles erst in Gips und dann in Beton eingießen . . .«

Schnell verließ Cravelli das Labor und rannte fast durch die Irrgänge zurück in die Bibliothek. Auch bei seinem Rückweg verlor Dr. Berwaldt die Orientierung. Es war unmöglich, anhand einer Zeichnung die Lage des Labors festzuhalten.

An diesem Abend noch, nachdem man ihn zum »Excelsior« zurückgebracht hatte, schrieb Dr. Berwaldt den Brief an Ilse Wagner. Er legte die ausgefüllte Fahrkarte bei, die das im Hotel befindliche Reisebüro ausstellte, und gab als Absender Venedig I, postlagernd an. Er tat dies auf einen Rat Cravellis hin, auch wenn ihm die Argumentation sehr abenteuerlich vorkam.

»Wir möchten alle Konkurrenz ausschalten!« hatte Cravelli gesagt. »Wenn man weiß, wo Sie wohnen, werden andere Interessengruppen kommen. Sie tun uns einen großen Gefallen, wenn Sie bis zum Abschluß unseres Vertrages Ihre Post über postlagernd Venedig I leiten lassen . . .«

Berwaldt hatte sich darüber gewundert, aber er tat es. Er war ein in dieser Richtung etwas weltfremder Gelehrter, der die Spielregeln internationaler Konzerne nicht kannte. Es ist fast wie in einem Kriminalreißer, dachte er nur.

In seinem Schreiben an Ilse Wagner gab er die Anweisung, die Mappen 17 und 23 mitzubringen. Mappen mit leeren Blättern. Daß er Ilse Wagner überhaupt nach Venedig kommen ließ, war eine plötzliche Reaktion. Er wollte einen ihm seit Jahren vertrauten Menschen bei den Verhandlungen um sich haben, einen unbestechlichen Zeugen. Die leeren Mappen, die sie mitbrachte, waren nur eine Staffage für Cravelli und Patrickson.

Im Tresor des Hotels lag ein mittelgroßes, unscheinbares Kuvert. Berwaldt hatte es gleich am ersten Tag abgegeben.

Niemand wußte davon.

Es waren die Formeln, die 25 Millionen Dollar wert waren . . . Rettung für Millionen Krebskranke oder Untergang einer ganzen Menschheit – – –

Erst am nächsten Nachmittag kam Sergio Cravelli wieder in das »Excelsior« und holte Dr. Berwaldt zu einer Spazierfahrt mit der »Königin der Meere« ab.

Cravelli sah blaß und übernächtig aus. Seine Augäpfel waren gelber als sonst, und unter den Augen hingen dicke Tränensäcke. Er muß etwas für seine Leber tun, dachte Berwaldt. Sein Hausarzt sollte ihm alles verbieten ... Alkohol, Rauchen und Frauen! In die Berge sollte er einmal fahren und in einem Diätheim zwei Monate nichts anderes tun als sich auszuruhen und an nichts zu denken.

Es schien Dr. Berwaldt, als sei Cravelli irgendwie verstört und halte nur mit Mühe seine Fröhlichkeit aufrecht. Am Steuer der »Königin der Meere« stand auch nicht James Patrickson, sondern ein schlanker, junger Italiener in einer weißen Uniform.

»Allein? Ohne Mr. Patrickson?« fragte Berwaldt, als die Jacht durch den Canale Grande glitt und Cravelli einen Martini mit Gin mixte. Cravelli zuckte leicht zusammen.

»Signore Patrickson ist heute morgen für ein paar Tage zur Zentrale geflogen. Er hat Dacore mitgenommen. Dem Teufelskerl Dacore ist es gelungen, eine Probe Ihres verfluchten Gases aus dem Glasbehälter abzuziehen und umzufüllen. Mit diesem Muster sind sie los, um der Konzernversammlung einen Schrecken einzujagen.«

Berwaldt stellte sein Glas abrupt auf den festgeschraubten, weißlackierten Tisch. »Ich weiß nicht, was Sie an der für uns völlig nutzlosen Nebenwirkung finden, Cravelli!« sagte er laut. »Ich habe ein Präparat zur Vernichtung von Krebszellen entwickelt, kein menschentötendes Gas! Das hat sich erst durch Zufall ergeben!«

»Aber es ist nun einmal da, und wir müssen mit ihm rechnen! Natürlich ist das zytostatische Mittel vorrangig! Haben Sie die Formeln angefordert?«

»Ja. Der Brief ist schon unterwegs. Wenn alles normal geht, können die Formeln in vier Tagen eintreffen.«

»Postlagernd Venedig I!«

»Wie Sie wünschen! Obwohl ich nicht einsehe ...«

»Das werden Sie sofort, Signore Dottore.« Cravelli ließ sich in einen Sessel neben Berwaldt fallen. Die große innere Erregung schien sich bei ihm zu verflüchtigen.« Es ist klar, daß wir Ihr Labor und die Konkurrenz überwachen lassen – – –«

»So klar ist das gar nicht!« rief Berwaldt. Er wollte aufspringen, aber Cravelli hielt ihn am Ärmel fest.

»Sie wissen nicht, was Ihr unscheinbarer Artikel in der Fachzeitschrift für einen Wirbel ausgelöst hat! Es hatte ein heimliches Wettrennen begonnen ... zum Glück für uns und für Sie waren wir die ersten! Wir sind unterrichtet, daß mindestens drei Interessengruppen nach Ihrem derzeitigen Aufenthaltsort fahnden. Man hat Ihre Sekretärin unter fingiertem Namen angerufen, um es zu erfahren. Aber sie hält dicht. Ein gutes Mädchen.«

»Auf Fräulein Wagner kann ich mich verlassen.«

»Unsere Branche gilt als seriös.« Cravelli lächelte versonnen. »Aber der Kampf im Hintergrund ist der schonungsloseste, den es gibt. Wissen Sie, daß ich in Venedig nur als Grundstücksmakler bekannt bin?«

»Was?« Dr. Berwaldt starrte Cravelli ungläubig an.

»Eine Tarnung, lieber Dottore! Als Grundstücksmakler kann ich überall hinkommen, muß Reisen unternehmen, habe einen großen Interessentenverkehr. Es fällt nie auf, wenn viele Besucher kommen ... und selbst die Neugier der Nachbarn erlahmt, weil eben nichts passiert als ein ewiger Besucherstrom im Palazzo Barbarino.«

»Mir kommt das alles merkwürdig vor, Signore Cravelli ...« Berwaldt starrte auf den Lido von Venedig, an dessen Badestrand sie langsam vorbeiglitten. Ein Meer von bunten Sonnenschirmen glänzte in der Sonne, ein Gewimmel von Körpern schob sich durch den Sand und in das tintenblaue Wasser. Ein Heer nackter, schreiender Ameisen.

»Für 25 Millionen Dollar darf Ihnen schon manches unerklärlich vorkommen, Dottore!« lachte Cravelli. »Ich kann Ihnen mit Freude sagen, daß ich Ihnen heute abend den Vertragsentwurf vorlegen kann. Eine Rohfassung nur, über die wir sprechen müssen ...«

Die »Königin der Meere« machte einen weiten Bogen und kehrte nach Venedig zurück.

Im »Excelsior« holte Dr. Berwaldt einen kleinen Koffer ab. Er enthielt einige Metallkästen mit Objektträgern, auf denen in einzelnen Phasen der Zellverfall einer carcinogenen Zelle festgehalten waren. Krebszellen von Mäusen, Ratten, Meerschweinchen, Affen ... und Menschen. An Krebs gestorbenen Menschen, deren Tod posthum von Dr. Berwaldt besiegt worden war. Cravelli hatte um dieses Material gebeten, weil es dem Vertrage beigelegt werden sollte.

Es war das letztemal, daß man Dr. Berwaldt in Venedig sah.

Von dieser Stunde an verschwand er in den schweigenden Kanälen.

Und Ilse Wagner stand allein in der Bahnhofshalle, mit hundert Mark in der Tasche. Ein hilfloses Mädchen in einer großen, zauberhaften Stadt.

Daß sie mit dem Sänger Rudolf Cramer zusammentraf, war einer jener Zufälle, die zum Schicksal wurden. Aber davon ahnte damals noch niemand etwas – – –

*

In der palmengeschmückten, riesigen Halle des Hotels »Excelsior« stürzten drei livrierte Pagen auf Ilse Wagner und Rudolf Cramer und nahmen ihnen die Koffer und Taschen ab.

Während Cramer an der Rezeption mit dem Geschäftsführer verhandelte und ein Zimmer mit dem Blick auf den Canale Grande bestellte, sah sich Ilse zaghaft um. Der plötzliche Eintritt in das Vorzimmer der »Großen Welt« verwirrte sie. Die Sesselgruppen, mit Damast bezogen, die geschliffenen Marmorböden und die Marmorsäulen, die traumhaft schönen Abendkleider der Damen und der Blick in die im Hintergrund der Halle liegende Bar mit goldgerahmten alten venezianischen Spiegeln und glitzernden Muranoglas-Kronleuchtern, dieser Reichtum auf engstem Raum, das Feuer großkarätiger Brillanten an weißen Hälsen und schlanken Fingern und Handgelenken, war eine Wirklichkeit, die wie ein bunter Film vor ihren Augen vorbeilief. Als Cramer sie an den Arm faßte, zuckte sie zusammen, als habe sie offenen Auges geträumt ... aber das Bild blieb, die Musik, der Glanz, das greifbare Märchen.

»Kommen Sie. Ich habe für Sie noch ein schönes Zimmer ergaunert. In der Saison!«

Ilse Wagner blieb stehen, als Cramer sie zum Lift ziehen wollte.

»Bitte, gehen wir in ein anderes Hotel«, sagte sie leise. »Hier gehöre ich nicht hin. Hier falle ich auf – – –«

»Das mag sein!« Cramer gab einem Boy einen Wink. Die Koffer wurden weggetragen. »Sie werden auffallen, weil Sie die Schönste sind – – –«

»Jetzt reden Sie wieder Dummheiten!«

»Sehen Sie sich doch genau, bitte.« Rudolf Cramer machte eine weite Handbewegung. »Was Sie hier bewundern, sind auch nur Menschen. Weiter nichts. Sie lagen wie Sie in nassen Windeln und werden wie Sie in einem engen Holzkasten liegen, zwei Meter Erde über sich. Was dazwischen liegt, das sogenannte ›Leben‹, sollte Sie nicht faszinieren! Diese Menschen hier haben das große Glück, ihren Neigungen leben zu können. Teils aus eigener Kraft, teils, weil sie reiche Väter oder Mütter hatten. Dieser ganze Zauber ist mit einer Hand zu greifen ... ein Abendkleid, ein bißchen Schminke und Puder, ein selbstbewußtes Lächeln auf den rotgeschminkten Lippen, ein hoheitsvoller Gang, eine zur Schau getragene Unnahbarkeit, die anreizend wirkt ... und auch Sie, Ilse Wagner aus Berlin-Dahlem, werden von diesen Weltenbummlern nicht zu unterscheiden sein.«

Ilse Wagner lächelte schwach. »Das alte Spiel von ›My fair Lady‹, dem Aschenputtel im goldenen Kleid.«

»Sie werden in einer Stunde anders sprechen. Sie kennen noch nicht die Zauberformel Venedigs: Alles in meinen Mauern ist Glück! Von Ihrem Zimmer aus werden Sie es sehen – – – Sie haben Nr. 81.«

Mit einem leise surrenden Lift fuhren sie nach oben. Ein Boy riß die Tür auf und begleitete sie bis zur Zimmertür. Cramer schloß auf und ließ Ilse Wagner zuerst eintreten. Es war ein großes, mit weißen, goldverzierten Möbeln eingerichtetes Zimmer. Über dem Bett schwebte ein Baldachin aus Tüll und Seide. Eine große Flügeltür führte auf einen Balkon.

»Sehen Sie erst, ehe Sie sprechen ...« sagte Cramer leise in ihr Ohr. Sie nickte, preßte die Hände auf das Herz und trat langsam hinaus auf den Balkon.

Breit und im Widerschein tausender Lichter schimmernd lag der Canale di San Marco vor ihr. Rechts mündete der Canale Grande, und dort, wo die beiden großen Wasserstraßen verschmolzen, auf der Punta della Salute, glitzerten schwach die Kuppeltürme von Santa Maria della Salute, der Märchenkirche von Venedig. Weit in der Ferne, eingehüllt in einen Lichtnebel, lag die Laguna viva mit dem berühmten Lido und dem Litorale di Malamocco. Die Inselkirche San Clemente hob sich schwarz gegen den fahlen Himmel ab. Nur wenige wußten, daß sich hinter ihren prächtigen Mauern das Grauen verbarg ... die Irrenanstalt des Paradieses Venedig.

»Herrlich ...« flüsterte Ilse Wagner und lehnte sich gegen das schmiedeeiserne Gitter des Balkons. »Wunderschön ... Es ist ein Märchen ... Man möchte träumen und nie mehr erwachen – – –«

Da sie keine Antwort erhielt, drehte sie sich um.

Sie war allein. Unbemerkt war Rudolf Cramer gegangen.

Nach dem Auspacken badete sie. In dem großen Spiegel der fast die ganze Wand des Badezimmers einnahm, sah ihr ein schmales, müdes, bleiches Gesicht entgegen. Es erinnerte sie daran, warum sie in Venedig war und durch welchen rätselhaften Anlaß sie zu einer Prinzessin in einem Himmelbett geworden war.

Sie zog sich hastig an und stand dann ebenso verlassen wie auf dem Bahnhof in dem weiten Prunkzimmer. Die alte Frage tauchte wieder auf und überdeckte allen Zauber der venezianischen Nacht. Wie sollte es weitergehen? Wo war Dr. Berwaldt?

Eine Frage, auf die es für Ilse Wagner im Augenblick keine Antwort gab, nicht einmal eine Ahnung, wie es sein könnte. Vielleicht klärte sich am nächsten Morgen alles auf, und man würde herzlich lachen können über all die Sorgen, die auf einen eingestürmt waren und die zerplatzten wie eine Seifenblase.

Ilse Wagner zwang sich, daran zu glauben, daß sich morgen alle Irrtümer erklären ließen. Mit dieser Beruhigung kam ein bohrendes Gefühl in ihren Magen zurück.

Mein Gott, dachte sie. Ich habe Hunger. Ich habe seit fast 10 Stunden nichts mehr gegessen. Ich habe einen Hunger, daß ich dem ersten Kellner die Platte aus den Händen reißen könnte ...

Sie lief wieder ins Badezimmer und kämmte sich. Dadurch überhörte sie das Klopfen an der Tür. Erst, als es stärker klopfte, kam sie verwundert ins Zimmer zurück und rief: »Ja, bitte – – –«.

Ein Boy trat ein und verbeugte sich tief.

Über dem Arm trug er ein Abendkleid. Ein Zimmermädchen folgte ihm und knickste. Ihr rundes, von schwarzen Locken umkräuseltes Puppengesichtchen leuchtete.

»Bon soir, Mademoiselle ...« sagte sie. »Isch soll behilflich sein – – –«

Sie nahm das Kleid vom Arm des Boys und trug es wie einen wertvollen Schatz auf das Bett. Ein weißes Duchessekleid mit goldenen Stickereien.

»Das ist ein Irrtum.« Ilse Wagner sah mit großen Kinderaugen auf das Abendkleid. »Es gehört mir nicht. Sie müssen sich in der Zimmernummer geirrt haben.«

»O non, Mademoiselle.« Das Zimmermädchen schob den Boy aus dem Zimmer und schloß die Tür. »Isch bin Françoise. Aus Cannes, Mademoiselle. Monsieur Cramer hat misch beauftragt, alles für Sie zu tun ...«

»Aber das Kleid – – –«

»Ist bestellt für Mademoiselle.«

»Von wem?«

»Monsieur Cramer – – –« Françoise lächelte Ilse sonnig an. »Er erwartet Sie in halber Stunde unten in der Bar ... Wir müssen uns beeilen, Mademoiselle – – –«

In seinem Zimmer im 2. Stockwerk des »Excelsior« stand Cramer dem 2. Geschäftsführer des Hotels gegenüber. Der kleine, schlanke, schwarzlockige Italiener trug einen Cut und Lackschuhe, er sah feierlich aus und stand leicht nach vorn geneigt da, als wolle er jeden Augenblick einen neuen Diener machen.

»Signore bestanden darauf, daß ich selbst komme? Eine besondere Beschwerde? Es täte uns leid, wenn Signore – – –«

»Ich suche einen Mann!« sagte Cramer langsam.

»Wie bitte?« Die flinken Augen des Geschäftsführers erstarrten. Dann musterten sie Cramer. Nein, betrunken ist er nicht, dachte er. Wir haben Signore Cramer noch nie betrunken gesehen, und immerhin kommt er seit 11 Jahren jedes Jahr mindestens einmal in das »Excelsior«. Ein treuer, stiller Gast, ohne absurde Wünsche wie die meisten unserer Gäste. Noch nie hat er in den 11 Jahren eine Beschwerde gehabt. O Madonna, was hat er bloß heute?

»Einen Mann vermisse ich – – –«

»Das ist sehr interessant, Signore.« Der Italiener klapperte mit den Lidern. »Was soll ich dabei tun?«

»Der Mann heißt Dr. Peter Berwaldt und kommt aus Berlin-Dahlem.«

»Dottore Berwaldt?« Der Geschäftsführer atmete hörbar auf. »Er wohnt doch bei uns!«

»Das habe ich geahnt!« Cramer trat auf den kleinen Italiener zu und zog ihm, ohne zu fragen, das dicke Gästebuch, das er unter den Arm geklemmt hatte, weg.

»Signore – das ist ein Hotelgeheimnis!« rief der Geschäftsführer. Er wollte das Buch aus Cramers Händen reißen, aber Cramer trat ein paar Schritte zurück und wich ihm aus.

»Wenn ein Mann plötzlich verschwindet, ist das nicht mehr ein Hotelgeheimnis!«

»Bei uns verschwindet kein Mann!« rief der Italiener beleidigt. »Signore Dottore ist verreist, für ein paar Tage. Er hat die Miete im voraus bezahlt und will wiederkommen. Solange reservieren wir sein Appartement! Was ist da merkwürdig?«

»Alles, mein Lieber. Ich erkläre es Ihnen gleich.« Cramer blätterte in dem Gästebuch weit zurück. Endlich fand er die Eintragung. »Hier steht es: Dr. P. Berwaldt. Berlin-Dahlem. Zimmer 8–10.«

»Es wurde telegraphisch vorbestellt.«

»Und für Ilse Wagner wurde kein Zimmer bestellt?«

»Aber nein! Sie haben doch selbst die Signorina gebracht und nur, weil wir Sie so gut kennen – – –«

»Sehen Sie, und hier wird's merkwürdig! Dr. Berwaldt hat nämlich Fräulein Wagner nach Venedig kommen lassen. Sie ist seine Sekretärin. Glauben Sie, daß man jemanden von Berlin nach Venedig kommen läßt, ohne ein Zimmer reservieren zu lassen?«

»Kaum, Signore.«

»Aber hier ist es der Fall.«

»Gelehrte sind oft vergeßlich ...«

»Lieber Direktor ... man kann einen Schirm vergessen, aber keinen Menschen! Ein Mädchen, das man mit wichtigen Dokumenten erwartet! Hier ist etwas faul!«

»Es wird sich alles aufklären, Signore.« Der Geschäftsführer streckte die Hand aus. »Kann ich unser Gästebuch wiederhaben?«

»Bitte.« Cramer reichte ihm das Buch hin. Der Italiener schob es schnell unter den Arm und klemmte es so sichtbar fest, als wolle er es ein zweites Mal mit seinem Leben verteidigen.

»Brauchen Sie mich noch?«

»Nein. Und schweigen Sie bitte über unsere Unterredung.«

Der Geschäftsführer zog ein beleidigtes Gesicht. »Ich werde doch alles vermeiden, den Ruf unseres Hauses zu stören.«

»Hoffentlich läßt es sich auch weiterhin vermeiden.« Cramer trat an das Fenster und sah hinaus auf einen der stillen, schmutzigen Seitenkanäle.

Die Tür hinter ihm schloß sich leise. Er war allein. Sinnend lehnte er die Stirn gegen die Scheibe. Der Abend, die wenigen Stunden, seit denen er Ilse Wagner kannte, zogen noch einmal an ihm vorüber. Und je mehr er darüber nachdachte, um so größer wurde eine logische Lücke: Wenn Dr. Berwaldt seine Sekretärin nach Venedig rief, war es einfach undenkbar, daß er ohne weitere Nachricht für ein paar Tage Venedig verließ! Er würde nie ein Mädchen in einer unbekannten Stadt lassen ... ohne Schutz, ohne Zimmer, ohne Geld, ohne Anweisungen. Hier stimmte etwas nicht. Ein Ereignis mußte eingetreten sein, das alle Pläne Dr. Berwaldts zunichte gemacht hatte. Ein Ereignis, das ihm sogar unmöglich machte, Nachricht zu geben!

Je länger Cramer darüber nachdachte, um so stärker wuchs in ihm ein Gedanke. Es war ein häßlicher Verdacht, aber er paßte plötzlich in das verworrene Bild und gab ihm eine Gestalt.

Hatte man Ilse Wagner nach Venedig gelockt, um sie in ein noch unbekanntes Verbrechen zu verwickeln? Wie lange kannte sie überhaupt diesen Dr. Berwaldt? Wie war sie zu der Anstellung als Privatsekretärin gekommen? Woher nahm Berwaldt die bestimmt hohen Summen für seine Forschungen, für die Unterhaltung des Labors, für die Gehälter seiner Angestellten? Als Arzt war er nicht mehr tätig ... verbarg sich hinter dem Antlitz eines stillen Wissenschaftlers die Finanzmacht einer Interessengruppe? Wer waren diese Hintermänner?

Fragen über Fragen, die Cramer plötzlich bestürmten.

Mit einem Ruck drehte er sich vom Fenster weg, ergriff das Telefon und ließ sich mit Zimmer 81 verbinden.

Eine Zeitlang mußte er warten, bis sich jemand im Zimmer 81 meldete. Es war Françoise, die kleine Zofe, die gerade einige Abnäher an dem Abendkleid angebracht hatte.

»Bittä?!« fragte sie.

»Ist Fräulein Wagner im Zimmer?«

»Ja – – –«

»Ich möchte sie gerne sprechen . . .«

»Augenblick, Monsieur – – – «

Dann sprach Ilse Wagner. Aber weiter als »Mit dem Abendkleid haben Sie – – –« kam sie nicht. Cramer schnitt ihr das Wort ab.

»Nur eine kurze Frage: Wie lange sind Sie bei Dr. Berwaldt?«

»Seit fast drei Jahren.«

»Nicht länger?!« Cramer wölbte die Unterlippe vor. »Wie kamen Sie zu ihm?«

»Ist etwas mit Dr. Berwaldt?« fragte Ilse ängstlich.

»Nein, nein . . . bitte antworten Sie.«

»Mein früherer Chef empfahl mich ihm. Er verlegte seinen Chemiebetrieb nach Südamerika, weil ihm in Deutschland die hohen Steuern ein produktives Weiterarbeiten nicht gestatteten. So kam ich zu Dr. Berwaldt.«

Cramer schüttelte den Kopf. Diese Antwort paßte nicht in das Bild, das sich bei ihm zu vollenden begann. Er wurde wieder unsicherer.

»War Dr. Berwaldt viel auf Reisen?«

»Kaum! In den drei Jahren, die ich ihn kenne, fast nie!«

»Woher hatte er das Geld, sich ein Privatlabor zu leisten?«

»Er ist sehr vermögend. Von seiner Mutter Seite her. Und außerdem stellte das Labor Fachgutachten aus, Medikamentenprüfungen, Analysen für die Industrie. Dr. Berwaldt verdient sehr gut daran.«

Wieder schüttelte Cramer fast verzweifelt den Kopf. Das alles paßt nicht zu meinen Vermutungen, dachte er. Es muß ein falscher Weg sein, den ich einschlagen wollte. Alles ist so natürlich, so offen, so einleuchtend bei diesem Dr. Berwaldt! Und plötzlich ist es anders, und er vergißt seine bestellte Sekretärin!

»Ist . . . ist etwas mit Dr. Berwaldt?« fragte Ilse Wagner wieder. Ihre Stimme zitterte deutlich.

»Nein, nein, gar nichts . . .« Cramer steckte sich nervös eine Zigarette an. »Ich dachte nur, durch diese Fragen Anhaltspunkte für das unlogische Verhalten Ihres Chefs zu finden. Es war ein Holzweg, ich erkenne es jetzt. Schade. Wir sind der Rätsellösung weiter als zuvor entfernt. Machen Sie sich bitte keine Sorgen. Wir sehen uns gleich in der Halle, nicht wahr? Auf Wiedersehen bis gleich – – –«

Er legte auf und wanderte unruhig im Zimmer hin und her.

Als ich sie auf dem Bahnsteig ansprach, hätte es ein Abenteuer werden können, dachte er. Wer konnte wissen, daß es plötzlich so tiefernst und vielleicht sogar tragisch werden konnte? Schon einmal war Venedig zu seinem Schicksal geworden ... vor zehn Jahren ... und niemand, außer einem in der Märchenstadt, wußte, warum er jedes Jahr nach Venedig kam und durch die schweigenden Kanäle fuhr, weitab des Touristentrubels auf den bunten Postkartenstraßen der Lagunenstadt. Er sprach mit niemandem darüber ... nur die Erinnerung wurde immer so stark, als seien keine Jahre verstrichen, sondern alles geschehe heute, wenn er mit einer gemieteten Gondel vor einem alten Palazzo hielt und die reich verzierte Fassade hinaufschaute.

Sollte Venedig zum zweitenmal zu seinem Schicksal werden? Und wiederum mit einem Mädchen?

Rudolf Cramer blieb stehen und starrte auf den dunklen Kanal vor seinem Fenster. Zimmer 8–10 bewohnte Dr. Berwaldt, dachte er. In seinem Appartement könnte man einen Weg finden. Es war nicht anzunehmen, daß Berwaldt alles auf seiner merkwürdigen Reise mitgenommen hatte. Wenn dies doch der Fall war, schien alles klar zu sein.

Nach einem kurzen Zögern fuhr Cramer mit dem Lift hinunter zum ersten Stockwerk, der bel etage, in der die teuersten Zimmer und Appartements lagen, die Fürstenräume und die großen Marmorbäder. Die Flure waren mit dicken, roten, handgeknüpften Teppichen bedeckt, die jeden Schritt wie Watte aufsaugten. Die Lautlosigkeit auf dieser Etage war vollkommen.

Vor Zimmer 8–10 blieb Cramer stehen und sah sich um. Dann klopfte er vorsichtshalber, obwohl er wußte, daß niemand in den Zimmern war. Nach einem kurzen Blick nach beiden Seiten des leeren Ganges drückte er die Klinke herunter und wunderte sich nicht, daß sie nachgab. Auch die zweite Innentür war unverschlossen. Schnell schlüpfte Cramer in das dunkle Appartement, schloß hinter sich die Türen und drehte dann das Licht an.

Der unvorstellbare Luxus der Einrichtung, die der eines Renaissancefürsten sein konnte, interessierte ihn nicht. Was er wahrnahm, war der leichte Geruch von kaltem Tabakqualm, Juchtenparfüm und einer Art Karbol. Die dicken Samtportieren waren vor die hohen Fenstertüren zum Balkon gezogen. Das Bett war aufgedeckt, der Schlafanzug Dr. Berwaldts in neckischer Art auf die Bettdecke drapiert ... es war alles so, als müsse jeden Augenblick der Arzt ins Zimmer kommen und sich zum Schlafen umziehen.

Mit schnellen Griffen öffnete Cramer die Schranktüren. Die Anzüge hingen korrekt auf den Bügeln, die Leibwäsche war sauber gestapelt in den Fächern, Schuhe, Strümpfe, Taschentücher und Hemden, sogar das Rasierzeug war im angrenzenden Bad. Es deutete nichts darauf hin, daß der Bewohner dieses Luxusappartements verreist war.

Im Aschenbecher des Salons lagen einige halb gerauchte amerikanische Zigaretten, ein noch nicht ausgepackter, mit Lederriemen besonders verschnürter Koffer stand zwischen Schreibtisch und Wand, der Papierkorb neben dem Tisch war mit Kuverts und zerknüllten Schriftstücken halb gefüllt.

Auch das ist rätselhaft, fand Cramer und setzte sich in den Schreibtischsessel. Jeden Tag werden die Zimmer zweimal von den Zimmermädchen gesäubert, die Aschenbecher und Papierkörbe geleert ... schon der gefaltete Schlafanzug auf dem aufgeschlagenen Bett bewies, daß vor Beginn der Nachtschicht im Hotel das Zimmer betreten worden war ... Und trotzdem lagen jetzt Zigarettenreste in den Aschenbechern und war der Papierkorb halb voll.

Es mußte jemand nach dem Zimmermädchen in dem Appartement gewesen sein! War es Dr. Berwaldt selbst? Und wenn er es war, warum hatte er seine Sekretärin nicht – wie versprochen – am Bahnhof abgeholt? Wo war er jetzt? Für die Hotelleitung war er verreist ... man hätte ihn bemerkt, wenn er das Hotel betreten hätte! Und wenn der Schlafanzug schon drei oder mehr Tage so gefaltet auf dem Bett lag, so waren doch die Zigarettenreste neu und der gefüllte Papierkorb.

Cramer hob den Papierkorb auf den Schreibtisch und leerte ihn aus. Blatt für Blatt sah er durch, Kuvert nach Kuvert ... es waren Notizen, meistens lange Zahlenreihen, von denen er nichts verstand, Formelgleichungen, chemische Berichte ... warum man sie zerknüllt und weggeworfen hatte, konnte er sich nicht erklären. Vielleicht waren es falsche Berechnungen. Auch die Kuverts waren alte Umschläge, meistens an die Berliner Adresse adressiert.

Kurz vor dem Ende des Papierberges hob Cramer ein Kuvert hoch, das vorn eine italienische Briefmarke trug. Als er es umdrehte, stutzte er, fuhr aus dem Sessel hoch und beugte sich zu der Schreibtischlampe vor, um in deren Licht besser lesen zu können.

»Sieh an!« sagte er leise. Das Kuvert in seiner Hand begann zu zittern. Er setzte sich wieder und starrte auf den Absender. »Was hat das zu bedeuten – – –«

Der Absender auf dem Umschlag lautete: Sergio Cravelli. Canale Santa Anna. Palazzo Barbarino. Venezia.

Cravelli, dachte Cramer und schloß die Augen. Was hat Cravelli mit Dr. Berwaldt zu tun? Wie kommt es zu dieser absurden Verbindung?

Er stopfte die Papiere zurück in den Korb, zögerte, warf dann auch das Kuvert dazu und verließ mit größter Vorsicht die Zimmer 8–10. Bevor er auf den Gang trat, wartete er im Dunkeln, beobachtete durch einen Spalt der geöffneten Tür den Gang und schlüpfte dann hinaus.

So wie ich hat vor mir auch jemand diese Zimmer verlassen, dachte er. War es Sergio Cravelli? Und warum?

Er fuhr mit dem Lift hinunter in die Halle, rannte durch den Palmengarten und rief schon von weitem nach einer Gondel.

An dem verwirrten Portier vorbei wirbelte er durch die Drehtür und sprang in den ersten Kahn, der vor ihm auf dem Canale Grande schaukelte.

Im Palazzo Barbarino am Canale Santa Anna gingen hinter den verhangenen breiten Fenstern die letzten Lichter aus. Die Dienerschaft tauchte in dem Gewirr der Flure und Gänge irgendwo in der Tiefe des Palastes unter, wo die Schlafräume des Personals lagen.

Sergio Cravelli wartete in der Halle. Der Butler war der letzte, der sich verabschiedete. Seine Schritte hallten eine Zeitlang wider, bis sie in der Ferne des Labyrinthes verklangen.

Trotzdem wartete Cravelli noch ein paar Minuten, bis er zurück in seine Bibliothek ging. Der große Raum wurde von zwei Stehlampen, deren seidene Schirme das Licht gedämpft ausstrahlten, nur schwach erleuchtet.

Vor dem Schreibtisch, neben dem alten Globus, saß in einem geschnitzten Sessel Dr. Berwaldt.

Aber er saß nicht wie ein Gast dort. Seine Beine und Arme waren fest an den Körper gefesselt; ein Knebel hinderte ihn, zu sprechen. Mit großen Augen starrte er Cravelli an, als dieser in die Bibliothek trat, hinter sich abschloß und um den Schreibtisch herum zu seinem Sessel ging. Im Vorbeigehen riß er den Knebel aus Berwaldts Mund und lächelte ihm nickend zu.

»Die Dienerschaft schläft. Wir brauchen nicht mehr stumm zu

sein. Wenn Sie das Bedürfnis haben, zu schreien ... bitte! Es hört Sie niemand. Aber es befreit den inneren Druck – – –«

Dr. Berwaldt schwieg. Er sah, wie Cravelli einen kleinen Medizinkasten aufklappte, eine Injektionsspritze herausnahm, eine Ampulle, die Nadel fachmännisch auf die Spritze setzte und alles auf eine Lage steriler Watte legte.

»Was soll das?« fragte Dr. Berwaldt heiser.

Cravelli beugte sich etwas vor. »Es ist eine bedauerliche Tatsache, Signore Dottore, daß wir nicht mehr miteinander reden können – – –«

»Das hätten Sie vorher wissen müssen!«

»Wer denkt daran, daß ein Mensch, dem man 25 Millionen Dollar bietet, so verrückt ist, Ideale zu haben? Ethik ist ein Zauberwort für Arme, die an ihm herumlutschen und davon satt werden ... von einer bestimmten Summe Geld ab wird es das dümmste Wort im menschlichen Sprachschatz.«

Mit einer kleinen Stahlfeile sägte Cravelli die Spitze der Ampulle ab und zog die wasserhelle Flüssigkeit in den Glaskolben der Spritze. Dann drückte er die Luft aus der Nadel und legte die injektionsbereite Spritze wieder auf die Watte zurück.

»Sie hätten sich alle Unannehmlichkeiten ersparen können, Dottore! Ich habe Ihnen Vorschläge gemacht, wie sie nicht besser sein können! Die Formel Ihres Präparates ist das Gold der ganzen Welt wert! Leider haben wir es nicht ... aber mit Ihrer Formel werden wir es bekommen!«

»Sie sind ein Satan, Cravelli! Ich möchte mit Patrickson sprechen ...«

»Der gute Patrickson.« Cravelli sah auf seine gefüllte Spritze. »Ob er wohl in den Himmel gekommen ist?«

Über Berwaldt kroch es eiskalt. Er senkte den Kopf und spürte, wie er wie im Schüttelfrost zitterte.

»Und ... und Dacore ...«

»Er wird als Chemiker leicht feststellen, daß die Milchstraße nicht aus Milch besteht – – –«

»Sie Mörder!!« schrie Dr. Berwaldt und bäumte sich auf. Cravelli lächelte nachsichtig.

»Die Stricke sind bestes Nylon, Dottore. Sie halten um so besser, je mehr sie daran zerren. Und die Bezeichnung Mörder ist etwas unglücklich. James Patrickson war ein Gauner größten Stils. Er träumte – wie übrigens auch ich – von der Weltherrschaft mit Hilfe Ihres Präparates. Aber die Welt kann nur *einer* beherrschen. Zwei sind schon zu viel, weil sie doppelt denken. Also mußte Patrickson aufgeben. Ich rechne es mir als eine große Tat an, ihn dazu gebracht zu haben.« Cravelli legte seine Hände wie schützend über die Spritze. »Und Dacore? Der gute Dacore? Daß er aus Tanger kam, war natürlich gelogen! Ein kleiner Trick. Er ist der dritte Mann gewesen, der Wissenschaftler von uns Weltregierern. Leider wollte er nach Patricksons Aufgabe an dessen Stelle treten. Sie geben zu, daß dies ein unmögliches Verlangen war . . .«

»Sie Miststück!« sagte Berwaldt aus tiefster Seele.

»Das Leben ist hart, Dottore. Siebzig oder achtzig Jahre schenkt uns die Natur, und man muß diese kurze Zeit ausnützen. Die meisten Jahre habe ich herum . . . Sie haben die Mitte überschritten . . . wir sollten uns wirklich fragen, ob es nicht für den Rest unseres Lebens gut sei, wenn wir zwei, Sie, der Erfinder, und ich, der Stratege, die Welt für uns privat aus den Angeln heben und sie regieren! Welche Möglichkeiten!«

»Meine Entdeckung sollte dem Frieden dienen! Sie wollen die Menschheit damit knechten!«

Sergio Cravelli schüttelte wie betrübt den Kopf.

»Sie begreifen es nie, Dottore. Die beste Friedenstaube ist die ohnmächtige Angst! Die Welt ist schlecht . . . Ihr Krebspräparat hätte sie nicht besser gemacht. Nur voller, ein Gedanke, der absurd ist, weil unser Lebensraum begrenzt ist. Sie besiegen den Krebs . . . aber in 100 Jahren fressen sich die Menschen gegenseitig auf! Dies zu verhindern, bin ich hier! Das ist ein großes Wort, das lächerlich wirkt, wenn man nichts in der Hand hat. Aber ich habe *Sie*, ich habe Ihr Präparat, ich habe es in meiner Hand, ganze Völker auszurotten!« Cravelli fuhr sich mit der Zungenspitze über die trocken werdenden Lippen. »Bedenken Sie doch: An allen Enden brennt unser Globus. Wo Sie hinblicken: Revolutionen, Kriege, Aufstände, Streiks, Morde, Attentate, größenwahnsinnige Nationalisten . . . das ist unsere Menschheit, die sich Gott zu Ebenbild schuf! Die Furcht vor der Atombombe läßt nach . . . man konstruiert Abwehrraketen, man kriecht unter die Erde . . . man hofft zu überleben. Und wer hofft, kennt nur noch die Hälfte der Furcht. Wie herrlich ist da Ihr Mittel! Mit 10 Gramm die Vernichtung von 20 Millionen! Alle Lebewesen, alle Pflanzen . . . hier gibt es keine Rettung mehr! Dottore – – – wir haben die Welt in der Hand!«

»Bitte stopfen Sie mir die Ohren zu, damit ich Sie nicht mehr höre . . .« schrie Dr. Berwaldt.

»Sie sind sehr unklug, Signore. Sie halten eine Weltmacht in den

Händen und träumen von Carcinomkranken. Das sind doch idiotische Träume! Jeder Staat würde Ihnen für Ihr Präparat Milliarden bieten ... nicht, um die Krankenhäuser zu leeren, sondern um mit dem Schrecken zu regieren.«

»Ich habe nie, nie – – –«

Cravelli nickte und wischte die Worte von Berwaldts Mund.

»Ich weiß, Sie haben nie daran gedacht. Aber ihre schöne Theorie vom Kampf gegen den Tod ist doch Idiotie. Kampf für den Tod ... das versteht die Menschheit! Aber Sie wollen nicht verstehen.«

»Nein!«

»Sie wissen, was Ihr Nein bedeutet?«

Dr. Berwaldt schwieg. In seinen Augen lag Trotz, aber im Untergrund schwelte die Angst. Seit Cravelli ihn in der Kabine der »Königin der Meere« niederschlug und in den Palazzo trug, fesselte und in der Bibliothek verbarg, hatte er immer nur einen Gedanken gehabt: Es ist alles sinnlos, was man redet und tut. Niemand kann mir helfen. Niemand! Denn niemand weiß ja, wo ich bin ...

Cravelli hob vorsichtig die Spritze von der Watte. Er zeigte sie Berwaldt und tippte mit dem Zeigefinger der linken Hand gegen den Glaskolben.

»Wissen Sie, was das ist?«

»Nein.«

»Curare – – –«

»Was ... was soll das ...« sagte Berwaldt tonlos.

»Es sind drei ccm. Reines Curare. Bereits ein Milligramm führt zu tödlichen Lähmungen des gesamten Organismus. Ich erzähle Ihnen da keine Neuigkeiten, Sie wissen das besser als ich. Es ist Ihre letzte Chance, Dottore.«

»Wozu?«

»Mir die Formel zu sagen. Ich bin mir nämlich durchaus nicht sicher, daß der Brief, den Sie sich aus Berlin schicken lassen, auch die vollständige Formel enthält. In Ihrem Gepäck – ich erlaubte mir, es durchzusehen – sind auch keinerlei Anhaltspunkte.«

»Ich werde Ihnen die Formeln nie sagen!« schrie Dr. Berwaldt. Es war ein letztes Aufbäumen gegen sein Schicksal. Er wollte nicht kampflos untergehen.

Sergio Cravelli wiegte den Kopf hin und her. Seine Augen waren fast traurig.

»Es tut mir aufrichtig leid, Ihnen diese 3 ccm Curare injizieren zu müssen. Aber bleibt mir etwas anderes übrig? *Mit* der Formel wären wir unlösbare Kompagnons ... so aber sind Sie eine Belastung, Dottore! Sie werden sich doch eingestehen, daß es für mich unmöglich ist, Sie jetzt noch freizulassen! Es gibt also keinen anderen Weg als Alternativen! Gut, – Sie haben eine gewählt! Ich muß Ihnen das Curare geben – – –«

Dr. Berwaldt nickte. Plötzlich war es kalt und leer in ihm. Die Todesangst fiel von ihm ab.

»Ich möchte fast sagen: Bitte, tun Sie es schnell! Ich habe ein Präparat entdeckt, das nicht entdeckt werden durfte. Ich sehe es jetzt ein. Obwohl es Tausenden helfen wird, kann es Millionen töten. Das ist kein Risikoverhältnis, das ist produzierter Mord! Es ist fast eine Erlösung, wenn Sie mich töten . . .«

Cravelli erhob sich langsam. Er legte die Spritze in die linke Hand und kam um den Schreibtisch herum auf Berwaldt zu.

»Sie sind wirklich ein Narr!« sagte er hart. »Ein Idealist wie Sie darf gar nicht leben!« Er blieb vor Berwaldt stehen und sah ihn ernst an. »Sie werden sich nicht wehren?«

»Nein! Wozu? Nützte es etwas?«

»Wie schade um solch einen Logiker!« Cravelli beugte sich zu Berwaldt und schob dessen Rockärmel hoch. Er öffnete die Manschette des Hemdes, krempelte sie hoch und legte den Finger auf die Vene.

»Intravenös?« fragte Berwaldt. »Wozu das?«

»Es geht schneller . . .« Cravelli zögerte einen Moment, dann stieß er fachmännisch die Hohlnadel in die Vene und drückte die farblose Flüssigkeit in die Blutbahn.

Bereits als er die Spritze mit schnellem Ruck wieder herauszog, atmete der Körper nur noch schwach und leise röchelnd . . .

Sergio Cravelli kam über eine enge, gewundene Treppe aus dem Keller und schloß hinter sich eine alte, mit eisernen Beschlägen gesicherte Eichentür ab, als es draußen an der Haustür laut klopfte.

Cravelli blieb stehen und steckte hastig den Schlüsselbund in die Hosentasche. Der Palazzo Barbarino hatte, obwohl modern eingerichtet, keine Hausklingel. Wie zur Zeit seiner Entstehung und seines Glanzes zierte die dicke Haustür ein großer bronzener Löwenkopf, in dessen Maul der Klopfring hing. Wenn man mit ihm gegen das Holz schlug, geisterte der Ton hohl und geheimnisvoll durch die weite Eingangshalle und rief den Butler herbei.

Cravelli sah auf seine Armbanduhr. Die Diener hatten Ausgang und kamen vor Morgengrauen nicht aus den Tavernen zurück. Außerdem war es zu spät für einen Besuch.

Cravelli zögerte und wartete in der dunklen Halle an der kleinen, eben verschlossenen Tür unter der Treppe. Wer kann es sein, dachte er. Wer klopft an ein dunkles Haus, dem man von außen ansehen muß, daß alles in ihm schläft?!

Der hohle Klang des Klopfers ließ ihn zusammenschrecken. Herrisch, laut hieb jemand draußen an die Tür. Aber dieses Mal setzte er nicht nach vier Schlägen aus, sondern mit Ausdauer krachte der bronzene Klopfring in dem Löwenmaul gegen die Eichenbohlen.

Langsam ging Cravelli auf die Tür zu. Als das Klopfen einen Augenblick aufhörte, rief er laut: »Wer ist denn da draußen?«

Statt einer Antwort klopfte es weiter. Mit einem Fluch schob Cravelli den schweren Riegel zurück und öffnete die Tür einen Spalt, um hinauszusehen.

Unten, an der großen Marmortreppe, schaukelte eine alte Gondel. Das war das erste, was er sah. Dann schob sich ein Fuß von der Seite in den Türspalt und versuchte, sie aufzudrücken.

In Sergio Cravelli sprang eine wilde Angst hoch. Mit dem ganzen Gewicht seines Körpers stemmte er sich gegen die Tür, trat gegen den klemmenden Schuh und versuchte, die Tür zuzuschlagen. Aber der Unbekannte auf der Treppe war kräftiger. Ein Arm schob sich durch den Spalt, eine Hand drückte den vorstoßenden Kopf Cravellis weg, ein neuer, starker Ruck und die Tür schwang auf und krachte gegen die getäfelte Wand. Wie gelähmt stand Cravelli vor einer unkenntlichen, dunklen Gestalt. Sie warf die Tür hinter sich wieder zu, schob den Riegel vor und ging an dem zitternden Cravelli vorbei in die Bibliothek. Er mußte sich gut auskennen in dem Gewirr von Türen, denn ohne Zögern öffnete er die richtige Tür, trat ein und knipste in der Bibliothek das Licht an.

Cravelli stürzte der Gestalt nach. Das plötzliche Licht machte ihm wieder Mut. Die bleierne Angst fiel von ihm ab. In der Tür zur Bibliothek blieb er stehen und starrte den unfreundlichen Besucher an. Er saß in einem der tiefen Sessel und hatte die Hände übereinander gelegt. Fast freundlich nickte er dem Italiener zu.

»Cramer – – –« sagte Cravelli dumpf. »Rudolf Cramer – – –«

»Ich sehe, Sie wundern sich – – –«

»Zu so später Stunde, Signore! Und so unhöflich. Es ist nicht ihre Art – – –«

»Lassen wir das, Cravelli!« Cramer sah Cravelli ernst an. Dieser wich seinem Blick aus und ging zu der eingebauten Bar, klappte die mit einem Spiegel belegte Mixplatte herunter und schob zwei Gläser und eine Flasche Whisky darauf.

»Whisky pur, wie immer?« fragte Cravelli. Seine Stimme war wieder fest und sicher wie immer. Cramer schüttelte den Kopf.

»Sie wissen ... wenn ich trinke, gieße ich mir selbst ein!«

»Noch immer mißtrauisch, daß ich Sie vergifte?« lachte Cravelli. Er goß sich ein und machte eine zur Bar einladende Handbewegung. »Bitte, bedienen Sie sich, Signore. Sie sehen, ich trinke aus der gleichen Flasche – – –«

»Ich möchte mich mit Ihnen unterhalten.«

»Jederzeit, Signore. Aber nicht mitten in der Nacht. Das ist eine Zeit, die ich ausklammern möchte. Ich bin ein alter Mann, und von einem bestimmten Uhrzeigerstand ab sehne ich mich nach meinem Bett.«

»Ein armer Greis, wenn man Sie so hört, Cravelli.« Cramer stützte den Kopf in beide Hände und sah Cravelli lange an. Der Italiener wich diesem Blick aus und hantierte mit den Flaschen in der Bar. »Sie wissen, was mich bisher abhielt, Sie einfach zu erwürgen. Ohne Reue! Es drängt mich, Ihnen das jährlich mindestens einmal zu sagen ... vor allem am Jahrestag, Sie wissen ...«

Cravelli lächelte verzerrt. Er trank sein Glas leer und goß Whisky nach.

»Sie müssen viel unausgefüllte Zeit haben, Cramer. Was soll diese Dummheit überhaupt? Können Sie mir etwas nachweisen? Sie haben nicht gesehen, daß ich Ilona – – –«

Cramer hob die Hand und unterbrach Cravelli mit einer energischen Bewegung. Ruckartig stand er auf, und Cravelli griff unwillkürlich zu einer großen, geschliffenen Kristallflasche, um sich wehren zu können. Aber Cramer ging um den alten, riesigen Globus herum, als sei er mit einem Seil an ihm festgebunden.

»Sie wissen, wie ich Ilona liebte«, sagte er leise. Cravelli neigte den Kopf vor, um jedes Wort verstehen zu können. »Sie war Tänzerin im Opernballett – – –«

»Signore, das haben Sie mir über zwanzigmal erzählt. Was soll's?!«

»– – – wir kannten uns seit unserer Anfangszeit auf der Bühne. In Basel heirateten wir, in aller Stille. In den Theaterferien. Unsere Hochzeitsreise machten wir nach Venedig ...«

»Sie langweilen mich, Signore ...« sagte Cravelli und lehnte sich gegen die Bücherwand.

»Wir waren glücklich, Venedig war für uns ein Märchen, das ein Zauberer für uns ausgebreitet hatte. Wir lagen am Lido und sonnten uns, wir schwammen ins Meer hinaus, wir mieteten uns ein Motorboot, und Ilona jauchzte hell, wenn sie mit den Wasserskiern über das blaue Wasser ritt. Es war ein Lachen, es war eine Jugend und ein Glück, Tage, die ich nie vergessen werde. Nichts in der Welt hätte ich für diese Stunden eingetauscht ... ich war wirklich der glücklichste Mensch der Welt. Ich war wunschlos. Kennen Sie das, Cravelli?«

»Wenn Sie stundenlange Selbstgespräche führen wollen ... bitte, ich stelle Ihnen meine Bibliothek dazu zur Verfügung. Mich aber entschuldigen Sie. Ich bin müde.«

Rudolf Cramer blieb stehen. Sein harter Blick zwang Cravelli, an der Bar auszuharren.

»Sie wissen, wie es weitergeht?«

»Sie haben es mir oft genug vorgesungen.«

»Und Sie werden es wieder hören, Cravelli! Ich sagte: Ich war der glücklichste Mensch auf der Erde! Und dann kam jener furchtbare Abend. Ilona wollte mich überraschen ... mit einem Geschenk, mit einem Andenken aus Venedig, von einem Goldschmied in der Stadt ... so sagte sie jedenfalls im Hotel. Sie bestieg eine Gondel und kehrte nie zurück – – –«

Cravelli nickte. »Tragisch. Ich kann Ihren Schmerz verstehen! Aber, um Gottes willen, warum kommen Sie jedes Jahr zu mir und erzählen mir das?«

»Ilonas letzte Spur führte seitlich vom Canale Grande ab. Man sah ihre Gondel noch in den Canale Santa Anna einbiegen. Man sah sogar, wie sie an der Treppe des Palazzo Barbarino hielt ... dort unten an der Treppe vor Ihrer Tür, Cravelli. Von da ab ist Dunkel um sie ... Keiner hat sie mehr gesehen!«

»Madonna mia!« Cravelli trank das zweite Glas leer. »Wie oft soll ich Ihnen sagen – – –«

»Auch die Gondel hat man nicht wiedergefunden. Ebenso wenig wie den Gondoliere. Beide galten seit diesem Abend als vermißt! Vermißt in Venedig!«

»Das ist eine Aufgabe der Polizei, nicht meine!« Cravelli hob beide Hände. »Ich kann Ihnen immer nur das eine versichern: Ihre Gattin kam zu mir, um einen alten Familienring zu kaufen, den ich in der Zeitung angeboten hatte. Sie entschloß sich aber nicht zum Kauf und fuhr bald wieder mit der Gondel ab. Ich habe sie selbst noch bis zur unteren Treppenstufe begleitet und ihr in die Gondel geholfen! Das alles habe ich der Polizei gemeldet ... vor zehn Jahren!«

»Aber keiner hat das gesehen, was Sie getan haben wollen! Gondel und Gondoliere sind verschwunden ... aber die Leiche Ilonas wurde nach fünf Tagen am Ufer des Rio Marin angeschwemmt. Geschändet und erdrosselt. Von dieser Stunde an, als ich sie im Leichenhaus so liegen sah, schwor ich mir, jedes Jahr mindestens einmal nach Venedig zu kommen, bis ich den Mörder Ilonas kenne.«

»Und da kommen Sie zu mir?! Das ist eine Frechheit, Signore!«

»Sie waren der Letzte, der Ilona gesehen und gesprochen hat.«

Cravelli stellte das Glas hart auf die Spiegelplatte und ging mit stampfenden Schritten hinter seinen Schreibtisch. Sein Gesicht war rot angelaufen.

»Lassen Sie mich damit in Ruhe!« schrie er. »Sie haben Komplexe! Man sollte Sie einsperren!«

»Es sind Ahnungen, Cravelli. Und je mehr ich Sie in den vergangenen zehn Jahren beobachte, um so dichter rücken diese Ahnungen an die Gewißheit heran.«

»Man sollte Sie von der Polizei abholen lassen.«

»Warum rufen Sie nicht an?«

»Vielleicht aus einem Gefühl von Mitleid – – –«

»Soll ich lachen über diesen makabren Witz?«

Cravelli senkte den Kopf wie ein angreifender Stier. »Gehen Sie jetzt, Signore Cramer. Sie haben wie jedes Jahr Ihre traurige Geschichte angebracht ... und nun ist es gut. Ich möchte schlafen!«

Cramer setzte sich wieder in den Sessel und schlug die Beine übereinander. Cravelli kam um den Tisch herum und stellte sich an den Globus. Hätte ich nur einen der Diener hier, dachte er, wir würden ihn gemeinsam die Treppe hinunter in den Canale Santa Anna werfen. Oder wäre ich zwanzig Jahre jünger ... ich hätte keine Angst vor ihm.

»Da ist noch etwas, Cravelli«, sagte Cramer langsam.

»Gehen Sie endlich.«

»Nur eine Frage ist es.«

»Wenn ich Sie damit loswerde ... fragen Sie!«

Cramers Blick heftete sich fest an das Gesicht Cravellis. Jedes Mienenspiel war jetzt wichtig, jedes leichte Zucken in den Mundwinkeln, in den Augen, an den Wangenknochen. Und dann kam die Frage, plötzlich, laut, wie ein Hieb.

»Was halten Sie von Chemie?!«

Sergio Cravellis Herzschlag setzte einen Augenblick aus. Eine Kälte durchzog ihn wie ein Eiswind. Aber weder sein Gesicht zuckte, noch seine Hände verkrampften sich. Nur seine Augenbrauen hoben sich in grenzenlosem Erstaunen. Es war eine lange und gründlich eingeübte Reaktion, und sie trat in Erscheinung, als habe man auf einen Auslöseknopf gedrückt.

»Chemie?« fragte Cravelli gedehnt.

»Ja. Chemie.«

»Was geht mich Chemie an? Ich bin Grundstücksmakler, das wissen Sie doch! Chemie ist für mich nur insofern interessant, daß ich feststelle, ob in einem Haus der Schwamm ist oder nicht.«

»Und Sie kümmern sich nicht um neue, sensationelle Präparate?«

»Ach! Haben Sie ein Mittel zur Bekämpfung des Holzbockes anzubieten?« Cravelli grinste breit. »Auch die Holzfäule macht uns Sorge . . . gerade in Venedig. Die Feuchtigkeit steigt von den Fundamenten auf und – – –«

Cramer sprang von seinem Sessel hoch. Er sah, daß Cravelli ihm an Beherrschung überlegen war. Das lächelnde Gesicht des Italieners bewies den Mißerfolg. Es war wie immer bei Cravelli: Mit dem Kopf allein konnte man die Wand nicht einrennen.

»Ich nehme mir einen Whisky«, sagte Cramer und ging steifbeinig zur Bar. Cravelli nickte.

»Bitte, die zweite Flasche von links. Daraus habe ich auch getrunken. Es ist sicherlich kein Gift drin . . .« Er lachte,und dieses Lachen war wie ein Triumphgeheul. Cramer kam es jedenfalls so vor, und es kostete ihn große Überwindung, nicht seine Hände gegen die Ohren zu pressen.

Mit bebenden Händen goß er sich das Glas voll und trank es in kurzen Zügen aus.

»Prost!« sagte Cravelli jovial. »Nun wird Ihnen besser sein, was? Sie könnten ein so fabelhafter Kerl sein, Signore Cramer, wenn Sie nicht diesen Detektiv-Spleen hätten. Aber irgendwo hat ja jeder Mensch seine Sonderheiten. Ich auch. Ich sammle alte Schreibmaschinen. Lächerlich, nicht wahr . . .«

Rudolf Cramer verließ den Palazzo Barbarino mit dem Gefühl, sich blamiert zu haben. Cravelli begleitete ihn bis zur Gondel, so wie er vor zehn Jahren Ilona begleitet haben wollte. Ein galanter, noch beim Abschied scherzender Gastgeber. Er winkte sogar Cramer nach, bis er um die Ecke ruderte.

Dann stand Sergio Cravelli allein und sinnend in der Dunkelheit auf seiner Treppe und starrte in das schwarze, nach Fäulnis riechende Wasser des Canale Santa Anna.

Die Frage, ob er Chemie liebe, war nicht von ungefähr gekommen, das wußte Cravelli. Aber es war ihm unbegreiflich, daß Cramer einen Zusammenhang mit Dr. Berwaldt ahnte.

»Man muß das feststellen«, sagte Cravelli und starrte in die Nacht. »Man hätte es sofort tun müssen – – –«

Er dachte an die vergangenen Tage, und er mußte sich eingestehen, daß er sich durchaus nicht wohlfühlte.

Es war schon eine schwere Last, eine Welt regieren zu wollen – – –

Die Gondel Cramers fuhr nicht weit.

Er ruderte sie um die Biegung des Canale Santa Anna herum und ließ sie im seichten Wasser liegen, während er an das Ufer kletterte und über die schmale Gasse zurück zur Rückseite des Palazzo Barbarino ging. Über die Hälfte des Cravelli-Hauses war auf dem Boden einer der vielen kleinen Inseln gebaut, die zusammen mit den Kanälen und Brücken das alte Venedig bilden. Vor allem die Hinterseite des Palazzo, dort, wo die Bediensteten wohnten, die Küche lag und die Wirtschaftsräume, ruhte auf diesem festen Grund.

In die Nische eines alten, unbewohnten, verfallenen Hauses gedrückt, wartete Cramer, bis seiner Ansicht nach Cravelli eingeschlafen sein mußte. Dann ging er zu den drei hinteren Türen, die für die Lieferanten und Angestellten waren, und drückte jede einzelne Klinke herunter. Sie waren verschlossen. Eingehend untersuchte Cramer die Schlösser. Es waren uralte, aber ungemein sichere Verriegelungen, denen kein moderner Dietrich etwas anhaben konnte. Mit einem großen Schlüssel, der innerhalb des Schlosses zugleich als Hebel diente, bewegte man eine Eisenstange seitlich weg, die im geschlossenen Zustand zentimetertief in die dicke Steinmauer rastete.

Enttäuscht trat Cramer in die Nische zurück. Es war unmöglich, heimlich in das Haus zu kommen. Mit zusammengezogenen Brauen starrte er die hohe, dunkle Sandsteinwand herauf. In diesem Haus ist etwas, dachte er. Hinter diesen verwitterten Mauern verbirgt sich ein Geheimnis, das die Sonne des venezianischen Zaubers zu fürchten hat.

Langsam ging Cramer zu seiner Gondel zurück und fuhr aus den engen Kanälen hinaus auf die breiten Wasserstraßen, dem Stolz Venedigs.

Am Gemüsemarkt legte er an und stieg an Land. Wie vor hunderten Jahren Dante, so stand auch er jetzt in der Dunkelheit der Nacht, sah empor zum samtenen Himmel und auf die im milchigen Mondschein wie eine Theaterdekoration liegende Rialtobrücke. Wie mit Musik erfüllt war die Nacht, selbst das träge Klatschen des Wassers an den Kai war wie eine Melodie. Ein paar unbeleuchtete Gondeln mit verhängten Bänken zogen langsam durch das silberne Wasser. Die Liebesgondeln von Venedig, von denen schon Casanova träumte ...

Er schreckte auf, als sich schlurfende Schritte näherten. Vom benachbarten Fischmarkt kam ein Händler auf ihn zu. Um den Hals trug er an einem Lederriemen einen breiten »Bauchladen«. Knöpfe, Zwirn, Gipsfiguren, kleine, bunt bemalte Gondeln, die Rialtobrücke in Messing, Aschenbecher mit dem Campanile, Zigaretten, Marzipan, Tabak, seidene Kopftücher mit dem aufgedruckten Dogenpalast und einige grelle Mutter-Gottes-Bilder lagen neben gezukkerten Feigen und einem Gewirr goldener dünner Kettchen und flacher Anhänger mit dem Markus-Dom.

Der Händler nickte mehrmals, ehe er an Cramer herantrat und sich neben ihn an das eiserne Geländer lehnte. Sein dunkles, von der Sonne gegerbtes Gesicht war von einem breiten Lächeln durchschnitten.

»Signore sind traurig?« fragte er mit einer weichen Stimme. »Wer kann in Venedig traurig sein? Wegen einer Signorina, – o, man kennt das! Aber es gibt viele hübsche Mädchen in Venedig, Signore ...«

Cramer lächelte und schüttelte den Kopf. »Wenn du wüßtest, mein Lieber – – –« sagte er.

»Ich weiß nichts, Signore. Nur etwas weiß ich: Gegen Traurigkeit helfen gezuckerte Feigen. Sie werden die Süße des Lebens auf der Zunge spüren – – –«

»Du verstehst dein Geschäft.« Cramer nahm ein Paket Feigen aus dem Bauchladen und warf einige Lire in den blechernen Geldkasten. »Die Süße des Lebens ... mein König von Venedig ... was wißt ihr vom Leben?«

Der Händler hob den Holzkasten an und stützte ihn auf das Geländer neben Cramer. Dann wischte er sich über die Stirn und schüttelte sich, als sei er eine Katze und käme aus dem Wasser.

»Sagen Sie das nicht, Signore. Wir haben ein schweres Leben. Und wir sehen das Leben – – – überall, jede Stunde, in allen Farben. An unseren Augen gehen tausende Schicksale vorbei, und wir kennen die Menschen, wie wir jede Ratte in den Kanälen kennen.«

»Ein kleiner Rialto-Philosoph – – –«

»Man wird es, Signore.«

»Du kennst Venedig genau?«

»Wie meine Hose, Signore.«

»Auch einen Sergio Cravelli?«

Der Händler sah Cramer von unten herauf nachdenklich und vorsichtig an.

»Warum?«

»Du kennst ihn?«

»Den Geierkopf, natürlich. Er verkauft und kauft Häuser.«

»Mehr weißt du nicht?«

»Nein. Doch ja. Jedes Jahr macht er eine große Stiftung für die Erhaltung Venedigs. Sie wissen ja ... unsere Stadt stirbt. Es gibt sogar eine internationale Stiftung mit dem Namen ›Rettet Venedig‹.«

»Und darin ist Cravelli?«

»Ja.«

Ein plötzlicher Gedanke kam in Cramer hoch. Er griff in die Rocktasche, holte ein paar riesige Lirescheine hervor, zählte ab und legte in den Blechkasten des Händlers 10 000 Lire. Verwundert verfolgte der Händler das Spiel von Cramers Finger.

»Was soll das, Signore?« fragte er und rührte die Scheine nicht an.

»Mir schwebt ein kleines Geschäft vor. Wieviel verdienst du in der Woche?«

»Wenn es gut ist – 20 000 Lire«, sagte der Händler zögernd.

»Also gut. 20 000.« Cramer griff noch einmal in die Scheinbündel und legte noch einmal 10 000 Lire in den blechernen Kasten. »Ich möchte, daß du für mich arbeitest.«

»Als Händler? Was haben Sie zu verkaufen, Signore? Und im voraus: Ich mache keine dummen Sachen! Ich bin ein ehrlicher Mensch, und ich bleibe es.«

»Du wirst von heute nacht ab etwas beobachten. Tag und Nacht. Du kannst dir noch Freunde dazuholen, denen ich ebenfalls 10 000 Lire in der Woche zahle.«

»Beobachten? Wen?«

»Sergio Cravelli ...«

Der Händler pfiff durch die Zähne und stieg aus dem Lederriemen. Er stellte seinen »Laden« vorsichtig auf den Boden und kratzte sich dann den lockigen Kopf.

»Warum?«

»Wer fragt, wenn er 20 000 Lire bekommt, mein Freund? Alle Personen, die im Palazzo Barbarino aus- und eingehen, Tag und Nacht, schreibst du auf. Du kannst schreiben?«

»Ich bin ein ausgebildeter Händler«, sagte der Italiener stolz und fast tadelnd.

»Um so besser. Also, du schreibst alles auf, auch wenn es immer die gleichen Leute sind. Geht Cravelli aus, fährt er mit seiner Gondel oder seinem Motorboot weg ... ihr müßt ihm folgen, ganz gleich, wohin. Und jeden zweiten Tag berichtest du mir. Ich werde hier jeden zweiten Tag genau um die Mittagszeit auf dich warten. Wir verstehen uns?«

Der Händler faltete die Geldscheine zusammen und steckte sie in die Tasche.

»Und dafür erhalte ich 20 000 Lire?«

»Ja.«

»Und warum das alles, Signore?«

»Ich war verheiratet ... unsere Hochzeitsreise ging nach Venedig ... dann verschwand meine Frau ... ermordet fand man sie wieder, ausgeschwemmt aus den schweigenden Kanälen ... Und Cravelli war der Letzte, bei dem sie war – – –«

Der Händler schlug ein schnelles Kreuz und blickte hinüber zum Turm von San Giacoma di Rialto. Sein Gesicht war tiefernst.

»Sie glauben, Signore – – –«

»Ich weiß es fast. Nur die Beweise fehlen. Du sollst mir helfen, sie zu finden. Vor ein paar Tagen ist wieder ein Mensch verschwunden ... ein deutscher Arzt und Forscher. Und wieder ist Cravellis Name dabei – – –«

»Merkwürdig, Signore.« Der Händler nickte. »Ich werde für Sie arbeiten.«

»Wenn etwas Besonderes ist ... ich heiße Rudolf Cramer und wohne im ›Excelsior‹.«

»Ich bin Roberto Taccio.« Der Händler bückte sich und kroch wieder unter seinen Lederriemen. Mit einem Ruck hob er den »Laden« wieder vor die Brust. »Wenn Sie mich suchen, können Sie jeden von uns fragen. Er wird Ihnen sofort sagen, wo ich bin. Fragen Sie nach Roberto II. – das genügt.«

»Roberto II.« Cramer gab Taccio die Hand. »Warum der Zweite?«

»Ein Titel, Signore. Weiter nichts – – –«

Etwas auf dem linken Fuß humpelnd, entfernte sich Taccio zum Rio di San Polo hin.

Rudolf Cramer blieb noch eine Weile am Rialto stehen, ehe er wieder in seine Gondel kletterte. Noch einmal fuhr er zurück zum Canale Santa Anna und starrte die schwarze Fassade des Palazzo Barbarino hinauf. In einem Seitenzimmer war trübes Licht. Der Butler ging zu Bett. Er war früher heimgekommen ... der Film, den er besucht hatte, war anscheinend nicht nach seinem Geschmack gewesen.

Mit weiten Ruderschlägen fuhr Cramer zurück, über den Riva del Vino hinaus auf den Canale Grande. An der hell angestrahlten Piazetta machte er die Gondel fest und sprang an Land. Zu Fuß ging er zum Hotel und betrat es durch einen Seiteneingang.

Fröhliche Tanzmusik prallte ihm entgegen. In der Palmenhalle sah er sie tanzen, in weißen Smokings und wallenden, glitzernden Abendkleidern, mit Geschmeiden und funkelnden Diademen.

Ilse Wagner, dachte Cramer. Mein Gott ... sie war die ganze Zeit allein! Wenn das ein neuer Fehler gewesen war ...

Mit langen Schritten rannte er die Treppe hinauf, vorbei an den verblüfften Boys und Kellnern.

Das Abendkleid saß wie eine zweite Haut, nachdem Françoise es mit einigen Abnähern passend gemacht hatte.

»Mon Dieu, wie schönn – – –« rief sie und schlug die Hände zusammen. »Isch 'abe gesehen schon viele schöne Frauen – aber Sie sind wie eine princess ...«

Ilse Wagner drehte sich vor dem Standspiegel. Das bin ich?, dachte sie. Dieses zauberhafte Wesen mit den braunen, kunstvoll frisierten Locken, die so raffiniert gelegt waren, daß ihr schmales Gesicht einen fast exotischen Reiz erhielt ... dieser schlanke Körper in dem fließenden, glitzernden Kleid ... das bin ich?

Immer wieder drehte sie sich vor dem großen Spiegel. Ich bin es, wahrhaftig ... aber doch ist es ein anderer Mensch. Ein fremder Mensch. Ein in allem Glanz ängstlicher Mensch – – –

Sie senkte den Kopf und wandte sich ab. Ein Tag oder zwei Tage ... länger wird es nicht sein. Vielleicht nur diese Nacht ... dann war sie wieder die Sekretärin Ilse Wagner, ein unscheinbarer Punkt in der grauen Masse ... Stenogramme aufnehmen, diktierte Tonbänder abhören, tippen, Telefongespräche verbinden, Briefmarken auf Kuverts kleben, von zwölf bis halb zwei Mittagspause ... und dann wieder tippen, Telefon, Diktat. Von halb acht Uhr morgens bis fünf Uhr nachmittags ... Tagaus tagein, immer dasselbe, acht Stunden lang ... Fräulein – Stenogramm – – Fräulein, wo ist der Brief vom 23. – – – Fräulein, zum Diktat ... Fräulein, wo ist die Akte 19 ... Fräulein, erinnern Sie mich an die Nummer 56 89 34 ...

Ilse Wagner wandte sich vom Spiegel weg. Es tat ihr weh, noch weiter das glänzende Bild der anderen Ilse Wagner anzusehen. Es war fast wie ein Hohn.

»Sie sind ein neuer Mänsch . . .«

»Es sieht nur so aus, Françoise.«

»Die Männer werden 'aben keine ruhige Minüt . . .«

Ilse versuchte zu lächeln. Sie nahm die kleine, silberne Abendtasche aus der Hand Françoises, überwand sich, nicht noch einmal in den Spiegel zu sehen und ging zur Tür.

»Es wird nicht spät werden – – –« sagte sie, als sie die Tür öffnete.

»Isch werde warten, Mademoiselle – – –«

Ilse blieb erstaunt stehen. »Haben Sie keine anderen Zimmer zu versorgen, Françoise?«

»Sonst oh oui! Aber 'eute nur für Mademoiselle.«

Verwirrt strich sich Ilse Wagner über das Gesicht.

»Hat Herr Cramer das gewünscht?«

»Oui.« Françoise lachte keck. »Er ist eine reiche Mann – – –«

»Als Opernsänger?«

»Sagt er, Mademoiselle.« Françoise blinzelte geheimnisvoll. »Direktion 'at sich einmal in Zürich erkundigt, weil er immer kommt jedes Jahr. Ein Opernsänger Cramer ist in Zürich nischt bekannt . . . Aber er bezahlt immer alle Rechnung . . . darum wir ihn nennen weiter Monsieur Cramer – – –«

»Er . . . er heißt gar nicht so?« stotterte Ilse. Es war ihr, als krampfe sich ihr das Herz zusammen und drücke alles Blut in den Kopf.

»Wir nennen ihn so. Er ist für uns Monsieur Cramer. Bitte, verraten Sie misch nischt, Mademoiselle . . .«

»Nein, nein . . . bestimmt nicht.« Ilse schüttelte den Kopf und trat hinaus auf den Gang. Noch immer war das Herz nur ein zukkendes Bündel. Ein falscher Name, dachte sie. Wer ist er wirklich? Und warum kümmert er sich um mich?

Sie nahm sich vor, ihn zu fragen . . . jetzt sofort, wenn sie ihm gegenüberstand. »Wer sind Sie wirklich?« wollte sie fragen. »Und warum tragen Sie einen anderen Namen? Warum haben Sie mich belogen?«

Sie blieb mitten auf dem Gang stehen und überlegte, ob sie das Kleid nicht ausziehen und ihm so gegenübertreten sollte, wie sie gekommen war. Die kleine Sekretärin Ilse Wagner, die man auf dem Bahnhof von Venedig vergessen hatte . . . Oder gab es einen Zusammenhang zwischen dem Verschwinden Dr. Berwaldts und dem Mann, der sich der Opernsänger Rudolf Cramer nannte?

Bei diesem Gedanken empfand sie plötzlich Mut. Sie warf den

Kopf in den Nacken und fuhr mit dem Lift hinunter in die Palmenhalle. Langsam glitt sie auch an der bel etage vorbei, wo die Zimmer 8–10 lagen, in denen Dr. Berwaldt gewohnt hatte und wo noch immer seine Koffer standen.

In der Halle empfing sie Tanzmusik und das Gewimmel eleganter Damen und sie umschwärmender Männer. Ilse Wagner blieb in der Nische neben dem Fahrstuhl stehen und überblickte das ihr nur aus Filmen und Romanen bekannte »große Leben«. Es war ihr, als müsse sie sich in einen brandenden Ozean stürzen, wissend, daß sie nicht lange würde schwimmen können und in den Wellen unterging.

Der kleine, wendige Geschäftsführer kam zwischen einigen Palmenkübeln auf sie zu. Er hatte sie entdeckt und sah es als seine Pflicht an, eine Dame nicht warten zu lassen.

»Verzeihung, Signorina«, sagte er mit einer Verbeugung und einem Räuspern, das die Betrachtung Ilse Wagners unterbrach. »Es soll keine Belästigung sein ... aber ich nehme an, daß Sie auf Signore Cramer warten ...«

Ilse zuckte zusammen. Warum fragt er, dachte sie. Ist etwas geschehen? Vor einer halben Stunde hat er doch noch angerufen ...

»Ja, ich ... ich ... Er wollte mich hier erwarten ...«

»Herr Cramer verließ vor einer halben Stunde das Haus ...«

»Aber er – – –«

»In großer Eile, Signorina. Er rief mit lauter Stimme nach einer Gondel ...«

»Herr – Cramer ist abgereist?« Es verschlug ihr die Sprache. Er ist weg, dachte sie. Und ich sitze hier mit hundert Mark. Morgen früh wird man mich wie eine Zechprellerin auf die Straße werfen ...

»Aber nein! Nein!« Der Geschäftsführer hob beschwörend beide Hände. »Signore Cramer schien eine dringende Bestellung zu haben. Er wird bald zurückkommen. Es ist alles reserviert, Signorina ...«

»Was ist reserviert?«

»Ihr Tisch im kleinen Salon, das Souper, die Weine ... wenn Signorina jetzt speisen wollen – – –« Er winkte einem wartenden Boy in roter Uniform, der sofort herbeilief. »Tisch 12 im Salon«, sagte der Geschäftsführer und machte zu Ilse Wagner eine einladende Handbewegung. »Der Boy wird Signorina führen.«

Ilse Wagner nickte schwach. Was tun, dachte sie und blieb stehen. Wieder nach oben gehen ... oder soupieren? Was war, wenn Rudolf Cramer nicht wiederkam ... wenn alles ein übler Scherz gewesen war?

Eine wahnsinnige Angst stieg in ihr auf. Wie in einem unwahrscheinlichen, luxuriösen Gefängnis fühlte sie sich, in einem goldenen Labyrinth, aus dem es kein Entrinnen gab.

Was tun, was tun, was tun?, sagte sie sich immer wieder vor. Einfach weglaufen ... wie dieser Cramer ...? Aber wohin, mein Gott, wohin?

Der kleine Boy stand neben ihr und sah sie mit großen, erstaunten Augen an. Als sie auf ihn niederblickte, machte er einen tiefen Diener.

»Prego, Signorina – – –«

Flüchten, dachte sie wieder. Ich *muß* flüchten ... es geht einfach nicht anders. In einer kleinen, billigen Pension übernachten, dann zu dem deutschen Konsul nach Mailand fahren ... dafür reichte das Geld noch.

Und Dr. Berwaldt? Wo war Dr. Berwaldt?

Dieser neue Gedanke ließ alles Planen in ihr zusammenfallen. Ein winziger Funken Hoffnung war noch in ihr, und er glomm auf und bestimmte ihr weiteres Handeln: Vielleicht ist er morgen da ... vielleicht konnte er wirklich nicht kommen und rechnete damit, daß ich so selbständig war, mich in Venedig für eine Nacht einzuquartieren. Morgen dann traf man sich um die gleiche Zeit wieder im Bahnhof ... und alle Sorgen zerplatzten wie ein zu prall aufgeblasener Luftballon – – –

»Prego Signorina ...« sagte der kleine Boy noch einmal.

Ilse Wagner nickte müde. Sie ging dem Boy nach, sah nicht mehr die kostbaren Gobelins an den Wänden, die kristallenen Murano-Leuchter, die alten venezianischen Spiegel, sie sah nicht die kritischen und abschätzenden Blicke der Frauen und das erwachende Interesse der Männer für die unbekannte Schönheit ... mechanisch ging sie dem Rot der kleinen Pagenuniform nach, setzte sich auf einen weichen Stuhl, den man ihr unterschob und sah eine braune Hand, die aus einer mit einer weißen Serviette umwickelten Flasche tiefroten Wein in ein geschliffenes Glas goß.

Hundert Mark, dachte sie wieder. Ich werde nicht einmal die Rechnung dieses Soupers bezahlen können. Jeder Schluck von diesem Wein sind einige Mark Zechprellerei.

Ein Ober servierte in einer winzigen Tasse eine Suppe. Sie war scharf, kleine helle Fleischstückchen schwammen darin herum. Schildkrötenfleisch. Ilse Wagner löffelte sie, ohne zu wissen, was sie aß.

Ein Telegramm an Anny, dachte sie. Anny war Chefsekretärin

in einem Industriebetrieb. Sie konnte ihr 300 Mark leihen. Bestimmt tat sie es, wenn sie Ilse Wagners Lage hörte. Telegraphisch. Aber auch das würde mindestens 2 oder 3 Tage dauern.

Zwei Kellner stellten einige silberne Platten auf einen Beitisch. Das Rotweinglas wurde abserviert, eine neue Flasche in einem Tischkorb hingestellt, einer der Ober probierte in einem kleinen Glas den Wein und schenkte dann ein. Einen rosé schimmernden Wein, in dem sich das Licht des Kristall-Leuchters brach.

Ein Teller mit einem englisch gebratenen Steak, garniert mit Spargel, gegrillten Tomaten, Pommes frites, Kräuterbutter, zarten grünen Bohnen und winzigen Erbsen wurde ihr gereicht. Sie hörte zwei Stimmen »Guten Appetit« wünschen und war dann allein.

Sie aß langsam und würgte die Fleischstückchen herunter, weil sie bemerkte, wie einige Augenpaare sie beobachteten. Sie sah, daß man über sie sprach, daß man rätselte, wer sie sein könnte.

Wenn ihr alle wüßtet, dachte sie. Ihr seht eine geborgte Herrlichkeit, die morgen zu Staub zerfallen wird. Vielleicht schon in wenigen Minuten, wenn der Oberkellner mit der Rechnung kommt.

Wieder schnürte ihr die Angst die Kehle zu, die Scham, vor allen diesen Leuten wie eine Zechprellerin behandelt zu werden.

Sie schrak hoch, als ein Schatten über den Tisch fiel. Jetzt, dachte sie. Jetzt beginnt es ...

Der Geschäftsführer verbeugte sich galant.

»Alles zu Ihrer Zufriedenheit, Signorina?«

»Ja, danke ...« stotterte Ilse Wagner.

»Haben Signorina noch einen Wunsch? Einen Fruchtsalat zum Nachtisch. Mit Maraschino ...«

»Nein, danke.« Ilse Wagner verkrampfte die Finger ineinander. »Nur eine Auskunft ... Ich suche einen Herrn – – –«

Der Geschäftsführer starrte sie ungläubig an.

»Einen Herrn? Signorina meinen Signore Cramer. Er wird gleich zurückkommen. Es ist bedauerlich, daß ...«

»Nein. Ich suche einen anderen Herrn. Ich bin nach Venedig bestellt worden und wurde nicht abgeholt.«

Der Geschäftsführer schwieg galant. Das ist traurig, dachte er. So etwas tut kein Kavalier. Andererseits, sie hat sich schnell mit diesem Cramer getröstet. Madonna, was geht's mich an? Zimmer und Souper sind im voraus bezahlt. Und man macht ein Auge zu ... in der Stadt der Verliebten wäre es ein Frevel, viel zu fragen.

»Wenn ich Ihnen helfen kann, Signorina ...« Es war nur so dahingesagt.

»Der Herr heißt Dr. Peter Berwaldt – – –«

»Signore Berwaldt . . .« Der Geschäftsführer sah Ilse verwundert an. »Aber ja. Wohnt in unserem Haus . . .«

»Was?!« Ilse Wagner vergaß die Exklusivität ihrer Umgebung, die große Ausbrüche verbietet. Sie sprang auf und stieß dabei bald den Tisch um. Der Geschäftsführer hielt ihn milde lächelnd fest. »Dr. Berwaldt ist hier?!«

»Appartement 8–10, erster Stock .«

»Und das erfahre ich jetzt erst?!«

Der Geschäftsführer hob beide Hände. »Signorina haben mich nie danach gefragt – – –«

»Aber Herr Cramer wollte sich doch darum bemühen und – – –«

»Signore Cramer fragte mich heute abend ebenfalls danach . . .«

»Dann . . . dann weiß er, daß Dr. Berwaldt – – –«

»Natürlich.«

Ilse Wagners Spannung fiel zusammen. Sie starrte auf den Tisch und wußte nichts mehr zu sagen.

Er weiß es, dachte sie nur. Er weiß es seit Stunden und hat mir nichts gesagt. Und er ist weggelaufen! Was hat das alles zu bedeuten?! Warum versteckt man die Wahrheit vor mir?

»Wo . . . wo ist Herr Dr. Berwaldt jetzt?« fragte sie schwach.

»Signore Dottore ist seit gestern außer Haus. Er wurde abgeholt und bestellte für heute abend noch eine Gondel, weil er Besuch erwartete.«

»Das war ich – – –« sagte Ilse leise.

»Aber der Dottore kam nicht zurück. Er nahm auch einen kleinen Koffer mit. Vielleicht hat er anders disponiert? Sicherlich kommt er morgen wieder.«

»Bestimmt – – –«

Der Geschäftsführer entfernte sich lautlos und mit einem inneren Kopfschütteln. Schon am zweitnächsten Tisch hatte er den Vorfall vergessen und begrüßte eine platinblonde, üppige Schönheit in einem aufregend geschnittenen Kleid.

Für Ilse Wagner war der Abend beendet. Die Probleme, die dieses kurze Gespräch geschaffen hatte, stürzten auf sie ein und machten sie fast atemlos. Sie verließ den kleinen Salon, wunderte sich, daß kein Kellner sie anhielt oder ihr mit der Rechnung nachlief, sie erreichte ohne Anruf den Lift, zögerte, sah sich um und sah, daß niemand ihr folgte. Da fuhr sie hinauf zu ihrer Etage, gab dem Liftboy eine deutsche Mark und rannte dann den Gang hinunter in ihr Zimmer.

Françoise saß in einem Sessel und las in einem französischen Magazin. Sie sprang sofort auf, als Ilse ins Zimmer stürzte.

»Mademoiselle, wie sehen Sie aus!« rief sie entsetzt. »Ist etwas vorgefallen? Ganz verstört sind Mademoiselle – – –«

Ilse Wagner ließ sich auf das Bett fallen und schloß die Augen.

»Ich möchte schlafen ...« sagte sie schwach. »Schlafen und nichts mehr hören und sehen! Und morgen möchte ich zu Hause aufwachen ... in Berlin, in meinem kleinen Zimmer, von dem aus ich die Dächer und den Wald der Fernsehantennen sehe und gegenüber in das Fenster von Fräulein Aurich, die morgens um sieben ihren kleinen, armen Studenten herausläßt ... Ich möchte dieses ganze Venedig nicht mehr sehen – – –«

»Man hat Sie enttäuscht, Mademoiselle?«

»Man hat gar nichts ... Das ist es ja. Gar nichts ist! Um mich ist Schweigen ... und ich weiß nicht, warum!« Ilse richtete sich auf und sah in die großen, ungläubigen schwarzen Augen Françoises. »Sie können gehen, Françoise. Ich werde allein fertig. Gute Nacht ...«

»Wann soll ich Mademoiselle wecken?«

»Überhaupt nicht ... Solange ich schlafe, werde ich glücklich sein.«

Dann war sie allein ... aber sie konnte nicht schlafen. Im Mondschein glitzerte das über den Sessel geworfene Kleid. Vom Canale Grande klangen Mandolinen auf. Irgendwo sang eine helle Stimme ... unten in der Halle, in einer Gondel, auf der Straße, vor einem Fenster ... sie sang und erinnerte Ilse Wagner an Rudolf Cramer, der ein Opernsänger sein wollte und der nicht Cramer hieß.

Sie sprang aus dem Bett, rannte zum Fenster und schloß es. Dann lehnte sie die heiße Stirn gegen die Scheibe und sah hinunter auf das glitzernde Wasser des Canale Grande. Nach wenigen Minuten spürte sie die Schwüle im Zimmer, die Hitze, die ihre Erregung noch vermehrte und Schweiß über ihren Körper trieb. Sie riß das Fenster wieder auf und breitete tief atmend die Arme in dem Luftstrom aus, der ins Zimmer flutete.

Über den Canale wehte ein kühlender Wind. Es roch nach Fisch und Fäulnis. Beleuchtete Gondeln glitten lautlos vorüber, nur das leise Klatschen der Ruder oder der Stoßstangen unterbrach die ruhige, schwerelos anmutende Fahrt. Der Gesang war verstummt ... nur die Mandolinen klimperten irgendwo in der Nacht.

Ilse Wagner lehnte den Kopf an den hölzernen Fensterrahmen. »Warum hast du gelogen ...« sagte sie leise. »Ob du Cramer heißt oder anders, ob du Opernsänger bist oder nicht ... es wäre so gleichgültig gewesen ... Ich hatte doch begonnen, dich zu lieben – – –«

Auf dem Campo San Polo, dem Marktplatz hinter der Kirche San Polo, fand in dieser Nacht eine merkwürdige Versammlung statt.

Aus den Gassen und Gäßchen des dunkelsten Venedigs, das nie ein Fremder sieht und durch die keine Vergnügungsgondeln fahren, aber auch vom Rialto, dem Campo di Tedeschi dem Markusplatz, von den Säulengängen des Dogenpalastes her und der Piazetta, vom Bahnhof und dem Gemüsemarkt, aus den geheimnisvollen Vierteln der Altstadt trotteten zerlumpte Gestalten heran, huschten verwegene Figuren wie Riesenratten durch die Schatten der eng aneinandergerückten Häuser und tauchten unter in der Finsternis der kleinen Kirche.

Gipsfigurenhändler, Bettler, die sonst blind an den Brücken saßen, zitternd, mit hohlen Augen in die für sie erloschene Sonne starrend, und die jetzt die Dunkelheit der Nacht wie mit Katzenaugen durchdringen konnten, Gemüseschreier, Fischverkäufer, Hausierer und Gepäckträger, Schuhputzer, Straßenkehrer und verwegene, finstere Burschen, deren Beruf in keiner Liste stand und die an Venedig doch verdienten ... sie alle trafen sich auf dem Platz und standen flüsternd beieinander.

Es war eine Zusammenballung des Venedigs, das in keinem Reiseführer stand. Die Gassen, die in keiner Handbuchkarte verzeichnet sind, hatten sich geöffnet und spien ein Venedig aus, das nichts von Glanz, Licht, Eleganz und Glück kannte.

Sie alle gehorchten einem uralten venezianischen Gesetz. Es bestimmte seit Jahrhunderten den Zusammenschluß aller Händler und Bettler zu einer Schicksalsgemeinschaft, ein untrennbarer Bund, straff organisiert, mit eigenen Gesetzen, die härter waren als die Paragraphen der normalen Gesetzbücher. Eine Hierarchie der Dunkelheit.

Vom Campanile herüber schallten zwei helle Schläge. In die schattenhaften Gestalten kam Bewegung. Sie drängten der kleinen Kirche zu, ein kleines Heer schwarzer Fledermäuse.

Vor der Kirche, auf den untersten Stufen, stand Roberto Taccio. Er trug einen weiten schwarzen Mantel und einen breitkrempigen, schwarzen Hut. Die dunkle Schar drängte sich um ihn und schwieg.

»Freunde –« sagte Taccio laut. Seine Stimme überflog den kleinen Platz und prallte von den Hauswänden zurück. »Ich habe euch gerufen, weil hier, in unserem Reich, ein Verbrechen begangen sein soll. Wir sind ehrliche Bettler und Händler, wir holen das Geld aus den Taschen der Reichen, aber wir töten nicht! Hier aber soll ein Mord geschehen sein. Und ein neuer kann geschehen! Ein euch fremder Herr gab mir Geld – – – für jeden von euch tausend Lire am Tag.«

»Wofür?« rief einer aus der Menge.

»Wir sollen jemanden beobachten, Tag und Nacht. Ich weiß ... es wird langweilig sein. Aber man ruft die Bettler um Hilfe an ... soll man umsonst rufen? Wir rechnen mit dem gütigen Herzen der Reichen – – – seien wir auch einmal gütig gegen die Gebenden.« Roberto Taccio holte unter dem Mantel einen Beutel hervor. Er hob ihn hoch, und alle sahen, daß er mit Geld gefüllt war. Viel Geld, das man im Herumlungern verdienen konnte.

»Die ersten tausend Lire für jeden von euch. Ich werde sie verteilen. Und jeder, der sie annimmt, verpflichtet sich nach unserem Gesetz zu handeln. Ihm werde ich den Auftrag in die Ohren sagen.« Roberto Taccio schob den Hut in den Nacken. Der offizielle Teil war beendet ... die »amtliche Sprache« konnte abgelegt werden. Nun war man wieder Händler.

»Der Teufel hole jeden, der kneift«, sagte er und sprang von der Treppe in das Gewühl der Bettler.

»Und wer bezahlt uns morgen und übermorgen?« rief jemand aus der Menge. »Ich verdiene am Dogenpalast eine Menge – – –«

»Ich garantiere euch das Geld! Also?« Taccio sah sich um. »Wer will, macht die dreckigen Finger auf und hält sein Ohr hin!«

Langsam ging er auf den ersten zu. Der sah sich um, kratzte sich den Kopf, zögerte und streckte ihm dann die schmutzigen Hände hin. Leise klirrten die Lirestücke in die Handflächen. Der Bettler zählte murmelnd mit.

»Tausend – – –«

Taccio beugte sich vor und flüsterte ihm etwas zu. Mit einem breiten Grinsen sah sich der Bettler um.

»Bei der Madonna, das ist etwas Gutes!« sagte er laut.

Taccio griff erneut in den Beutel. Er ging von Mann zu Mann, und immer geschah das gleiche ... das leise Klirren der Münzen, ein schnelles Flüstern und ein zufriedenes Nicken.

Dann plötzlich war der Campa San Polo leer. Wie die Ratten huschten sie davon und wurden aufgesogen von den schweigenden Kanälen. Zurück blieb allein Roberto Taccio, mit einem leeren Beutel und schwitzendem Gesicht.

Er war zufrieden. Das Königreich der Bettler, die Zunft Roberto II., war in straffer Zucht.

Um Sergio Cravelli und seinen Palazzo Barbarino zog sich ein unzerreißbares Netz.

Der Geschäftsführer vom Grand-Hotel Excelsior eilte mit wehenden Schößen seines Cuts herbei, als er Rudolf Cramer durch die Drehtür in die Palmenhalle kommen sah.

»Signore!« keuchte er und nahm gegen die Etikette Cramer zur Seite und stellte ihn hinter einen der großen Palmenkübel. »Im Namen der Dame, die Sie eingeladen haben, muß ich mich beschweren! Bitte, verzeihen Sie diese Ungehörigkeit von mir, aber einem Gast, der schon 10 Jahre zu uns kommt und mit dem wir vertraut sind, erlaube ich mir, dies zu sagen! Die Dame war fast verzweifelt, dem Weinen nahe ...«

Cramer nagte an der Unterlippe. In seinem Körper vibrierte eine Spannung, die sich sogar dem Geschäftsführer mitteilte. Er schwieg plötzlich und trat einen Schritt zurück.

»Ist etwas geschehen, Signore?« fragte er.

»Wo ist Fräulein Wagner jetzt?«

»Sie schläft. Françoise meldete es.«

»Dann lassen Sie sie bitte schlafen!« Er griff nach vorn und faßte den zurückweichenden Geschäftsführer an den Revers des Cuts. »Sie kommen mit!«

»Wohin?«

»In Ihr Büro! Ein Taifun wird durch Ihren feudalen Laden brausen, der euch die Haare vom Kopf weht!«

»Sie ... Sie reden in Rätseln, Signore – – –«

»Ist Dr. Berwaldt zurück?«

»Nein!«

»Das kann er auch nicht! Er ist verschwunden! In Venedig verschwunden! In einem dieser dreckigen, faulenden, schweigenden Kanäle, um die ihr alle einen weiten Bogen fahren laßt. Es ist wie damals vor zehn Jahren . . . Sie wissen es noch, Pietro?!«

»Unmöglich, Signore! Unmöglich!« Der Geschäftsführer ordnete seinen Cut. Sein Gesicht wirkte trotz der Bräune fahl und wie eingefallen. »Der Ruf unseres Hauses!«

»Ich pfeife auf diesen Ruf, wenn es um einen Menschen geht! Sie haben hier in diesem herrlichen Venedig ein Untier ... wissen Sie das?! Zu was ein Mensch an Satanischem fähig sein kann, das vereint sich in diesem einen Körper! Und Sie reden vom Ruf Ihres Hauses!

Los, zum Telefon! Ich möchte von Ihrem Büro aus telefonieren – – –«

»Entsetzlich! Meine Gäste – – –«

Cramer rannte durch die Halle, stieß die Tür des Büros auf und setzte sich hinter den Schreibtisch. Der Geschäftsführer wirbelte hinterher und trat unhöflich die Tür hinter sich zu, als die drei Portiers in der Rezeption neugierig ins Zimmer sahen.

»Wen . . . wen wollen Sie anrufen?« rief er.

»Erst die Polizeipräfektur – – –«

»Die ist um diese Zeit nicht besetzt. Das nächste Revier – – –«

»Und alle Zeitungen, die erreichbar sind . . .«

»Alle Zeitungen?« Der Geschäftsführer setzte sich schwer. »Was wollen Sie denn durchgeben?«

»Das werden Sie gleich hören.«

»Auch den Namen unseres Hauses?!«

»Natürlich!«

»Nie! Das ist ein Skandal!« Er sprang auf und riß Cramer den Hörer aus der Hand. »Unsere Gäste werden weglaufen!«

»Dableiben werden sie. Auf Wochen hinaus werden Sie ausverkauft sein! Pietro . . . Sie kennen doch die menschliche Mentalität. Das Leid des einen ist die ersehnte Frühstückslektüre der Masse! Und sie werden morgen früh etwas haben, was ihnen zwischen Kaffeetasse und Brötchen die Haare in die Höhe treibt und den Honig vom Löffel tropfen läßt! Aus dem Grand-Hotel ›Excelsior‹ verschwindet ein bekannter Arzt und Wissenschaftler – – –«

»Ich bin ruiniert!« schrie der Geschäftsführer. »Sie bekommen den Hörer nicht!«

»Es gibt in Venedig genug Telefone, Pietro. Machen Sie sich nicht lächerlich! Ihr Apparat liegt mir am nächsten, das ist alles. Also – – –«

Der Geschäftsführer reichte Cramer den Hörer. Dieser drückte auf einen weißen Knopf und war mit der Telefonzentrale des Hotels verbunden.

»Mein Fräulein!« sagte Cramer hart. »Nehmen Sie in den nächsten Minuten keinerlei Hausgespräche an. Lassen Sie die Leitung für alle anderen besetzt. Und verbinden Sie mich jetzt nacheinander mit sämtlichen Zeitungsredaktionen und Korrespondenten in Venedig und Chioggia. Ja . . . es geschieht mit Billigung von Direktor Pietro Barnese. Ich bin im Büro von Signore Barnese.«

Der Geschäftsführer legte seufzend die Hände ineinander. Er hockte auf seinem Stuhl, als sei er ein überführter Verbrecher.

»Wie ... wie soll ich das verantworten ...« stotterte er.

»Mit der Menschlichkeit!«

»Mit ...« Er starrte Cramer an. »Signore, Sie sind doch nicht betrunken – – –«

»Sie können dann sagen, mitgeholfen zu haben, die Welt zu retten!«

»Sie ... Sie haben also doch getrunken?!« Er wollte aufspringen und Cramer den Hörer wieder entreißen, aber dieser wehrte ihn mit der Linken ab.

»Ja, Fräulein!« rief er ins Telefon. »Ja ... bitte die Nachtredaktion! Ich gebe etwas durch, was noch in die Frühausgabe muß! Was heißt hier, schon imprimiert? Dann fliegt eben ein anderer Artikel heraus! Sie werden es sehen – – – aha ... der Nachtredakteur! Hier ist Cramer. Sie kennen mich nicht, aber ich komme morgen zu Ihnen. Bitte, hören Sie mich an und schreiben Sie mit – – –«

Pietro Barnese starrte Cramer ungläubig an, als dieser die folgenden Sätze diktierte. Ab und zu wischte er sich den Schweiß von der Stirn und seufzte tief.

»Wir sind ruiniert!« sagte er immer wieder. »Signore, daß Sie uns das nach zehn Jahren Freundschaft antun ...«

Gespräch reihte sich an Gespräch.

Rudolf Cramer erläuterte, diktierte, beteuerte und versprach.

Zuletzt rief er die Polizei an.

Als er den Hörer endlich wieder auflegte und sagte: »Fräulein ... das wäre alles. Ich danke Ihnen sehr«, war es bereits früher Morgen.

Über Venedig glomm die Sonne aus dem Meer, die Kuppeln der Kirchen wurden golden, die Kanäle färbten sich blau, auf den Märkten wurden die Stände aufgebaut, die ersten Fischerfrauen gingen in die Kirche und beteten um einen guten Tag.

Um den Palazzo Barbarino lungerten einige Bettler. Sie fielen nicht auf, nicht einmal dem Butler Cravellis, der zum Markt ging, um frische Landbutter zu kaufen.

Mit einem Aufschrei fuhr Ilse Wagner aus dem Bett empor. Die Sekunde zwischen Traum und Wirklichkeit jagte ihr einen wilden Schrecken ein.

Sie hatte geträumt, in Berlin in ihrem Bett zu liegen. Plötzlich wehten die Gardinen, und über das Dach kletterte ein Mann in ihr Zimmer. Er sah aus wie Cramer, aber seine Augen waren kalt und voller Gier. Da schrie sie auf und wollte aus dem Bett springen.

Aber es gelang nicht ... wie gegen eine unsichtbare Wand prallte sie und wurde zurückgeworfen.

Da wachte sie auf und saß vor einer bunt bezogenen Mauer. Rosen leuchteten ihr entgegen, und sie wichen auch nicht, als sie mit beiden Fäusten dagegen trommelte.

Erst dann war sie völlig wach und sah sich vor der Wand sitzen, an der das Hotelbett stand. In Berlin stand ihr Bett anders, und die Angewohnheit, immer an der einen Seite aus dem Bett zu steigen, hatte sie jetzt im Halbschlaf gegen die Wand prallen lassen.

Vor den großen Fenstern leuchtete die Sonne durch die Ritzen der Vorhänge. Gedämpftes Stimmengewirr drang von draußen ins Zimmer. Sie sah auf die Uhr. Neun Uhr vormittags.

Sie sprang auf, ging zu den Fenstern und zog die schweren Vorhänge zurück. Das Zauberbild des Canale Grande unter ihr ergriff sie nicht mehr. Nach den Aufregungen dieses ersten Tages in Venedig war jetzt, nach einer tief durchschlafenen Nacht, die klare Nüchternheit zurückgekehrt.

Allein in einer fremden Stadt. Mit 100 Mark in der Tasche. Ein Chef, der nicht gekommen ist. Ein ... ein neuer Bekannter (zu einer anderen Bezeichnung wollte sie nicht finden und widersetzte sich dem Gefühl, ihn mehr zu nennen), der sie schon in der ersten Minute belogen hatte und sich Cramer nannte. Ein Zimmer, das sie nie bezahlen konnte, und unten im Hotelbuch eine Souper-Rechnung, die ebenfalls offen bleiben mußte. Das waren die Tatsachen, wie sie Ilse Wagner sah ... nicht mehr den sonnigen Canale Grande mit den bunten Obstgondeln.

Auf dem gläsernen Tisch vor der mit Damast bezogenen Couch stand in einer geschliffenen Kristallvase ein großer Rosenstrauß.

Verwundert blieb Ilse stehen. Sie konnte sich erinnern, daß er gestern abend noch nicht dort gestanden hatte. Es waren frisch gepflückte Rosen ... die Tautropfen glitzerten noch an den wachsglatten, geschlossenen Blütenblättern.

Ein Zettel stak zwischen den Blüten. Eine Visitenkarte mit einer großen Schrift unter dem gedruckten Namen.

Ohne sie anzurühren, las Ilse Wagner.

Rudolf Cramer, Zürich, Opernhaus.

Und darunter, handschriftlich: »Guten Morgen – – –«

Mit einer schroffen Bewegung wandte sie sich ab. Sogar Karten hat er sich mit dem falschen Namen drucken lassen, dachte sie bitter. Und dieser Gedanke schmerzte sogar, so sehr sie sich dagegen wehrte. Er ist ein Hochstapler ... das war jetzt nach dem Abfallen des Zaubers der vergangenen Nacht die einzige Erkenntnis, die übrig blieb. Auch diese Rosen bewiesen es.

Sie sah sich langsam im Zimmer um. Das Abendkleid lag noch über der Sessellehne, die silbernen Schuhe, die seidene, mit Gold durchwirkte Stola, die glitzernde Abendtasche ... Requisiten eines Traumes, Strandgut eines Stundenglückes. Im grellen Licht der Sonne war es wie eine weggeworfene Versuchung.

Mit einem Ruck riß sie sich von dem Anblick los. Hastig eilte sie zum Kleiderschrank und riß das Reisekostüm wieder hervor. Dann rannte sie in das Badezimmer, wusch sich schnell und starrte ihr verzweifeltes Gesicht an, das ihr wie mit einem stummen Schrei entgegenprallte. Mit zitternden Händen versuchte sie, die kunstvolle Frisur des Abends nachzuformen. Es gelang ihr schlecht, aber sie ließ ihre Haare so. Es war doch gleichgültig, wie man auf der Polizeiwache erscheinen würde. Als versetztes Tippmädchen, als Zechprellerin, als ein »Fall«, den man mit etwas Taschengeld vom deutschen Konsulat aus nach Berlin wieder abschieben würde.

Während sie den Koffer packte, hörte sie auf der Straße an der Hotelseite einige Jungen schreien. Ihre hellen Stimmen tönten grell durch die geöffneten Fenster hinein. Plötzlich war es ihr, als verstünde sie einen Namen. Sie warf die Wäsche auf den Boden und rannte an das Fenster.

Ein Zeitungsjunge stand an der Hausecke und schwenkte die Morgenzeitung. In seinem unverständlichen Geschrei hörte sie immer wieder einen undeutlich ausgesprochenen Namen:

Berwaldt ... Berwaldt ... Berwaldt ...

Eine ungeheure Unruhe ergriff sie. Weit beugte sie sich vor aus dem Fenster. Der Zeitungsjunge schwenkte das Blatt. Eine Flut italienischer Worte sprudelte aus seinem Mund. Und dann das undeutliche Wort, das so klang wie Berwaldt.

Ilse Wagner rannte zurück ins Zimmer. Sie riß die Tür auf, wirbelte den Gang entlang und stürzte die breite Treppe hinab in die Halle. Dort fiel sie in die Arme Pietro Barneses, der gerade eine neuangekommene Dame zum Lift geleitete.

»Was ist mit Dr. Berwaldt?« rief sie ohne Rücksicht auf die anderen Hotelgäste, die die Halle bevölkerten. »Signore Direktor ... was rufen die Zeitungsjungen da?! Was soll diese Aufregung?! Was ist mit Dr. Berwaldt ...?!«

Pietro Barnese begann plötzlich, heftig zu schwitzen. Ein Page nahm die neuangekommene Dame und führte die Erstaunte zum Lift ... Barnese schob Ilse Wagner hinter einen Palmenkübel.

»Fassung, Signorina, bitte Fassung! Es ist Aufregung genug im Hotel! Dieser Cramer! Madonna mia! Soll ich Ihnen einen Fruchtsaft bringen lassen, Signorina?«

»Was ist mit Dr. Berwaldt?« schrie Ilse Wagner. »Was verheimlicht man mir hier?! Was steht in der Zeitung? Ich will wissen – – –«

Sie lehnte sich gegen die Wand. Ihr Herz schlug rasend, und plötzlich hatte sie den tiefen Wunsch, Rudolf Cramer möge erscheinen und ihr helfen. Pietro Barnese steckte die Hand in die linke Rocktasche. Dort knisterte die zusammengefaltete Morgenzeitung.

»Wir wissen gar nichts, Signorina. Nur ein Verdacht ist es, ein dummer Verdacht dieses Signore Cramer. Er meint, daß Dr. Berwaldt ein Unglück zugestoßen ist. Als ob ein Mann nicht einen Tag woanders sein kann ... und gerade in Venedig – – –«

»Nicht Dr. Berwaldt!« Ilse Wagner war es, als setze ihr Atem aus. »Sie kennen ihn nicht ... Wenn er verschwunden ist, ist ein Verbrechen geschehen. Hat man eine Spur?«

»Nichts! Gar nichts! Signore Cramer hat die halbe Welt in Aufruhr versetzt. In allen Zeitungen steht es, die Polizei sucht ... aber ich zweifle, daß es etwas nützt ...«

»Das ... das hat alles Herr Cramer getan?« fragte Ilse leise. Aber so leise ihre Stimme war, ein Ton herrlichen Glücks schwang in ihr mit. »Er sucht ihn – – –«

»Seit dem vergangenen Abend. Es ist seine Entschuldigung, daß er gestern nicht ...«

»Er sucht ihn«, sagte Ilse glücklich.

»Wenn Sie die Zeitungen lesen, Signorina ... es ist eine Sensation für Venedig und ein Skandal für das Grand-Hotel ›Excelsior‹!«

Pietro Barnese zog die Zeitung aus seiner Tasche, entfaltete sie und reichte sie Ilse. Eine breite, rote Balkenschrift ging über die ganze Seite. Das einzige, was Ilse Wagner lesen konnte, war der Name Dr. Berwaldt.

»Bitte, übersetzen Sie mir den Artikel«, sagte sie atemlos. »Ich kann es ja nicht lesen – – –«

»Bitte, Signorina.«

Barnese nahm das große Blatt, räusperte sich und begann langsam zu lesen:

»Wo ist Dr. Berwaldt?

Seit vorgestern ist in Venedig ein Mensch verschwunden – irgendwo in den schweigenden Kanälen! Es ist der deutsche Arzt und Forscher Dr. Peter Berwaldt, der zu geschäftlichen Besprechungen nach Venedig kam und im Grand-Hotel ›Excelsior‹ wohnte. Vorgestern verließ er in Begleitung eines Herrn das Hotel und bestieg an der Piazetta eine Gondel. Es war keine konzessionierte Gondel, sondern eine Privatgondel. Er wurde zuletzt gesehen, wie er in den Canale Santa Anna einbog. Von da ab fehlt jegliche Spur von Dr. Berwaldt.

Wir erinnern uns an den tragischen Fall der Tänzerin Ilona Szöke, die vor zehn Jahren für ihren Gatten ein Schmuckstück kaufen wollte, zuletzt ebenfalls in einer Gondel bei der Einfahrt in den Canale Santa Anna gesehen wurde und dann verschwand. Nach fünf Tagen wurde ihre Leiche erdrosselt in einem Seitenkanal angeschwemmt.

Wo ist Dr. Berwaldt?!

Dieser Ruf ergeht an alle! Wir rechnen mit der Hilfe der gesamten Bevölkerung. Meldungen nimmt jeder Polizist entgegen. Für eine Klärung des rätselhaften Verschwindens oder die Wiederfindung des Vermißten ist von privater Seite eine Belohnung von 100 000 Lire ausgesetzt worden.«

Pietro Barnese schwieg und ließ die Zeitung sinken. Er sah Ilse Wagner mitleidig an. Bleich und mit zitternden Lippen lehnte sie an der Wand.

»Die ... die 100 000 Lire hat Herr Cramer ausgesetzt«, fügte er wie tröstend hinzu.

»Das ... das sind nach deutschem Geld 6000 Mark, nicht wahr?«

»Ja.«

»Und wo ist Herr Cramer jetzt?«

»Unterwegs zu den Redaktionen der Zeitungen. Er hat eine Idee, eine verrückte, Signorina. Er will den Fall ganz groß aufmachen ... so sagt man dazu. Er will den Verbrecher – wenn es ihn überhaupt gibt – nervös machen, herauslocken, ihn zu einem Fehler verleiten. In einer Stunde sollen Extrablätter erscheinen mit der Geschichte der armen Ilona Szöke. Ich habe sie noch gekannt ... ein wunderschönes Mädchen ...«

»Ich möchte auf mein Zimmer«, sagte Ilse Wagner schwach. »Ich ... ich kann nicht mehr – – –«

Pietro Barnese winkte einem Boy, der Ilse zum Lift begleitete.

Herbeidrängende, aufgeregte Hotelgäste umringten Barnese. Zeitungen wurden geschwenkt, ein Gewirr von Stimmen erfüllte die Palmenhalle. Beim Hinaufgleiten des Lifts sah Ilse Wagner, wie Pietros Cut in der Flut der Sommeranzüge und Kleider untertauchte und nur seine Hände aus dem Gewühl hervortauchten.

*

Für Sergio Cravelli begann der Tag mit einer bösen Mißstimmung und einem ohnmächtigen Ärger.

Zwei Grundstücke, auf die er gehofft hatte, wurden zurückgezogen, sicherlich nur, um den Preis in die Höhe zu treiben. Drei Kunden, die schon früh am Morgen kamen, beschwerten sich über einige Bettler, die sie am Fuße der Palazzotreppe angehalten hatten und sie nach den Namen gefragt hatten. Sie waren so verblüfft gewesen, daß sie ihn genannt hatten.

Cravelli rannte auf den Balkon, der über den Canale Santa Anna hing, und sah hinunter auf seine Freitreppe. Links und rechts von der Haustür hockten je ein zerlumpter Bettler und starrten trübsinnig in die schmutzigen Wasser des Kanals.

»Ein Lumpenpack!« schrie Cravelli und rannte in sein Büro zurück. »Man sollte die Hunde draufhetzen!«

Aber er wagte nicht, es zu tun. Er war Venezianer. Er kannte die Macht der Bettlergilde. Eine Feindschaft mit den Ratten der Altstadt war nur durch einen Wegzug aus Venedig zu beenden. So hörte er mit knirschender Wut von jedem seiner Besucher, daß sie angehalten worden waren.

»Was wollten sie?« tobte er. »Nur den Namen? Warum denn das?!«

Er rannte wieder auf den Balkon und beugte sich über die steinerne Brüstung.

»He!« schrie er zur Treppe hinunter. »Was sitzt ihr da herum?! Das ist meine Treppe! Mein Grund und Boden! Ich rufe die Polizei, ihr Kreaturen!«

Die Bettler sahen still zu ihm empor. Sie zogen die Hüte ab und hoben sie wie bettelnd zu ihm hoch. Cravelli hieb mit den Fäusten auf die Mauer und ging zurück in sein hallenartiges Arbeitszimmer. Dort setzte er sich hinter seinen massigen Schreibtisch und trank den Kaffee, den ihm der Butler servierte.

»Auch hinter dem Haus stehen sie . . .« sagte er.

»Auch dort?« schrie Cravelli.

»Sie müssen schon die Nacht dort gestanden haben. Paolo, der gegen Morgen zurückkam, wurde bereits angehalten. Ebenfalls Luigi und Sophia.«

Cravelli nickte. Hastig trank er seinen Kaffee, aß ein Stück Gebäck und rannte dann wieder auf den Balkon. Zwei andere Bettler saßen auf der Treppe. Einer von ihnen spielte sogar Mundharmonika.

Es muß einen Sinn haben, dachte Cravelli. Unruhig, mit schnellen, kleinen Schritten, rannte er in dem riesigen Büro hin und her, von Regal zu Regal, vom Balkonaustritt zur Tür, rund um den Schreibtisch und wieder zu einem Fenster. Durch die Gardine verdeckt, blickte er hinunter zum Kanal. Die Bettler saßen auf der Treppe. Jetzt nähte einer von ihnen seinen zerrissenen Rock.

Eine plötzliche Unruhe stieg in Cravelli hoch. Er stand unter Bewachung ... das war jetzt klar. Aber warum bewachten ihn die Bettler? Warum überhaupt wurde er bewacht? Was war nach draußen gedrungen, an das feine Ohr der Ratten?

Pünktlich um zehn Uhr vormittags klopfte es. Der Butler brachte die Post und die Morgenzeitungen.

Unter einem Berg von Briefen lagen als Letztes die Morgenzeitungen von Venedig.

Cravelli nickte mißmutig und blätterte die Briefe durch. Lautlos entfernte sich wieder der Butler. Cravelli warf die Briefe, nachdem er die Absender gelesen hatte, ungelesen zur Seite, dann griff er nach der ersten Zeitung und schlug die Titelseite auf.

Die Post hatte Zeit. Wichtiger war, ob Prof. Panterosi einen Artikel in der Zeitung hatte. Am vergangenen Abend hatte Cravelli eine kurze Unterredung mit dem Chirurgen gehabt. Panterosi war im Palazzo Barbarino erschienen, entgegen seiner Art unangemeldet und ziemlich erregt.

»Wo ist dieser deutsche Arzt?!« hatte er gerufen, kaum daß er durch die Tür der Bibliothek rannte. »Ich muß ihn sofort sprechen!«

»Sie meinen Dottore Berwaldt?« hatte Cravelli hinhaltend gefragt.

»Wer denn sonst? Im Hotel ist er nicht. Ich muß ihn sofort sprechen! Sofort!«

»Ist Ihre Patientin gestorben, Professor?«

»Gestorben? Sie ist schmerzfrei!« Panterosi setzte sich in einen der Sessel und trommelte mit den Fingern nervös auf die Lehne. »Es ist unbegreiflich! Auch die Röntgenkontrolle beweist deutlich ein Aufweichen des Stammcarcinoms! Dieser Mann ist ein Genie! Ein Retter der Menschheit! Wo ist er! Ich brauche dringend zur Weiterbehandlung weitere Injektionen – – –«

Cravelli hatte Prof. Panterosi mit einer Mischung von Erstaunen und Entsetzen angesehen.

»Weiterbehandlung? Ich dachte, Sie haben nur den Affen Julio als Versuch – – –«

Prof. Panterosi fuhr sich mit beiden Händen verzweifelt über das zerknitterte Greisengesicht. »Cravelli ... Julio lebte weiter!

Mein Gott – starren Sie mich nicht so an! Ja, ja ... ich habe mit dem Rest, den Dr. Berwaldt mir für Julio dagelassen hatte, eine inoperable Frau behandelt. In der Klinik weiß es nur mein Oberarzt. Die Frau lag bereits im Koma! So oder so ... es war gar keine Hoffnung mehr vorhanden. Da habe ich ihr dreimal das Berwaldtmittel injiziert. Ich habe mir gesagt: Wenn man einer Sterbenden eine winzige Chance geben kann – – –«

»Und?« Cravelli schluckte krampfhaft. »Professor – – es war der erste Menschenversuch. Selbst Berwaldt hat bisher nur Mäuse und Ratten – – –«

»Die Frau erwachte aus dem Koma!« schrie Panterosi. »Wir standen herum wie kleine Kinder, die ein Wunder erleben. Mein Gott, begreifen Sie jetzt, Cravelli! Ich brauche Dr. Berwaldt ... ich brauche neue Injektionen – – – wir haben ein Jahrhundert lang verschlossenes Tor aufgestoßen ...«

»Dottore Berwaldt ist abgereist – – –«, sagte Cravelli leise.

»Wieso? Wohin?«

»Zurück nach Berlin.«

»Das kann nicht sein. Ich habe mit Berlin telefoniert. Er ist dort nicht angekommen! Auch hat er keinerlei Nachricht gegeben, daß er kommt!«

Sergio Cravelli schnürte es die Kehle zu. Damit hätte man rechnen müssen, dachte er. Natürlich hatte Panterosi keine Ruhe gegeben, als er den beginnenden Erfolg bemerkte. Hier war ein Fehler, der das ganze Unternehmen in Gefahr bringen konnte. Und man konnte auch nicht die bewährte Methode anwenden und die Zeugen verschwinden lassen ... Prof. Panterosi war kein Patrickson oder Dacore. Er bedeutete von jetzt an einen unbewußten, gefährlichen Gegenspieler.

Cravelli hob bedauernd die Schultern. »Er wird vielleicht noch andere Besuche haben? Ein Mann wie er ist begehrt – – –«

»Begehrt?« Prof. Panterosi sprang auf. »Mann, wissen Sie überhaupt, was dieser Berwaldt da entdeckt hat.«

»Und ob ich das weiß, Professor«, antwortete Cravelli ehrlich.

»Ich habe gedacht, Sie seien mit Dr. Berwaldt als Vertreter einer Industriegruppe – – –«

»Das stimmt, Professor. Aber Dr. Berwaldt erbat sich Bedenkzeit.« Auch das stimmt, dachte Cravelli. Ich lüge nicht. Berwaldt sitzt im Keller, und es ist nur eine Frage der Zeit, bis er weich genug ist.

»Sie haben ihm nicht genug geboten, was?« Panterosi rannte in der großen Bibliothek hin und her. »Dieser Geiz, diese Krämerseelen! Da hat man einen Mann in der Hand, der Millionen retten kann ... und was tut man? Man läßt ihn mit Bedenkzeit ziehen! Alle Schätze der Erde sollte man vor ihm aufhäufen! Er hat sie verdient – – –«

»Ich weiß das alles, Professor. Aber Berwaldt ist ein schwieriger Mann.«

»Sein gutes Recht! Er weiß, was er da erfunden hat! Cravelli! Wo bleibt Ihr Nationalismus?! Italien – das Land, das die Welt von der Krebsgeißel befreit! Mensch, das ist wie die Entdeckung eines Galilei! Und Sie lassen ihn weggehen!«

»Er wird wiederkommen. Bestimmt.« Cravelli spürte ein starkes Unbehagen. Wenn Panterosi über seine Erlebnisse der letzten Tage einen Bericht veröffentlichte, würde die Meute der internationalen Presse sich auf den Palazzo Barbarino stürzen. Das war genau das, was Cravelli auf alle Fälle verhindern mußte.

Prof. Panterosi war dann wieder gegangen. Erregt, auf die Kaufmannsseelen schimpfend, Cravelli beschwörend, die Berwaldtsche Erfindung für Italien zu sichern.

Daran dachte Sergio Cravelli, als er die erste Zeitung auffaltete. Eine rote Schlagzeilen schrie ihm entgegen.

»Wo ist Dr. Berwaldt?«

Cravelli fegte die Briefstapel vom Tisch und öffnete mit bebenden Fingern die anderen Zeitungen. Überall war es das gleiche. Auf der ersten Seite, in roter, schreiender Schrift.

»Wo ist Dr. Berwaldt?«

Und darunter der Text, bei dessem flüchtigen Lesen kalter, klebriger Schweiß aus Cravellis Körper brach. Sein Vogelgesicht war fahl und fiel in sich zusammen, als löse sich unter der Haut das Fettgewebe auf.

Ilona Szöke ... vor zehn Jahren ... im Canale Santa Anna ... Dr. Berwaldt, zuletzt gesehen im Canale Santa Anna ... Wo ist Dr. Berwaldt ... 100 000 Lire Belohnung ...

Cravelli sprang auf und rannte hinaus. Von der Halle blickte er auf seine breite marmorne Treppe zum Canale. Wieder saßen die Bettler dort ... sie starrten gegen den Palazzo und spielten auf einer Harmonika und einer Geige wehmütige Melodien. Cravelli stieß den Kopf vor. Er kannte die Melodie. Man spielte sie bei den Begräbnissen ... Grabgesänge ...

»Ruhe!« brüllte er und hieb mit der Faust gegen die Wand. »Ruhe! Ruhe!!« Er rannte durch die Halle, raste die Treppe hoch, durchquerte sein Arbeitszimmer und stürzte auf den Balkon. Mit beiden Fäusten trommelte er auf die Steinbrüstung. »Ruhe!« schrie er grell. »Ruhe! Zum Teufel! Ruhe!«

Der Butler und zwei Diener eilten ins Zimmer. Der Butler trug ein Glas Wasser und reichte es dem bleichen Cravelli. Mit einem Fluch nahm er das Glas und warf es vom Balkon gegen einen der Bettler. Dieser fing es geschickt auf, betrachtete es, nickte zufrieden und steckte es in die Tasche seines zerlumpten Anzuges.

Cravelli schlug die Türe zu. Mit zusammengebissenen Zähnen sah er seine Bediensteten an. Hatten sie auch schon die Morgenzeitungen gelesen? Sicherlich. Es war das erste, was man in der Küche tat. Lockten sie die 100 000 Lire Belohnung? Stieg in ihnen nicht Verdacht auf?

Eine stille, aber fast lähmende Angst kroch in Cravelli hoch.

»Was ist? Was steht ihr hier herum?« schrie er, um sich mit dem Klang seiner Stimme Mut zu machen. »Mich machen diese Ratten da draußen nervös! Wahnsinnig machen sie mich! Sorg dafür, daß sie verschwinden! Ich gebe euch 10 000 Lire extra, wenn sie verschwinden! Und wenn ihr sie in den Canale werft – – –«

»Es werden neue kommen, Signore.« Der Butler bückte sich und hob die auf den Boden gefegten Briefe auf. »Wir haben es schon versucht . . . es ist sinnlos.«

»Aber was wollen sie denn hier?« keuchte Cravelli.

Die Diener sahen hilflos aus. Auch der Butler machte ein verzweifeltes Gesicht. »Wir wissen es nicht, Signore. Sie sagen nichts . . . sie lächeln nur und bleiben – – –«

Cravelli winkte. Die Diener verließen schnell das Büro. Er ging noch einmal an das Fenster und starrte hinaus. Die Bettler verhandelten mit einem Besucher Cravellis. Er erkannte ihn. Es war Paolo Dipaccio, ein Landmann, der seine Felder verkaufen wollte, weil eine Siedlungsgesellschaft Reihenhäuser bauen wollte. Anscheinend wollte Dipaccio nicht seinen Namen nennen. Die Bettler versperrten ihm den Weg zur Tür. Aber auch zurück konnte er nicht mehr . . . der Gondoliere hatte seine Gondel wieder abgestoßen und ruderte zum Canale Grande zurück, ungeachtet der Rufe, die Dipaccio ausstieß.

Wenn das Panterosi gelesen hat, dachte Cravelli und zerknüllte die Zeitung. Sicherlich hat er es gelesen. Und er wird in wenigen Minuten hier erscheinen, die Bettler werden ihn festhalten, er wird toben, es wird einen Skandal geben, er wird die Polizei alarmieren . . . Cravelli schluckte krampfhaft. Natürlich, die Polizei. Sie würde nun auch zu ihm kommen, nach diesem Artikel! Und es würde wieder wie vor zehn Jahren sein. Fragen über Fragen, aber dieses Mal argwöhnischer, gezielter.

Er setzte sich schwer hinter seinen Schreibtisch und legte den Kopf in beide Hände. Zehn Meter unter den Dielen seines Zimmers saß um die gleiche Zeit ein Mann vor einem voll eingerichteten Laboratorium, unrasiert, geblendet von den Tag und Nacht brennenden Neonröhren, und trank in kleinen Schlucken Orangensaft.

Cravelli schloß die Augen. Ging so ein erfolgreiches Leben zu Ende, dachte er. Ist das der Abschied des großen Sergio Cravelli? Wie zielbewußt war bisher sein Weg gewesen, getragen von der unheimlichen Logik eines Erfolgmenschen.

Sein Vater war ein Beamter gewesen. Ein vornehmer, rechtschaffender, gläubiger Mann. Verwaltungssekretär im venezianischen Arsenal. Er ließ sich immer mit »Herr Sekretär« anreden und hatte eine große Weisheit, die er auch dem kleinen Sergio fast täglich mitteilte: »Merke es dir, Bambino ... wer dem Staat dient, führt ein gottgefälliges Leben.« Und so stand es eigentlich fest, daß auch Sergio Beamter werden würde.

Aber er wurde es nicht. Während sein Vater sich weiterbildete und einen verbissenen Fleiß an den Tag legte, lief Sergio aus der Schule fort und wurde Bote bei einem Architekten. Der alte Cravelli schrumpfte vor Kummer zusammen, aber sein Sohn wurde stark und groß und ließ sich nichts mehr sagen. Vom Boten avancierte er zum Zeichner. Der Architekt bildete ihn selbst aus und stellte ihn zum Auszeichnen der Pläne an den Zeichentisch.

Mit achtzehn Jahren bekam Sergio Cravelli einen Begriff, was es heißt, Wissen zu besitzen. Mehr Wissen als andere. Er machte eine Aufnahmeprüfung und wurde Schüler der Hohen Schule für Baukunst in Venedig. Das versöhnte ihn wieder mit seinem Vater, der ihn überall mit »Der Herr Student Cravelli« vorstellte. Mit zwanzig Jahren verließ er die Schule wieder. Er hatte entdeckt, daß viele Leute ihr Land verkaufen wollten, aber nicht wußten, wie man das anfängt. So wurde Sergio Cravelli Grundstücksmakler. Ganz klein begann er, mit einem Zimmer am Fischmarkt. Der Gestank von Makrelen und getrocknetem Fisch lag wie eine Wolke unter der Decke, aber die Kunden kamen ... zuerst arme Bauern, die er begaunerte, dann Grundbesitzer, denen er die Ländereien abschwatzte und die er dann als gutes Weideland weiterverkaufte, obwohl sie vor Wasserarmut jeden Sommer ausdörrten. Allerdings verkaufte er diese Grundstücke im Herbst, wo sie nach den Regentagen in vollem Saft standen. Und nie kamen Anzeigen, was Cravelli am meisten wunderte. Im Gegenteil, es sprach sich bald herum, daß man bei Sergio Cravelli gut kaufen und noch besser verkaufen konnte.

Von jeher sich über die Dummheit seiner Umwelt wundernd, ging Cravelli nach diesen Maklererfolgen zu größeren Geschäften über. Er kaufte alte Villen auf den Lagunen, renovierte sie, indem er sie nach außen hin aufpolierte und verkaufte sie wieder an Ausländer mit mindestens 300% Gewinn. Das gleiche machte er mit Ladengeschäften.

Nach zehn Jahren intensiver Arbeit kaufte sich Sergio Cravelli den Palazzo Barbarino am Canale Santa Anna. Er war ein großer Mann geworden. Sein Vater starb in dem Bewußtsein, einen wundervollen Sohn zu haben. Das Maklergeschäft blühte weiter. Cravelli gründete Filialen in allen großen Städten Italiens. Aber diese Büros waren nur Firmenschilder, weiter nichts. Cravelli war plötzlich, ohne das man es nach außen hin merkte, der Sprung in das große Geschäft geglückt. So, wie ein Fuchs die heiße Füchsin riecht, tauchte Cravelli eines Tages in den Kreisen auf, wo Millionen zur Selbstverständlichkeit gehören.

Die ganz großen Händler handeln nicht mit Häusern ... sie handeln mit Seelen. Mit Toten. Mit dem Leid der Welt. Mit dem Schrecken der Menschheit. Mit der Vernichtung.

Cravelli stieg in den Waffen- und Chemikalienhandel ein. Ob in Nordafrika oder Korea, in Indochina oder Südamerika, im Dschungel oder in der Wüste ... überall war die Abkürzung S. C. ein Zauberwort, das Waffen, Munition und Revolution versprach. Geheimdienste, Militärs und Staatsmänner kannten ihn; man empfahl ihn wie eine besonders attraktive Dirne. Man reichte ihn herum. Von unbekannten riesigen Waffenlagern aus, meistens versteckt auf kleinen Felseninseln vor der dalmatinischen, griechischen oder vorderasiatischen Küste, gingen Cravellis Schmugglerboote oder seine falsch gemeldeten Dampfer zu den Plätzen, wo Blut und Tränen, Mord und Elend das Land verwüsteten ... mit der Gütemarke S. C.

Nebenbei festigte er seinen Ruf, der beste Makler Norditaliens zu sein, denn nun konnte er es sich leisten, Grundstücke billig abzugeben und sich dadurch Freunde zu verschaffen.

Bis zu jenem Tag vor zehn Jahren!

Es war ein zauberhafter Abend voll Musik und schwüler Sommerhitze. Sie drückte aufs Herz und gab den Gedanken erschrekkende wollüstige Träume.

In dieser Stimmung sah Cravelli von seinem Balkon, wie eine Gondel bei ihm anlegte. Eine junge Frau stieg aus. Als sei es eben erst gewesen, hörte Cravelli heute noch den Klopfer gegen die Tür dröhnen und hörte die helle Stimme der Frau: »Bleiben Sie hier, Gondoliere! Warten Sie auf mich.«

Mit eigener Hand hatte Cravelli geöffnet. Er verstummte beim Anblick der Schönheit, die ihm entgegenlachte. Der Gruß blieb ihm in der Kehle stecken, er stammelte heiser einige unverständliche Worte und geleitete die junge Frau in seine Bibliothek.

»Ich möchte den Ring sehen – – –« hatte sie gesagt.

»Einen Ring?« hatte Cravelli dumm gefragt.

»Ja! Sie haben doch einen Ring zum Verkauf angeboten. In der Zeitung – – –« Ihre Stimme war hell, energisch und sehr aufreizend. Er stellte sich diese Frau in seinen Armen vor, heiß flüsternd und dann vergehend und aufblühend in Schreien der Lust. Es waren Augenblicke, die Cravelli immer wieder durchlitt, wenn er sich an diesen schwülen Sommerabend erinnerte.

Er war so verwirrt, daß er an der Schwelle zur Bibliothek stolperte. Dann zeigte er den Ring und nannte einen lächerlich niedrigen Preis. Es war ein uralter Ring, gefunden bei Ausgrabungen. Ein Wertstück, um das jedes Völkerkundemuseum zu ihm gekommen wäre.

Die Frau lächelte ... sie zählte mit schlanken, flinken Fingern das Geld auf den Tisch, streifte den Ring über und ließ ihn in dem Licht der Standlampe blitzen. Cravelli stand hinter ihr. Tief sog er den herb-süßen erregenden Duft ihres Haares ein und der leichte Flaum auf der Nackenhaut und an den Wangen – eine Pfirsichhaut – ließen ihn rasend werden.

Und da war noch mehr: Die Linie ihrer Schultern, der Schwung ihrer Taille und der Hüften, die sich durch das Kleid abzeichnenden Brüste ... und draußen der schwüle Abend über den Kanälen, die drückende, begehrlich machende heiße Luft von den Lagunen. Cravelli seufzte tief.

Erstaunt hatte sich Ilona Szöke umgeblickt. Sie sah in zwei flimmernde Raubtieraugen. Sie wollte etwas sagen, wollte zurückweichen ... da hatte Cravelli schon zugegriffen, riß sie an sich, küßte die Umsichschlagende, wild, wahnsinnig, keuchend, ein lüsternes Tier ... er biß ihr wie ein Vampyr die roten Lippen auf, saugte die Blutstropfen auf und umklammerte sie mit eisernen Armen.

Sie schrie, gellend, hell, um sich tretend ... da hatte er die Hände auf ihren Mund gepreßt und sie mit dem Kopf gegen die Wand gestoßen, immer und immer wieder, bis sie ohnmächtig in seinen Händen hing – – –

Sergio Cravelli trommelte mit den Fingern auf die Schreibtischplatte. Die Erinnerung ließ sein Herz zucken.

Vor zehn Jahren war das. Niemand hatte Ilona Szöke vom Palazzo Barbarino fortfahren sehen. Auch der draußen wartende Gondoliere blieb verschollen, ebenso wie seine Gondel. Eines Tages zog man Ilona aus dem Rio Marin. Es war ein Tag, den Cravelli nie vergaß. Er hatte nie damit gerechnet, daß sie jemals wieder an die Oberfläche kam. Er hatte auf die Ratten gehofft, die alles abnagten, was in die Kanäle hinter den glänzenden Fassaden geschwemmt wurde.

Die Polizei war gekommen. Aber nie fiel ein Verdacht auf den großen Cravelli. Es waren nur Routinefragen gewesen. Man glaubte ihm ohne große Beweise, daß Ilona Szöke nach der Besichtigung des Ringes wieder weggefahren war. Im Gegenteil ... man faßte die Untersuchungen so zusammen, daß als Mörder nur der Gondoliere infrage käme! Man hatte ihn nie wieder gesehen. Das wurde nun erklärlich: Nach dem Mord war er aus Venedig geflüchtet. Vielleicht lebte er in Mailand oder Rom oder Genua ... man kannte seinen Namen nicht. Und so schloß man die Akten über den Fall »Ilona Szöke«. Nur Rudolf Cramer glaubte nicht an diese billige und einfache Auflösung des Rätsels von Venedig. Jedes Jahr erschien er im Palazzo Barbarino und brachte Cravelli allein schon durch seine Gegenwart an den Rand der Verzweiflung. Jedes Jahr wurde die Erinnerung wieder aufgerissen, und es brauchte Wochen, bis selbst das harte Gewissen Cravellis sich beruhigte.

Er starrte vor sich hin. Die Zeitungen vor ihm schrien ihn an. »Wo ist Dr. Berwaldt?« Mit beiden Händen griff er zu, zerfetzte die Blätter und warf sie im Zimmer herum.

»Es muß etwas geschehen!« sagte Cravelli laut. Mit gespreizten Beinen stand er auf den Zeitungsfetzen. »So geht es nicht weiter!«

Er ging zur Tür, schloß sie ab, drückte fest gegen die Klinke, um sich zu überzeugen, daß sie auch sicher sperrte, und wandte sich dann dem riesigen Bücherregal zu. Etwa in der Mitte des Regals, wo alte, dicke Folianten standen, bibliophile Ausgaben alter venezianischer Seefahrer-Beschreibungen und Seekarten, nahm er einige Bücher heraus. In der getäfelten Rückwand blinkte schwach ein Schlüsselloch auf. Cravelli nahm aus der Weste einen kleinen Schlüssel, mit einem leisen Quietschen drehte sich dieser im Schloß. Cravelli preßte die Schulter gegen das Regal. Mit einem dumpfen Knarren bewegte sich ein Teil der Wand und schwang nach innen weg in einen Hohlraum, eine Art Diele. Nacktes, dickes Mauerwerk lag hinter den Bücherstapeln. Cravelli drehte an einem Lichtschalter. Eine trübe brennende Birne flammte auf.

Hinter dem Regal, von der kleinen Diele ab, führte eine gemauerte Treppe, steil und eng, in einen abseits gelegenen, von den anderen Kellerräumen abgetrennten Keller. Es war ein ganzer Komplex, der auf keinem Plan des Hauses verzeichnet war und dessen Existenz bei dem Gewirr von Räumen und Gängen und Treppen überhaupt nicht geahnt wurde. Diese Kellerflucht teilte sich in drei Räume ... ein leidlich bewohnbares Zimmer mit großen, in die Wand eingebauten Schränken, einem Bett, einer Clubgarnitur, einem Tisch, einem Teppich und gemütlichen Stehlampen. Nebenan lag ein vollständig eingerichtetes Laboratorium. Diesem schloß sich ein dunkler Raum an, den nur Cravelli kannte. Die Tür war immer abgeschlossen, und es gab nur einen Schlüssel, den Cravelli in der Tasche trug.

Cravelli betrat das wohnliche Zimmer und sah sich um. Es war leer. Die Tür zum Labor war angelehnt. Schweratmend ließ sich Carvelli in einen der Sessel fallen und legte auf die Rauchtischplatte einen geladenen Revolver. Dann sprang er wieder auf, holte aus einem der eingebauten Schränke ein dickes Aktenbündel und kehrte zu seinem Sessel zurück.

Mit dem Knauf des Revolvers klopfte er auf die Tischplatte.

»Hallo!« rief er. »Besuch, Dottore!«

Niemand antwortete. Aus dem Labor kam kein Laut. Erstaunt schüttelte Cravelli den Kopf.

»Sie können ruhig nähertreten, Signore«, rief Cravelli. »Sie werden weder gebraten noch gefressen – – –«

Aus dem Labor trat langsam Dr. Berwaldt. Sein Sommeranzug war schmutzig und zerknittert. Das schmale, blasse Gelehrtengesicht war fahl, von einem grauen Bart umgeben, und zeigte noch die Qualen der überstandenen Tage. Er blieb an der Tür zum Zimmer stehen und sah Cravelli mit einer Art Verachtung an, die den Italiener unruhig werden ließ. Als sein Blick auf den auf dem Tisch liegenden geladenen Revolver fiel, lächelte er sogar.

»Sie haben Angst vor einem lebenden Leichnam?« fragte er.

Cravelli winkte auf einen der Sessel. Bitte, setzen Sie sich Dottore.«

»So höflich?«

»Haben Sie mich jemals anders kennengelernt?« Cravelli lächelte jovial. »Wie geht es Ihnen?«

Dr. Berwaldt setzte sich. »Schlecht. Es wäre besser gewesen, wenn Sie mir wirklich Curare injiziert hätten.«

»Bin ich ein Idiot, Dottore?« Cravelli legte die Hände gemütlich über den Bauch. »Dann wären Sie heute steif wie ein Brett, und Ihre wertvollen Gehirnzellen wären zerfallen. Das würde mir gar nicht nützen, mein Lieber. Das heißt, wenn man sich die Entwicklung der Dinge logisch betrachtet, wäre es jetzt besser, Sie lägen irgendwo auf dem Grund irgendeines dunklen Kanals.«

»Sie hatten mir Evipan gespritzt?«

»Ja. Eine Dummheit, ich gestehe es. Ich hatte damals einen anderen Plan, als es heute nötig geworden ist. Es war eine kleine Beruhigungs- und Schlafspritze ... Sie waren zu aufgeregt, Dottore. Und ich nehme an, daß Sie niemals freiwillig in die Cravellische Unterwelt gestiegen wären – – –«

»Nie!«

»Sehen Sie. Heute bedauere ich vieles – – –«

»Was soll das heißen?« fragte Dr. Berwaldt. Er spürte, wie sein Atem aussetzte. Cravelli, der ihm gegenübersaß, war wie verwandelt. Er wirkte unsicher.

Cravelli beugte sich vor und legte die Hand auf den Revolver. Er sah Dr. Berwaldt ernst an ... und in diesem Blick erkannte Berwaldt, daß eine unausweichliche Entscheidung auf ihn zukam. Die Stunde, auf die er gewartet hatte, war gekommen. Und er wußte in diesem Augenblick auch, daß es die letzten Minuten waren, die ihm blieben.

»Die Lage, in der wir uns befinden, ist äußerst kritisch geworden«, sagte Cravelli mit einer verblüffenden Ehrlichkeit. »Wie ernst sie ist, beweist Ihnen, daß ich es Ihnen sage. Oben, an der Sonne, ist der Teufel los.« Cravelli zögerte, dann nahm er seinen Revolver, ging zu einem der Schränke und holte Kekse, Fruchtgebäck und eine Flasche Rotwein heraus. »Machen wir es uns gemütlich, Dottore ... Es ist ein wichtiger Augenblick in unserem Leben – – –«

»Was wollen Sie?« fragte Dr. Berwaldt. Er rührte das Glas nicht an, das ihm Cravelli hinschob.

»Eine solche Frage sollte ein so intelligenter Mann wie Sie nicht stellen.« Cravelli lächelte und nahm einen tiefen Schluck. Mit dem Handrücken putzte er sich die Lippen ab. »Es ist das alte Lied zwischen uns – – – ich brauche Ihre Formeln!«

»Sie benehmen sich kindisch, Cravelli.« Dr. Berwaldt faltete die Hände und stützte den Kopf darauf. »Hätten Sie mir Curare injiziert, wäre das irgendwie logisch gewesen. Sie haben ja auch bei

Patrickson und Dacore keine Hemmungen gehabt. Aber mich mit Evipan zu betäuben, hier unten einzusperren und alte Walzen aus Wallace-Romanen abzuspielen mit Geheimkellern und künstlicher Belüftung ... das ist doch lächerlich! Was bezwecken Sie eigentlich damit? Glauben Sie, daß Sie in einem Keller mehr bei mir erreichen als oben in Ihrer herrlichen Bibliothek?! Ich glaube, Sie haben mit einer gewissen Feigheit bei mir gerechnet ...«

»Ja – – –« sagte Cravelli ehrlich.

»Sie haben gedacht, Kellergewölbe und die Angst, getötet zu werden, brechen meinen Willen? Lieber Cravelli, Sie haben eine verdammt schlechte Meinung von mir. Ich bin zwar kein Held, das war ich nie, aber ich habe so etwas wie Charakter.«

Cravelli verzog sein Gesicht zu einem Grinsen. Es war eine Maske, hinter der sich Hilflosigkeit verbarg.

»Ich könnte Sie verhungern lassen, Dottore – – –«

»Von einer bestimmten Phase des Hungerns ab wird der Mensch apathisch. Versuchen Sie es ...«

»Ich könnte Sie als zweites verdursten lassen. Sie wissen, daß man vor Durst wahnsinnig werden kann. Sie werden die Wände ankratzen und die Feuchtigkeit aus den Mauerritzen saugen – – –«

»Machen wir eine Probe – – –« sagte Dr. Berwaldt heiser.

»Als drittes könnte ich Sie hier unten lebendig verfaulen lassen. An die vierte Möglichkeit wage ich gar nicht zu denken.«

»Sie sollten begreifen lernen, daß der Tod für mich keine Schrekken hat. Nicht mehr – – –«

»Was heißt: nicht mehr?«

»Ich habe erkannt, daß ich mit meiner Entdeckung die Grenzen, die einem Menschen gesetzt sind, überschritten habe. Es wäre der Menschheit mit meinem Tod mehr gedient, als mit dem Bestand meines kleinen Lebens, das Millionen töten kann, weil dieses Gehirn ...« Dr. Berwaldt klopfte gegen seine Stirn ... »dieses schreckliche kluge Gehirn etwas gefunden hat, was einfach nicht entdeckt werden durfte!«

»Seien Sie doch nicht so dickköpfig, Dottore. Ich biete ihnen 25 Millionen für die Formeln.« Cravelli trommelte mit den Fingern auf die Lehne des Sessels. »Es führt doch zu nichts.«

»Genau das ist mein Ziel. Nichts!«

»Aber warum denn, mein Bester? Ich nehme Ihnen die moralische Größe einfach nicht ab. Bei 25 Millionen Dollar hört die Moral auf! Sie ziehen irgendwohin, wo die Welt herrlich ist ... auf die Bahamas, nach Palma, nach Florida, nach Tahiti ... die Welt ist so groß, wenn man 25 Millionen im Rücken hat ... Was kümmert Sie dann noch, was man mit Ihren Formeln macht?«

»Es gibt etwas anderes, das mit keinen Millionen aufgewogen werden kann. Das Bewußtsein, daß meine Entdeckung den Tod für Millionen Menschen bedeutet. Nein! Ich will den Frieden, Cravelli. Ich kämpfe jetzt mit aller Leidenschaft für diesen Frieden, gerade jetzt, wo ich weiß, daß mein Gehirn diesen Frieden für immer vernichten kann! Mein eigenes Leben ist mir nichts mehr wert! Und es ist tröstend, daß mit mir auch meine Entdeckung stirbt!«

»Das ist auch das einzige, was Sie noch weiterleben läßt!« schrie Cravelli.

»Ich weiß. Haben Sie eigentlich gar kein Gewissen, Cravelli?«

»Mein Gewissen ist der Kursstand der internationalen Börse. Der Kurs steht auf Sturm! Es stinkt an allen Ecken der Welt so gewaltig, daß man nur zuzugreifen braucht, um goldene Finger zu haben ... in meinem Metier! Und nun kommt Ihr Präparat, Dottore! Wissen Sie überhaupt, was das bedeutet? Mit ihm schaffe ich eine bisher unbekannte, rabiate Hausse auf allen geheimen Weltmärkten. Es geht um Milliarden, Dottore!«

»Ja, um Milliarden Menschen! Um Milliarden grausam Sterbender! Denken Sie an die Atombombe. Als die erste 1945 über Hiroshima und die zweite über Nagasaki fiel, hielt die Welt voll Entsetzen den Atem an und beendete ein Völkermorden. Aber die dreißigtausend Toten von Hiroshima und die hunderttausenden Verkrüppelten, Verstümmelten und auf Generationen organisch Gestörten waren keine lange Warnung. Im Gegenteil ... ein Wettlauf um das Atom begann, ein Rennen, wer zuerst die Grausamkeit zur Perfektion führt! Bikini, das Atoll im Stillen Ozean, hüllte sich kilometerweit in eine Wolke radioaktiven Wassers ... auf Kamtschatka verdunkelte sich der Himmel ... in der Tundra explodierte eine Bombe von 100 Sonnen ... Und plötzlich wurde es still, denn Uran und Wasserstoff veralteten. Die Wissenschaft schritt weiter ... der Tod wurde lautloser, sanfter, aber um so schrecklicher. Der moderne Tod hat es nicht nötig, zu krachen und zu blenden ... er ist ›sauberer‹ geworden: Künstliche radioaktive Wolken senden tödlichen Regen auf ganze Völker ... Vereisungsbomben lassen die Meere zufrieren ... Sturmluftbomben jagen die Meere über die Länder hinweg ... Vakuumbomben saugen die Luft weg und lassen die Lungen platzen ... Bakterienbomben verseuchen ganze Erdteile ... still, unmerklich ... wie die Eintagsfliegen werden die Menschen einfach umfallen ... die ganze Ausgeburt einer höllischen

Phantasie wurde Wirklichkeit ... ersonnen in den Gehirnen stiller, ernsthafter Gelehrter! Und nun soll ich dieses Grauen um ein vielfaches noch vermehren? Nein – – ich hatte den Glauben, Millionen Krebskranken helfen zu können ... erst, als ich entdeckte, daß man auch Völker still auslöschen kann mit eben dem gleichen Mittel, habe ich mein Gehirn verflucht – – –«

Cravelli hatte Dr. Berwaldt aussprechen lassen. Er unterbrach ihn nicht, er trank nur ein neues Glas Rotwein und faltete die Hände, als Berwaldt erschöpft schwieg. Mehrmals nickte Cravelli ... jetzt drückte seine Miene ehrliches Mitleid aus.

»Sie unheilbarer Idealist!« sagte er halblaut. »Sie glauben wirklich, daß man Ihre winzige Stimme nach Vernunft in dem Gebrüll der feindlichen Brüder hört?!«

»Wenn man die Menschen überzeugen kann – – –«

»Dottore! Welch eine Vermessenheit! Den modernen Menschen überzeugen Sie nur mit Zahlen! Nicht mit Vernunft! Sagen Sie ihm, daß Sie mit einem Serum eine Million Leprakranke retteten, so schreit er Hurra – und vergißt Sie dann ebenso schnell. Doch sagen Sie ihm: Mit diesem Mittel vernichte ich auf einen Schlag 10 Millionen Menschen ... so wird man Sie als ein neuer Gott auf den Schultern tragen.«

»Ein Gott! Cravelli, Sie sind vermessen! Ich will nur ein helfender Mensch sein – – – «

»Weil Sie ein heilloser Idiot sind, der weder die Welt noch die Menschen versteht, noch die Angst, die allein Ordnung zu schaffen vermag!« Cravelli hob bedauernd die Arme. »So kommen wir nicht weiter, Dottore. Es geht hier nicht um Prinzipien, es geht um eine klare Entscheidung. Mein letztes Wort: 25 Millionen Dollar!«

Dr. Berwaldt erhob sich. Ernst sah er auf Cravelli hinab.

»Meine letzte Antwort: Nein! Tun Sie mit mir, was Sie wollen ... ich habe mich selbst abgeschrieben – – –«

Cravelli winkte erregt mit beiden Händen. Seine Augen bekamen einen merkwürdigen Glanz.

»Setzen Sie sich, Dottore! Es geht um anderes! Ich *kann* Sie nicht länger einsperren!«

»Dann injizieren Sie mir Curare oder sonst etwas.«

»Töten! Wenn ich Sie töten wollte, brauchte ich mit Ihnen keinen historischen Rückblick über den Wahnsinn der Menschheit zu veranstalten. Ich brauche Ihre Formel!«

Cravelli griff in die Rocktasche und holte eine der Morgenzeitungen hervor. Er faltete sie auf und legte sie auf den Tisch. Dr. Berwaldt beugte sich vor. Sein Name schrie in dicken roten Buchstaben entgegen. »Wo ist Dr. Berwaldt?« Ein Beben lief durch seinen Körper ... er hielt sich an der Tischkante fest und starrte Cravelli aus großen Augen an.

»Man ... man hat mein Verschwinden bemerkt ...« stammelte er heiser. »Man sucht mich?«

»Ja –« sagte Cravelli hart.

»Man wird mich finden – – –«

»Das bliebe abzuwarten.«

»Sie dürften bei meiner Entdeckung keine Chancen haben, Cravelli.«

»Das weiß ich.« Cravelli nahm die Zeitung und zerriß sie. Er war merkwürdig ruhig und gefaßt. »Aber Sie auch nicht, Dottore Berwaldt! Sehen Sie nun, daß wir wirklich in der letzten Runde stehen? Es geht um das Ganze!«

Cravelli stand auf. Er nahm das Aktenbündel und trug es wieder in den Schrank. Dr. Berwaldt beobachtete ihn.

»Es hat sich nichts geändert«, sagte er. »Ich habe diese Minute erwartet.«

»Ich auch, Dottore.« Cravelli drehte sich um und sah Berwaldt lange und stumm an. »Sie fürchten den Tod nicht ... aber ich! Ich will leben – – – ich lebe viel zu gern, als daß ich es mir durch Sie nehmen lasse!« Er ging zur Labortür und stieß sie auf. Mit der Rechten zeigte er auf die kleine Tür im Hintergrund des hellen Raumes. »Sehen Sie diese Tür, Dottore? Dahinter liegt ein kleiner Raum, in den von oben eine winzige, gewundene Treppe führt. Der Keller, in dem wir uns befinden, liegt vier Meter unter der Wasseroberfläche des Canale Santa Anna. Durch einen Hebeldruck werden einige Sprengladungen gezündet, die die Mauern dieses Kellers eindrücken lassen. Niemand wird oben den Knall hören. Aber Sie werden wie eine Ratte ersaufen, Dottore. Das ist ein schrecklicher Tod ...« Cravelli schloß die Tür zum Labor und ging zu der Treppe nach oben. »Überlegen Sie es sich, mein Lieber – – – Uns bleibt nur noch eine winzige Zeitspanne. Wenn die Polizei das Haus betritt und es durchsuchen will, drückte ich den Hebel herunter – – –«

Schroff wandte er sich ab, verließ den Raum und schloß hinter sich die Tür ab. Sein Schritt stampfte nach oben und verlor sich.

Bleich starrte Dr. Berwaldt auf die geschlossene Tür. Die Tapferkeit fiel von ihm ab. Nichts blieb übrig als die lähmende Angst, in diesem Keller elend zu ertrinken.

*

Noch immer schrien die Zeitungsjungen auf den Straßen den Namen Dr. Berwaldt aus. In der Halle des Hotels »Excelsior« drängelten sich die Journalisten und Fotoreporter und belagerten das Zimmer des Direktors.

Entgegen aller Befürchtungen waren die Gäste nicht fluchtartig abgereist. Im Gegenteil ... telegrafisch kam eine Flut von Zimmerbestellungen bei der Rezeption an. Vor allem Amerikaner auf Europatrip meldeten sich an. Nach historischen Trümmern aus der Römer- und Griechenzeit wurde ihnen jetzt eine wirkliche handfeste Sensation geboten, von der man später erzählen konnte.

Ilse Wagner hatte sich etwas beruhigt. Rudolf Cramer – auch wenn er nicht Cramer heißen sollte – hatte sich mit einer Verbissenheit auf das Rätsel Dr. Berwaldt gestürzt, die sie nicht erwartet hatte. Jetzt kam ihr auch voll zum Bewußtsein, daß alles kein Irrtum mehr war, sondern daß Dr. Berwaldt in etwas Geheimnisvolles verwickelt worden war, von dem man im Augenblick noch nicht wußte, was es sein konnte.

Je mehr sie darüber nachdachte – und sie konnte es jetzt ohne die Sorge, was aus ihr werden würde – verdichtete sich in ihr die Tatsache, daß auch ihre Reise nach Venedig in engstem Zusammenhang mit den Merkwürdigkeiten um Dr. Berwaldt stehen mußte.

Zimmer 8–10 in diesem Hotel, dachte Ilse Wagner. Wie auf allen Reisen hatte Dr. Berwaldt auch dieses Mal seine Korrespondenzmappe mitgenommen. Aus den dort abgehefteten Briefen mußte ersichtlich sein, mit wem er in Venedig zusammentreffen wollte. Die letzten Tage vor seinem Abflug aus Berlin hatte er alle Briefe selbst geöffnet und auf seiner Reiseschreibmaschine auch selbst beantwortet. Im Büro existierte kein Durchschlag dieser Schreiben. Sie konnten nur in der mitgenommenen Korrespondenzmappe sein. Hier mußte sich eine Spur durch das Rätsel finden lassen.

So plötzlich ihr dieser Gedanke kam, so umgehend führte sie den daraus wachsenden Plan aus.

Sie verließ ihr Zimmer, fuhr in den ersten Stock und blieb in dem langen Flur stehen, nachdem sie den Lift verlassen hatte. Eine Weile wartete sie, ob ein Zimmermädchen oder ein Etagenkellner kommen würde, aber niemand ging über den Flur. Nur aus dem Bereitschaftszimmer der Etagenbedienung tönte leise Radiomusik.

Noch einmal blickte Ilse Wagner nach rechts und nach links. Nichts. Leise rannte sie den Flur herunter, blieb vor der Tür Nr. 8 stehen, sah sich wieder um, probierte, ob die Tür abgeschlossen war, und als sie nachgab, schlüpfte sie schnell in das Appartement.

Wie schon bei dem Besuch Cramers war das Zimmer in ein dumpfes Halbdunkel gehüllt. Die schweren Übergardinen waren noch zugezogen, das Bett aufgeschlagen, der Schlafanzug einladend gefaltet auf der Decke.

Mit schnellem Blick überflog Ilse Wagner das Zimmer. Sie rannte in das Nebenzimmer, den Salon, sah die leere Schreibtischplatte, zog die Schubfächer heraus und untersuchte die dort liegenden Papiere. Sie durchsuchte die Schränke, schnallte die Koffer auf und wühlte die frische Wäsche durcheinander. Aber sie fand kein Aktenstück und auch nicht die Korrespondenzmappe. Enttäuscht setzte sich Ilse Wagner auf den Schreibtischstuhl.

Ihr Blick fiel dabei auf den Papierkorb. Sie hob ihn auf den Schreibtisch und wie Rudolf Cramer begann sie, die zerknüllten Papiere zu glätten und durchzusehen. Dabei fand sie auch das einzige Briefkuvert aus Venedig.

Sergio Cravelli, Palazzo Barbarino, Venezia, las sie. Ein unbekannter Name. Sie hatte ihn nie gehört oder gelesen. Dr. Berwaldt hatte nie von einem Cravelli gesprochen. War das eine Spur – – –?

Sie steckte das Kuvert ein, legte die anderen Papiere wieder in den Papierkorb zurück, stellte ihn zu Boden und sprang auf.

Ungesehen verließ sie wieder das Appartement und fuhr sofort hinunter in die Halle. Dort hing neben der Rezeption eine große Karte von Venedig. Im alphabetischen Straßenverzeichnis, das auch die alten Paläste nannte, suchte sie den Palazzo Barbarino.

Ihr Finger glitt die Rubriken entlang. Da war es: Palazzo Barbarino. Canale Santa Anna ...

Ihr Finger zitterte plötzlich. Der Zeitungsaufruf! Dr. Berwaldt wurde zuletzt gesehen, wie er in den Canale Santa Anna einbog ... Vor zehn Jahren verschwand im Canale Santa Anna die Tänzerin Ilona Szöke ...

Ilse Wagner fühlte wieder die Schwäche in ihre Knie fahren. Sie mußte sich an die Wand lehnen, um nicht umzusinken.

Sergio Cravelli. Wer war dieser Cravelli?

Zur gleichen Zeit betraten drei Kriminalbeamte der venezianischen Polizei das Grand-Hotel »Excelsior« und ließen sich von Geschäftsführer Pietro Barnese in den ersten Stock zum Appartement Dr. Berwaldts führen.

Sie begannen, die Zimmer systematisch zu durchsuchen ... drei Minuten zu spät.

*

Venedig, die Königin der Meere, umgab Ilse Wagner mit dem beispiellosen Zauber ihrer einmaligen Schönheit, als sie das Hotel verlassen hatte und nun am hölzernen Geländer der Gondellageplätze lehnte und über den Kanal blickte.

Am Rande der Kanäle entlang ging sie bis zur Rialtobrücke. Es beruhigte sie, daß zwei Polizisten an der Brücke standen und über das Gewirr der Händler und Reisenden blickten.

Canale Santa Anna, Planquadrat C 9, dachte sie. Wo ist dieses Quadrat C 9? Sie ging zu den Polizisten und nickte ihnen zu.

»Prego ...« stotterte sie. »Sprechen Sie deutsch ... Ich möchte gerne wissen, wo ...«

Die Polizisten hoben lächelnd die Schulter. »Signorina, nix verstehen – – –«

»Wo ist der Canale Santa Anna ...«

»Ah! Canale Santa Anna! Die Polizisten nickten. »Uno momento, Signorina ...«

Einer der freundlichen Polizisten winkte eine Gondel heran. Es war genau das, was Ilse Wagner nicht gewollt hatte. Aber um sich nicht zu blamieren, lächelte sie tapfer und ließ sich in das Boot helfen. Nachdem sich Ilse auf die schmale Polsterbank unter das Sonnendach gesetzt hatte, sprach der Polizist ein paar Worte mit dem Gondoliere.

»Si si!« rief dieser und nickte Ilse zu. »Ich verstehen – – –« sagte er. »Grosse Sensation – – –.«

Er ging nach hinten und ergriff die lange Stange. Mit ihr stieß er das Boot aus dem seichten Wasser weg. Schlamm wirbelte an die Oberfläche, es roch faulig. Dann glitt die Gondel hinaus in die Mitte des Kanals.

»Canale Santa Anna – – –«

»Si – – –« Ilse Wagner nickte schwach. Doch dann überkam sie wieder eine wahnsinnig Angst. Sie winkte mit beiden Armen und rief: »No ... nicht Santa Anna ... Durch Venedig ... die großen Kanäle ... verstehen Sie ...«

»Si Signorina!« Der Gondoliere lächelte mit blendenden Zähnen. »Visite von Venezia ...«

Sie fuhren fast eine Stunde, als Ilse Wagner an einer Ecke ein kleines Café mit einem deutschen Namen entdeckte. Café Waldtbauer. »Dorthin!« rief Ilse Wagner. »Legen Sie dort an ...«

Der Gondoliere verstand sie nicht. Ilse Wagner winkte zu dem Café hin, zeigte mit ausgestreckten Armen auf die Hausecke und machte die Bewegung des Kaffeetrinkens. Jetzt begriff er. Mit einem fröhlichen Kopfnicken ruderte er die Gondel an die Uferbefestigung und legte an. Mit grellem Geschrei stürzten einige Straßenjungen herbei und fingen das Haltetau auf, das sie um einen eisernen Pflock in der Kaimauer schlangen. Dann halfen sie Ilse hinaufklettern und hielten ungeniert die schmutzigen Hände auf. Sie gab jedem ein paar Lire.

Durch die Marktstände mit den schreienden Gemüse- und Fischfrauen, vorbei an Zinkwannen voller Tintenfische und Kraken, bahnte sie sich einen Weg zu dem Café. Es bestand aus einem großen, kühlen Raum, in dem eine Anzahl leerer, runder Tische mit Korbstühlen standen. Im Hintergrund erhob sich chromblitzend, mit hohen Glasaufsätzen, die lange Theke mit der glitzernden Kaffeemaschine. Ein dicker Mann lehnte dagegen und gähnte. Er trug eine weiße Halbschürze und ein Serviertuch unter die Achsel geklemmt. Er sah Ilse mit einem kritischen Blick an und wartete, bis sie sich setzte. Erst dann kam er näher, als wundere er sich, daß sich außer den Marktweibern jemand anderes in sein Café verirrte. Er räusperte sich und überlegte, welcher Nationalität der Gast sein könnte. Ilse Wagner enthob ihn der quälenden Suche.

»Sie sind Deutscher?« fragte sie, ehe der Patrone etwas sagen konnte.

»Ja.« Er sah ein wenig freundlicher aus und wedelte mit dem Serviertuch über den Tisch. »Ich bin der Besitzer des Cafés – – –«

»Ah, Herr Waldtbauer! Schön, daß ich Sie gleich sprechen kann. Zunächst möchte ich eine Tasse Kaffee, ein Stückchen Obstkuchen und eine Auskunft – – –«

»Bitte sehr.« Herr Waldtbauer schien Wiener zu sein. Der Tonfall seiner Sprache war singend und von nachlässiger Höflichkeit.

»Wos is denn?«

»Kennen Sie zufällig einen Dr. Berwaldt?«

Waldtbauer schüttelte nachdenklich den Kopf. »Na – – –« sagte er schließlich. »Den kenn i net – – –«

»Ich dachte, weil die Zeitungen – – –«

»I les die Journale erst zur Jausen . . .«

»Ach so.« Ilse Wagner war enttäuscht. Ihre kindliche Hoffnung, daß jeder in Venedig von Dr. Berwaldt sprechen würde und daß vor allem alle deutschsprechenden Menschen sich um ihn kümmern würden, zerrann. »Ich dachte nur . . . Dr. Berwaldt muß eine Geschäftsverbindung mit einem Herrn aus dem Canale Santa Anna gehabt haben. Der ist doch hier dicht in der Nähe . . .«

»Ja. Der zwoate Seitenkanol. Aba da gibt's nur olte Paläste, zum

Teil nicht bewohnt, z'ammfallen tun s', aba abreißen ... na! Des tun's net! Des is historisch ...« Herr Waldtbauer war bei seinem Lieblingsthema angelangt. Seit einigen Jahren nährte er einen durchaus persönlichen Haß gegen das alte Venedig, das in den Fundamenten verfaulte und das man erhalten wollte, obwohl keiner der Touristen in die schweigenden Kanäle eindrang, sondern nur den Dogenpalast, die Piazzetta, den Markusdom und den Canale Grande bewunderte. In die fauligen, kleinen Gassen wollte niemand rein ... selbst eine Fahrt unter der Seufzerbrücke war fast schon ein Abenteuer.

Waldtbauer ereiferte sich deshalb, sobald das Thema auf die kleinen Kanäle kam. »Do warten's nun, bis so an Bau einem am Kopf fällt, und dann stützen's auch noch und jammern und lamentieren – – –« rief er erregt. »Aber wenn unsers amal sich vergrößern will, da hoaßt's: Koanen Platz net! Venedig ist voll! Nix da! Basta! Venedig is überbaut, zu'baut ...« Er holte Atem und sah Ilse Wagner fragend an. »Wos wollen's überhaupt im Canale Santa Anna?«

»Einen Signore Cravelli sprechen – – –«

»Den Makler? Wollen's s' Land kaufen? Bei dem? O Gott – – – haben s' z'vüll Geld?«

Ilse Wagner atmete auf. Ein Lichtblick, dachte sie. Er kennt diesen Cravelli. »Nein ... ich will nichts kaufen«, sagte sie schnell. »Ich weiß auch gar nicht, was dieser Herr Cravelli ist. Eben erst höre ich es. Aber mein Chef – eben Dr. Berwaldt – muß mit ihm bekannt sein. Ich fand einen Briefumschlag von Cravelli bei ihm. Und Dr. Berwaldt ist plötzlich aus Venedig verschwunden ... alle Zeitungen schreiben es! Vielleicht weiß Herr Cravelli, wo er ist? Deshalb will ich zu ihm – – –«

Waldtbauer setzte sich neben Ilse auf einen seiner knarrenden Korbstühle. »Cravelli is a ekelhafter Schlawiner«, sagte er aus tiefer Seele. »Zwoamal war er in meinem Caféhaus, und zwoamal hat er g'raunzt! Über meinen Kaffee! Bei einem Wiener übern Schwoarzen schimpfen ... dös is wie a Gotteslästerung! Amal war's nicht stark genug, und amal war's zu hoaß! Signore, hab i g'sagt, wann's an kalten Kaffee wünschen, bittscheen, gehn's zum Nordpol! Ganz höflich woar i ...«

»Und was hat Herr Cravelli geantwortet?« fragte Ilse Wagner. Sie mußte lächeln, trotz der inneren Erregung.

»Nix! Wos soll er sag'n, der Schlawiner?! G'gangen is er. Aber auch net wieder'kommen ...«

Nach einer Viertelstunde verließ Ilse wieder das Café Waldtbauer. Der Wiener winkte ihr eine Gondel herbei und half ihr einsteigen. »Auf Wiedersehen!« rief er. »Dos war an Freud'. Servus – – –«

Die Gondel stieß ab. Fragend sah der Gondoliere auf seinen Gast.

»Canale Santa Anna – – –« sagte Ilse.

Dann lehnte sie sich zurück. Was hatte sie erfahren? Cravelli war ein ekelhafter Kerl, wenigstens in der Sicht Herrn Waldtbauers. Er war Häusermakler, und hier begann bereits ein Rätsel. Was machte Dr. Berwaldt bei einem Häusermakler?

Der Canale Santa Anna öffnete sich vor ihnen wie eine dunkle, schmale Schlucht. Ein fauliger Wind strich über sie hin. Am Kai schwappten Abfälle und tote Ratten.

Der Gondoliere ruderte langsamer. »Ici le canal, mademoiselle ...« sagte er. Er sprach französisch in dem Glauben, daß sie es verstünde.

Ilse Wagner nickte. Wie in eine lange Höhle fuhren sie hinein. Die Wände rückten aneinander, über ihnen war nur ein schmaler Streifen blauer Himmel. Der Canale machte einen leichten Bogen, wurde etwas breiter, eine alte Marmortreppe stieg in das schwarze Wasser. Auf ihr saßen drei Bettler und spielten auf einer Mandoline.

»Palazzo Barbarino?« fragte Ilse leise, als könne man sie hören oder die alten Mauern würfen ihre Stimme verstärkt zurück.

»Oui, mademoiselle, Palazzo Barbarino ...«

Der Gondoliere nickte erstaunt. Er ruderte nahe an der Treppe vorbei. Die Bettler winkten ihnen zu. Sie schienen das einzig Lebende in dieser Wassergruft zu sein.

»Prego ...« sagte Ilse leise. »Halten Sie ... Stop ...«

Sie sah an der alten, hohen Fassade empor, unter derem Schimmel der alte Glanz träumte. Ein Schauer überlief sie, als der Kiel der Gondel über die unter Wasser liegende Treppenstufe knirschte und hielt.

Humpelnd kamen die Bettler heran.

Cravelli saß in seiner riesigen Bibliothek und wartete.

Die letzte Aussprache mit Dr. Berwaldt hatte ihm gezeigt, daß der Weg, den er als sinnvoll und erfolgreich eingeschätzt hatte, ein falscher Weg gewesen war. Weder durch Drohungen noch durch Zwang, weder mit Geld noch durch Überzeugung, weder mit Todesdrohung noch der Schilderung des grausamen Sterbens war Dr. Berwaldt zu bewegen, seine Formeln herzugeben. Was Cravelli nie geglaubt hatte, bewies der stille Gelehrte: Es gab Menschen, die selbst vor dem Sterben keine Angst hatten. Das war für Cravelli so unbegreiflich, daß er seine vollkommene Niederlage einsah und nicht wußte, wie es weitergehen sollte.

Er erwartete die Polizei. Daß sie kommen würde, stand außer Zweifel. Kein Polizeichef kann es sich leisten, auf eine solch massive Presseaktion mit einem Achselzucken zu antworten. Auch würden sie dieses Mal nicht mehr oberflächlich suchen, sondern gründlich. In dem Augenblick aber, in dem sie die Tür hinter der Bibliothekwand entdeckten, würde er den Hebel herunterreißen und alles mit einer Explosion ersaufen lassen. Das war das Ende, und Cravelli wagte nicht daran zu denken, daß auch er diesen Tag nicht überleben würde. Eine innere Verzweiflung zerriß ihn fast; er suchte nach einem Ausweg und zergrübelte sich das Gehirn, wie er Dr. Berwaldts ethische Einstellung aufweichen konnte.

Aber die Polizei kam nicht. Sie ließ sich Zeit. Cravelli stützte den Kopf in beide Hände und wartete weiter. Er konnte nichts mehr tun. Weder für sich noch bei Dr. Berwaldt. Er konnte nur hoffen, daß nicht wie vor zehn Jahren ein Fehler geschehen war und die Körper von Patrickson und Dacore wieder auftauchten. Es blieb nur eine Gefahr ... Prof. Panterosi. Er war der einzige Zeuge, daß ein angebliches Syndikat eine Erfindung Dr. Berwaldts aufkaufen wollte.

Cravelli griff zum Telefon und rief Prof. Panterosi an.

»Signore Professore«, rief er und gab seiner Stimme einen fröhlichen Klang. »Soeben bekomme ich einen Anruf aus Florenz. Dottore Berwaldt ist dort! Ja, in Florenz. Wo? Das weiß ich nicht. Wie? Ich wäre ein Rindvieh? Stimmt, Professore ... aber ich war so glücklich, seine Stimme zu hören ... da habe ich nicht gefragt. Er will in fünf Tagen wieder zurück nach Venedig kommen. Was? Dann ist Ihre Patientin tot? Oh, das ist schade, Professore ... sehr schade ... Vielleicht versuchen Sie, in Florenz ...«

Er hing an. Cravellis Gesicht war überstrahlt von ehrlicher Freude. Das ist er, dachte er. *Das* ist der Gedanke! Das kann uns alle retten! Vor dieser Situation wird Dr. Berwaldt kapitulieren!

Er rannte aus dem Zimmer und rief nach dem Butler. Mit ihm stieg er hinauf auf den Dachboden und bestimmte drei Räume in dem Gewirr der unbewohnten Dachkammern. Er ließ sie ausräumen und herrichten.

Man war nicht gewohnt, zu fragen. Die Diener taten, wie ihnen befohlen. Cravelli selbst faßte mit an und trieb zur Eile. Dann lief er wieder hinunter in seine Bibliothek und führte eine Reihe Telefongespräche. Sie schienen ihn zu befriedigen. Er schrieb sich einige Adressen auf und verließ dann den Palazzo.

Die Bettler auf den Treppen und hinter dem Haus waren machtlos. Aus einem in den Palazzo eingebauten, kleinen Hafen schoß Cravellis weiße Jacht »Königin der Meere« heraus und fuhr fort zum Canale Grande. Den Bettlern blieb nichts anderes übrig, als ihre Meldung an Roberto Taccio zu schicken.

»Hat das Haus verlassen mit Jacht. Fahrtziel unbekannt. Kontrolle nicht möglich. Bleiben am Haus.«

Auch die als Gondoliere tätigen Bewacher des Canale Santa Anna verloren die weiße Jacht aus den Augen. Mit schäumendem Bug jagte sie in Richtung Chioggia durch das sonnengoldene Wasser.

In diesen Stunden von Warten und neuen Ideen war Dr. Berwaldt in seinem Kellergefängnis nicht untätig geblieben. Der innere Zusammenbruch nach dem Weggang Cravellis, die Überwindung der lähmenden Angst, die ihn befiel, dauerte nur eine kurze Zeit. Dann kam eine Art letzten, wahnsinnigen Widerstandes über ihn. Er sprang auf, rannte an die Tür und trommelte mit den Fäusten gegen die Füllung. Er trat dagegen und schrie, so laut er konnte. Aber er tat es nicht aus Angst oder Wut, sondern um zu kontrollieren, ob Cravelli auf diesen Lärm reagierte.

Niemand kam. Zufrieden ging Dr. Berwaldt in das nebenan liegende Labor und stellte sich vor die kleine, eiserne Tür. Hinter ihr liegt also unser Tod, dachte er. Es ist ein merkwürdiges Gefühl, das zu wissen und davor zu stehen ...

Noch einmal machte er eine Probe. Er trat gegen die kleine Stahltür. Hell gellte der Ton auf. Berwaldt wartete einige Minuten. Alles blieb still. Es war, als sei das riesige Haus unbewohnt.

Unter den Werkzeugen, die er in seinem Labor brauchte, suchte er einige Feilen, Schraubenzieher, Stemmeisen und einen großen Hammer heraus. Dann verband er einige Gasschläuche miteinander und verlängerte den an Propangas angeschlossenen Bunsenbrenner bis zu der stählernen Tür. Das Schloß war zwar ein Sicherheitsschloß, aber durchaus nicht von der Festigkeit eines Tresors. Es war eine normale Tür, die nur statt aus Holz aus Stahl bestand.

Dr. Berwaldt ging an die Arbeit. Er hielt den Bunsenbrenner dicht an das Türschloß und setzte sich auf einen Hocker daneben. Es roch zunächst nach verbranntem Lack, dann nach heißem Metall. Nach etwa 20 Minuten glühte der Stahl um das Schloß herum. Die Hitze, die ausstrahlte, brannte auf Berwaldts Gesicht.

Er stellte den Bunsenbrenner zur Seite und nahm Meißel und Hammer. Mit kräftigen Schlägen trieb er den Meißel rund um das glühende Schloß, der Stahl zerriß. Mit dicken Schraubenziehern und einem flachen Meißel bog Berwaldt das Schloß nach außen. Er keuchte unter der großen körperlichen Anstrengung, die Hitze trieb ihm den Schweiß über den Körper ... Endlich gelang es. Das Schloß bewegte sich. Er hieb es mit dem Meißel heraus und zog mit einem Haken die heiße Tür auf.

Ein kleiner länglicher Raum tat sich vor ihm auf. An der Rückwand sah er ein Gewirr von Drähten und Relais, Magneten und Sicherungskästen. Alle diese Drähte liefen zusammen zu einem verkleideten Strang, der nach oben durch die Decke verschwand. An seinem Ausgang steckte der Hebel, den Cravelli nur herunterzudrükken brauchte, um das Ende herbeizuführen.

Das Herz des Todes, dachte er. So sieht es aus ...

Über sich hörte er jetzt Tritte. Berwaldt packte seinen Hammer fester und ging zurück durch das Labor in das Wohnzimmer. Er stellte sich neben die Tür zur Treppe und wartete. Zu allem war er entschlossen. Wenn Cravelli jetzt herunterkam, entschied die Schnelligkeit. Sein Revolver oder Berwaldts Hammer ... die Entscheidung war gekommen.

Fast zehn Minuten stand Berwaldt neben der Tür und wartete. Er hatte nie gewußt, mit welcher Ruhe er bereit sein konnte, einen Menschen zu töten. Alle Erregung war von ihm abgefallen, selbst die mühsam überdeckte Angst war wie verflogen.

In diesem Teil des Kellers hörte man keine Geräusche mehr von oben. Die Wasserwand, die draußen vor den Mauern gluckerte, schluckte alles. Das Haus muß auf einer Art flacher Sandbank gebaut sein, dachte Berwaldt. Der Hauptteil steht auf dem Land, aber ein kleiner Teil liegt unter Wasser ... einige Keller und der Austritt zu dem eigenen, in das Haus hineingebauten Bootshafen. Schleusen und Pumpen regelten den Wasserstand. Alles das führte als Leitungen in dem kleinen Raum zusammen.

Während er an der Tür stand, den Hammer schlagbereit in der Hand, und wartete, hörte er zum erstenmal hinter sich, durch die dicke Mauer, das leise Aufbrummen eines Motors. Dr. Berwaldt verließ seinen Posten und rannte an die Wand, drückte das Ohr dagegen und hielt den Atem an.

Kein Zweifel ... ein schwerer Motor dröhnte. Hinter der dicken Wand mußte der Bootshafen des Palazzo Barbarino liegen. Das Motorgeräusch wurde schwächer, Cravelli verließ das Haus.

Dr. Berwaldt rannte zurück in den kleinen, aufgebrochenen Raum. Haßerfüllt, mit zuckenden Händen, starrte Berwaldt die komplizierte Apparatur an. Das Gefühl, sein Leben zurückerobert zu haben, gab ihm eine ungeahnte Kraft und Sicherheit.

Vorsichtig trat er nahe an die Kabel und Relais heran und klopfte leicht mit dem Knöchel gegen einige der blinkenden Kupferspulen und Magneten.

Wo muß ich anfangen, dachte er. Sein Blick glitt wieder über das Gewirr von Drähten. Weiß man, welcher Kontakt die Katastrophe auslöst? Es konnte sein, daß er ein Relais zerstörte und gerade damit die Sprengung auslöste. Er konnte ein Kabel berühren, und der Kurzschluß, der damit entstand, setzte die Todesapparatur in Bewegung.

Er ging zurück in das Labor und holte eine starke Lampe. Mit ihr leuchtete er alle Kabel ab und versuchte, die Zusammenhänge zu ergründen. Es war unmöglich. Auch wenn sie verschiedene Farben hatten ... in Kästen und Verteilern verwirrten sie sich zu einem Labyrinth, vor dem Dr. Berwaldt hilflos stand.

Mit einem kurzen Zögern setzte er die Lampe auf den Boden. Dann nahm er seinen Schraubenzieher und löste vorsichtig einen der dicksten Drähte aus den Klammern und zog ihn mit einem Ruck aus dem Verteilerkasten.

Dieser Augenblick war der schrecklichste in Berwaldts Leben. Als seine Hand das Kabel herausriß, schloß er die Augen und wartete auf die Explosion, das Einstürzen der Mauern und das Hereinbrüllen einer ihn erstickenden Wasserwand.

Es blieb alles still und unverändert. Dr. Berwaldt öffnete wieder die Augen und wandte sich dem zweiten Kabel zu, das zu einem blinkenden, gefährlich aussehenden Relais führte.

Wieder war es eine Sekunde voller Erwartung und innerlichem Abschluß mit dem Leben, als er das Kabel herausriß und mit einem Hammerschlag das Relais zertrümmerte. Schrauben, Wicklungen und Kontakte klirrten auf den Boden ... irgendwo in der komplizierten Maschinerie knackte es ein paarmal deutlich. Dr. Berwaldt lehnte sich an die Wand.

Jetzt, dachte er. Jetzt bricht gleich die Mauer ein und das Wasser des Canale Santa Anna spült mich weg ...

Doch nichts geschah. Mit einer plötzlich aufbrechenden Verzweiflung hieb er auf alle Kontakte und Kasten, er zerstörte dieses Wunderwerk des Todes so vollständig, daß nichts mehr übrig blieb als ein Gewirr herausgerissener Drähte und zertrümmerter Schaltungen.

Erst, als nichts mehr zu vernichten war, hielt er schweratmend ein und ließ sich auf einen Stuhl fallen. Der Hammer glitt aus seinen Fingern.

Gerettet! Die Sprengladungen, die irgendwo warteten, konnten vermodern. Aber war er wirklich gerettet? Wie würde Cravelli reagieren, wenn er das Zerstörungswerk sah?

Die kommenden Stunden würden es beweisen. Auf sie bereitete sich Dr. Berwaldt vor. Er wusch sich, er nahm überall, wohin er ging in seinem Kellergefängnis, den Hammer mit, die einzige Waffe, die ihm gegenüber Cravelli eine Gegenwehr versprach.

Dann setzte er sich wieder in das Wohnzimmer, trank langsam den Rest des Weines und wartete. Nach einer unbestimmten Zeit hörte er wieder das Motorengeräusch hinter der dicken Mauer, ein Rumpeln und Tuckern, das plötzlich erstarb. Cravelli war zurückgekehrt.

Dr. Berwaldt legte den schweren Hammer auf den Tisch. Sein Gesicht war bleich und durchzittert mit einer verzweifelten Energie.

Irgendwo knirschte etwas ... dann hörte er den Schritt Cravellis die enge Stiege herabkommen. Er sprang auf, ergriff den Hammer und stellte sich neben die Tür.

Der Schritt Cravellis verhielt vor der Tür.

»Es hat keinen Sinn, Signore Dottore«, sagte seine Stimme. Er klopfte gegen die Tür »Sie haben es möglich gemacht, die Sprengkammer zu zerstören. Wie Sie das gemacht haben, werde ich gleich sehen. In meinem Schaltkasten brennt eine rote Kontroll-Lampe, ein Beweis, daß etwas gestört ist. Also, machen Sie keine Dummheiten, Dottore ... ich verspreche Ihnen, Ihnen im Augenblick nichts zu tun. Ich habe Besseres mit Ihnen vor.«

Dr. Berwaldt trat zurück und ließ den Hammer sinken.

»Kommen Sie herein«, rief er heiser.

Cravelli trat ein. Er war unbewaffnet und sah mit einem freundlichen Kopfschütteln auf den Hammer in Berwaldts Hand.

»Mit einem Hammer, lieber Dottore! Wie die alten Germanen mit der Keule! Glauben Sie, Sie könnten mit Ihrem Hämmerchen irgend etwas tun, wenn ich Sie wirklich umbringen wollte? Das ist doch absurd.«

»Welche Gemeinheit haben Sie jetzt wieder vorbereitet?«

»Ruhe, Dottore, Ruhe. Was ich eben vorbereitete, brauche reifliche Überlegung und Zartgefühl. Ich versichere Ihnen, daß Sie vor Begeisterung heulen werden – – –«

Cravelli schloß hinter sich die Tür und setzte sich. Er winkte Berwaldt, es auch zu tun.

»Und bitte – den Hammer weg, Dottore!« sagte er dabei gemütlich. »Sie sind ein so großer Gelehrter ... warum wollen Sie einen Schmied spielen ...?« Er lachte über diesen Scherz und lehnte sich weit zurück. »Wissen Sie, wer hier war? Panterosi ... der alte Griesgram! Er hat berichtet, daß Julio, der Affe, wohlauf ist.«

»Das freut mich«, sagte Dr. Berwaldt. Er spürte, wie etwas Ungeheuerliches auf ihn zukam ... ungeheuerlicher als alles, was er in den letzten Tagen ertragen hatte. »Es beweist, daß mein Mittel – – –«

»Sie sind ein Retter der Menschheit, Dottore! Zu dieser Erkenntnis ist auch der alte Panterosi gekommen. Er hat nämlich mit dem Rest, den Sie ihm dagelassen haben, nicht allein Julio behandelt, sondern auch eine inoperable Frau ...«

»Nein!« schrie Dr. Berwaldt. Er klammerte sich an dem Tisch fest und starrte Cravelli aus weiten Augen an. »Das ist doch Irrsinn! Ich habe noch nie an einem Menschen ... ich habe noch gar nicht das Verdünnungsverhältnis ... die Verträglichkeit ... mein Gott ...!«

»Keine Aufregung, Dottore. Der alte Panterosi ist aus dem Häuschen! Er läuft herum wie ein Mensch, der eine himmlische Erscheinung gehabt hat! Die inoperable Frau, die schon im Koma lag, lebt nämlich noch immer und ist wieder wach und bei Besinnung!«

Dr. Berwaldt sank auf den Stuhl und schlug die Hände vor das verzerrte Gesicht. »Mein Gott ...« stammelte er. »Mein Gott ...«

»Jetzt rennt er durch die Welt und sucht Sie. Ich habe ihm gesagt, Sie seien in Florenz und hätten mich von dort angerufen. Ich nehme an, daß Panterosi ganz Florenz auf den Kopf stellt! Er braucht noch zehn Injektionen, und die von allen Ärzten aufgegebene Frau kann weiterleben – – –«

»Sie Satan!« stammelte Dr. Berwaldt. »Sie dreifacher Satan! Ich glaube Ihnen das nicht!« Sein Kopf zuckte hoch. »Nein! Ich glaube es Ihnen nicht! Professor Panterosi wird nie diesen wahnwitzigen Menschenversuch gemacht haben! Ich glaube Ihnen das nicht eher, als bis ich selbst mit ihm gesprochen habe! Und das werden Sie nie vermitteln, weil dann Ihr ganzer Plan zusammenbricht – – –«

Cravelli hob beide Hände. Sein Gesicht drückte sarkastische Jovialität aus.

»Es ist Ihre Sache als Arzt, eine Frau, die man heilen kann, aufzugeben! Das müssen Sie mit sich und Ihrer Ethik ausmachen. Natürlich bringe ich Sie nie mehr mit Panterosi zusammen ... aber ich habe etwas anderes, lieber Dottore. Eben das, bei dem das Herz eines jeden Arztes lacht!«

Cravelli erhob sich und lächelte Berwaldt treuherzig an. »Wie gesagt ... ich habe eine schöne Überraschung für Sie – – –«

Er ging wieder nach oben und schloß hinter sich die Tür. In tiefer Verzweiflung blieb Dr. Berwaldt zurück.

Seit den frühen Morgenstunden fuhr Rudolf Cramer kreuz und quer durch Venedig. Von einer Zeitungsredaktion zur anderen. Überall erzählte er den gespannt lauschenden Redakteuren die große Geschichte der Tänzerin Ilona Szöke und des deutschen Forschers Dr. Peter Berwaldt. Er berichtete in allen Einzelheiten ... von der Hochzeitsreise mit Ilona und ihrem Verschwinden, von der Ankunft Ilse Wagners in Venedig, wo sie niemand abholte, und von der Merkwürdigkeit, daß alle verschwundenen Personen zuletzt im Canale Santa Anna gesehen wurden.

Die Bleistifte der Redakteure knisterten über das Papier. Für zwei Presse-Agenturen sprach Cramer seine wilde Story aufs Band. Es war eine Sensation ersten Ranges, der ganz große Knüller der an sich stillen Sommersaison.

Rudolf Cramer tat ein übriges, um den Verdacht bei allen Zeitungen in eine bestimmte Richtung zu lenken.

»Ich vermute«, sagte er immer wieder, »daß zwischen dem Fall Ilona Szöke und dem Fall Dr. Berwaldt kein innerer Zusammenhang besteht ... ein Lustmord an einem Mann ist absurd. Wohl aber sind hier die gleichen Täter am Werk. Ihre Motive sind klar: Auf der einen Seite ein perfekter Sexualmord ... auf der anderen Seite die Jagd nach einer großen, wertvollen Erfindung, über deren Einzelheiten ich nichts weiß. Man müßte einmal nachforschen, wer im Canale Santa Anna ein Interesse an chemischen Präparaten hat. Wir haben diese Spur in diesen schweigenden Kanal ... man sollte auf dieser Spur bleiben ...«

Cramer erhob sich, und jedesmal wiederholte sich ein Spiel. Mit großer Gebärde rief er: »Wo ist Dr. Berwaldt?!« Es machte auf die Italiener einen grandiosen Eindruck.

Gegen Mittag kam er ins Grand-Hotel »Excelsior« zurück. Pietro Barnese stürzte ihm schon entgegen, als er kaum durch die Drehtür in die Halle gewirbelt kam.

»Signore!« schrie Barnese. Sein Gesicht war feuerrot. »Dreimal war die Polizei schon da! Man wollte Sie sprechen! Wo waren Sie denn?!«

»Ich habe dem Teufel eingeheizt!« Cramer sah sich um. In der weiten Palmenhalle standen die Gäste in Gruppen zusammen und diskutierten. Neuankömmlinge luden ihre Koffer vor der Rezeption ab. »Na, hat Ihr Haus gelitten? Wieviel Abreisen?«

»Zweihundertneunundzwanzig Neuanmeldungen!« stöhnte Barnese. »Signore ... die Menschen sind verrückt! Sie reisen dem Verbrechen entgegen. Wir sind total ausverkauft!«

»Na bitte!« Cramer lächelte sarkastisch. »Wenn man jetzt noch in irgendeinem Winkel Ihres Ladens eine Leiche entdeckt, können Sie die Flure auch vermieten und Betten aufstellen – – –«

»Signore, malen Sie nicht das Unglück an die Wand.« Barnese wischte sich den Schweiß von der Stirn. »Die Polizei hat das Appartement von Dr. Berwaldt untersucht. Alles haben sie durchwühlt! Sie haben nichts, gar nichts gefunden, was irgendwie – – –«

Cramer sah Barnese verblüfft an. »Moment! Sie haben keinen Briefumschlag gefunden?«

»Nichts von Bedeutung.«

»Keinen Briefumschlag aus Venedig?«

Barnese riß seine schwarzen Augen weit auf. »Nein ... auch keinen Umschlag aus Venedig. Wieso, Signore ...«

»Merkwürdig!« Rudolf Cramer schüttelte den Kopf. Ich habe ihn in den Papierkorb zurückgelegt, dachte er. Man muß ihn gefunden haben. Er lag gleich oben auf ... »Man hat das Zimmer genau durchsucht?«

»In jeden Winkel sind sie gekrochen. Sogar die Portieren mußten wir abnehmen, die Matratzen haben sie aus dem Bett genommen, die Sesselritzen aufgerissen, – ich war ja dabei und mußte das Protokoll unterschreiben! Einfach nichts haben sie gefunden – – –«

Cramer schüttelte wieder den Kopf. Das ist nicht möglich, dachte er wieder. So etwas kann man nicht übersehen! »Hat Fräulein Wagner – – –« sagte er. Er brach ab und sah Barnese entsetzt an. »Mein Gott! Ilse Wagner! Haben Sie sie heute schon gesehen?«

»O ja, Signore. Heute morgen. Sie hatte die Zeitung gelesen.«

»Und?«

»Sie fiel fast um.«

»Und ... so reden Sie doch, Barnese!«

»Sie fragte nach Ihnen, Signore.«

»Und?«

»Ich sagte, Sie seien schon in aller Frühe zu den Redaktionen.«

»Sehr gut. Und was tat sie darauf?«

»Sie fuhr wieder auf ihr Zimmer.«

»Und da ist sie jetzt noch?«

»Nein. Gegen elf Uhr hat sie eine Gondel genommen, mehr weiß ich nicht – – –«

»Und sie ist noch nicht zurück?«

»Ich habe sie noch nicht gesehen – – –«

Ein Page, der neben der Tür stand, kam verschüchtert näher. Er sah Barnese wie um Verziehung bittend an und rückte verlegen an seinem Käppi.

»Wenn ich etwas sagen darf – – –« begann er.

»Du hast etwas gesehen, Junge?« schrie Cramer. »Du bekommst 1000 Lire, wenn du – – –«

»Was ist?« knurrte Barnese. »Was weißt du?«

»Ich war einkaufen«, stotterte der Page. »Der Küchenchef hat mich weggeschickt. Ihm fehlte ein Gewürz. Ich lief also einkaufen, und da sah ich die Signorina. Ich erkannte sie an ihrem Kleid. Sie fuhr den Canale Grande hinauf ... ich konnte sie genau erkennen ...«

»Und dann ... dann ...« Cramers Stimme war gepreßt. Er ahnte, was nun kommen würde.

»Ja ... ihre Gondel bog ab ... in einen Seitenkanal ... Das war das letzte, was ich noch sah ...«

Rudolf Cramer gab dem Pagen mit zitternder Hand 1000 Lire. Barnese schüttelte den Kopf. Er ist verrückt, dachte er. Cramer sah den Direktor mit verkniffenen Lippen an.

»Wissen Sie, wohin sie gefahren ist?! In den Canale Santa Anna – – –«

»Madonna mia!« stammelte Pietro Barnese. Er wurde fahl im Gesicht.

»Ein Motorboot!« schrie Cramer. Er rannte durch die Drehtür und winkte mit beiden Armen dem hoteleigenen Motorboot zu. »Los! Kommen Sie!« Barnese folgte ihm und winkte ebenfalls wie ein Irrer. »Hierher! Hierher!«

Cramer sprang mit einem weiten Satz an Deck. Er fiel neben dem Steuermann auf die Knie und klammerte sich an der Reling fest.

»Canale Santa Anna!« schrie er den Verblüfften an. »Mensch, rasen, fliegen, blitzen Sie! Es kann um Sekunden gehen. Fortissimo! Canale Santa Anna – – –«

Mit einem wilden Satz schoß das Motorboot von der Kaimauer weg, drehte im Canale Grande und schäumte mit hoch aus dem Wasser springenden Bug davon. Es war lebensgefährlich, wie es um die Gondeln raste und den Gemüsebooten auswich.

Pietro Barnese lehnte sich gegen die Hotelwand. »Das gibt ein Unglück«, stammelte er. Dann bekreuzigte er sich, sah hinüber zur Santa Maria della Salute und schlug noch einmal das Kreuz. »Madonna, sei ihnen gnädig«, sagte er leise. »Und verschone mich vor weiteren Aufregungen – – –«

Die Polizeidirektion von Venedig arbeitete gründlich. Nach der Untersuchung des Appartements im Hotel »Excelsior«, die ohne Ergebnis blieb, fuhren sechs Polizeiboote hinaus in die schweigenden Kanäle und begannen, die Schlupfwinkel der bekannten dunklen Elemente durchzukämmen. Auch den Canale Santa Anna untersuchten sie ... aber nicht vom Canale Grande aus, wo die Palazzi lagen, sondern am anderen Ende, wo das Wasser seicht wurde, wo es nach Kot und Urin stank und die Ärmsten in Pfahlbau-Hütten wohnten.

Sie verhafteten siebenundzwanzig gesuchte Diebe, die nicht mehr untertauchen konnten, so plötzlich kam die Aktion. Aber von Dr. Berwaldt fanden sie nicht eine winzige Spur. Denn die Polizei untersuchte alle Häuser bis auf die bewohnten Palazzi. Auch den Palazzo Barbarino verschonte sie aus dem Vorurteil heraus, daß ein reicher Mann wie Cravelli es nicht nötig habe, Menschen verschwinden zu lassen oder umzubringen. Adel und Reichtum gehörten von jeher zu Venedig, und sie genossen so etwas wie eine Immunität. Lediglich einen Routinebesuch machte der Kommissar selbst bei Cravelli. Er wollte nicht seine Pflicht vernachlässigen.

»Wenn Sie mir einen Gefallen tun können«, sagte Cravelli an der Tür beim Abschied zu dem Kommissar. »Entfernen Sie die Bettler von meiner Treppe. Sie widern mich an.«

Der Polizeikommissar drückte Cravelli die Hand. Er hatte einige Fragen gestellt, die Cravelli sofort und elegant beantwortete. Nicht der geringste Verdacht lag auf ihm. Es war absurd, Cravellis Palazzo zu untersuchen.

Die Polizei nahm die auf der Treppe zum Canale hockenden Bettler gleich mit. Aber schon zehn Minuten später lud eine Gondel vier neue Bettler ab. Cravelli ballte die Fäuste, aber er schwieg. Ein Venezianer kennt die Macht der Straßenhändler.

Um die Zeit, als die Polizeitruppe die hinteren Gebäude des Canale Santa Anna untersuchte, ließ Ilse Wagner ihre Gondel an der Treppe halten. Die Bettler kamen ihr entgegen ... schmutzige, fratzenhafte Gesichter. Es kostete sie große Überwindung, auszusteigen und mitten unter diese Gestalten zu treten.

»Bleiben Sie bitte hier!« rief sie dem Gondoliere auf deutsch zu. Sie wußte, daß er sie nicht verstand, aber es tat gut, ihre Stimme zu hören in dieser dunklen Wassergruft.

Einer der Bettler trat nahe an sie heran.

»Signorina sind Deutsche?«

»Ja – – –« sagte Ilse erstaunt. »Was . . . was wollen Sie?«

»Das fragen ich dich . . . Was willst du hier?«

»Ich will zu Signore Cravelli . . .« Ilse Wagner sah sich hilfesuchend um. Die Bettler hatten sie umringt. Es gab kein Entrinnen. Ilses Herz schlug bis zum Kehlkopf.

»Und warum?« fragte der Bettler wieder.

»Ich will etwas kaufen – – –« sagte sie schnell.

»Wie heißen du?«

»Warum?«

»Wichtig, Signorina . . .«

»Ilse Wagner . . .«

»Oh!« Der Bettler grinste. »War schon mal ein Wagner in Venezia! Ist hier morte . . . gestorben . . . Hat geschrieben viele Opern . . . laute Opern . . . mit viel Pauken und Posaunen . . . bumbum . . . Ist gut – – –«

Der Kreis der Bettler öffnete sich. Ilse Wagner rannte die glitschigen Treppen hinauf. Vor der schweren Tür blieb sie stehen und suchte eine Klingel. Sie entdeckte den bronzenen Klopfer in dem Löwenmaul und hieb gegen die Tür.

Lange Zeit meldete sich niemand. Dann hörte sie Stimmen hinter der Tür . . . sie schimpften und schienen zu drohen.

Ilse Wagner griff wieder zu und klopfte noch einmal. Die Tür sprang auf und zwei Diener, bewaffnet mit Knüppeln, standen vor ihr. Als sie das Mädchen sahen, senkten sie die Knüppel und drohten nur zu den am Canale wartenden grinsenden Bettlern hin.

»Signorina . . . scusi . . .« stammelte einer der Diener.

»Ich möchte Signore Cravelli sprechen!« sagte Ilse Wagner auf deutsch. Der Aufmarsch der knüppelbewehrten Diener ließ ihr Herz stocken.

Der Diener schüttelte den Kopf und versuchte durch Zeichen zu verdeutlichen, daß dies nicht ginge. Endlich sagte er in Deutsch: Deutsch:

»Nix! Signore Cravelli nix da . . .« Dann drohte er noch einmal zu den Bettlern, schrie: »Diaboli!« und warf vor Ilse die schwere Tür zu. Fast wäre sie ihr gegen den Kopf geschlagen, weil sie beim Öffnen einen Schritt vorgetreten war.

Was hatte Dr. Berwaldt hier zu tun, dachte sie und sah an der alten, einstmals prunkvollen Fassade empor. Aus diesem Haus hatte er einen Brief bekommen, das war sicher. Und ebenso sicher war es, daß dieser Cravelli mit Berwaldt gesprochen hatte, denn es war eine Eigenschaft Berwaldts, erst dann seine Post zu vernichten, wenn er den »Vorgang«, wie er es nannte, hinter sich gebracht hatte.

Langsam ging Ilse zur Gondel zurück. Die Bettler halfen ihr beim Einsteigen, sie gab jedem ein paar Lire und nickte dem Gondoliere zu, machte eine Handbewegung, die soviel bedeuten sollte: Irgendwohin ... durch Venedig ...

Ilse Wagner lehnte sich auf ihre Polsterbank zurück. Sie nahm sich vor, wiederzukommen und mit Cravelli zu sprechen. Plötzlich dachte sie an Rudolf Cramer, der ihr plötzliches Weggehen falsch deuten könnte. Sie hatte keine Nachricht hinterlassen ... sie war, wie damals Ilona Szöke, einfach weggefahren ... in den Canale Santa Anna ... Das konnte neue Aufregungen geben, neue Verwicklungen, die – statt den Knoten zu lösen – ihn nur noch fester zuzogen ...

»Grand-Hotel ›Excelsior‹!« rief sie dem Gondoliere zu.

»Si, Signorina. ›Excelsior‹ ...«

Die Gondel glitt wieder in einen Seitenkanal und nahm Richtung auf den Canale Grande.

Um die gleiche Zeit, als Ilse Wagner ins Hotel zurückfuhr, raste mit heulendem Motor das Boot Cramers in den Canale Santa Anna.

Mit einem Ruck hielt es vor der Treppe und glitt in einer Gischtwelle auf die Stufen zu. Mit einem weiten Satz sprang Cramer auf die Marmortreppe.

Aber so wild und andauernd er gegen die Tür klopfte, diesmal erschienen die Diener nicht. Von einem Fenster neben dem Eingang beobachteten sie hinter der Gardine den wilden Mann an der Tür. Sie hatten Weisung, keinen einzulassen.

Einer der Bettler zog Cramer an der Schulter von dem Klopfer weg.

»Cravelli nix da ...« sagte er. »Fort mit weißer Jacht. Wohin, ich nix weiß ...«

»Danke«, sagte Cramer aufatmend. Ein furchtbarer Druck fiel von seinem Herzen. Cravelli war nicht da ... dann konnte auch Ilse nicht bei ihm sein. »Danke, Kamerad.«

Er rannte zurück zum Motorboot, sprang hinein und ließ sich zurück zum Hotel fahren. Da er den geraden Weg nahm, war er vor Ilse Wagner wieder im »Excelsior«. Daß sie noch nicht zurückgekommen war, erfüllte ihn mit Unsicherheit und jagender Unruhe. Er machte sich Selbstvorwürfe, daß er im Eifer seiner Zeitungsaktion Ilse Wagner ganz vergessen hatte und sie ohne Aufsicht und ohne Warnung im Hotel geblieben war. Wenn Cravelli auch mit dem Verschwinden Dr. Berwaldts zusammenhing, war es klar, daß auch Ilse Wagner sich in großer Gefahr befand.

Blaß vor Erregung, whiskytrinkend, saß er in der Halle und war zur Untätigkeit verurteilt. Er zuckte hoch, als der Page, der Ilse Wagner hatte wegfahren sehen, zu ihm stürzte und mit beiden Händen durch die Luft fuchtelte.

»Die Signorina kommt!« rief er. »Die Signorina ...«

Cramer schnellte durch die Halle, wirbelte durch die Drehtür und lief Ilse entgegen, die gerade aus der Gondel gehoben wurde. Er riß sie aus den Armen des Gondolieres und drückte sie an sich.

»Ilse!« schrie er. »Ilse! Mein Gott, hatte ich eine Angst.« Und dann küßte er sie, vor allen Gondelführern und Hotelgästen. Es kam so plötzlich, so überraschend und doch so ersehnt, daß Ilse Wagner wie leblos in seinen Armen hing.

Cramer sah sich um. Die lächelnden Gesichter um ihn herum störten ihn nicht. »Komm«, sagte er und zog Ilse ins Hotel zurück. »Nun wissen es alle!«

Pietro Barnese kam ihnen freudestrahlend entgegen. Er streckte beide Hände aus. »Gratuliere!« rief er. »Das macht der Zauber von Venezia – – –«

»Sie können uns gratulieren, wenn wir Dr. Berwaldt gefunden haben – – –« Cramer legte den Arm um Ilse.

»Was ist mit Dr. Berwaldt?« fragte Ilse.

»Nichts! Man hat keinerlei Spuren ...«

»Ich war im Canale Santa Anna ... bei Signore Cravelli – – –«

»Du hast ihn gesprochen?«

»Nein. Man ließ mich nicht herein. Er sei nicht da ...«

»Gott sei Dank – – –«

Ilse sah Cramer erstaunt an. »Du kennst diesen Cravelli ...?«

»Ja. Sehr gut sogar.« Cramer sah auf seine Hände. »Ich werde dir viel von mir erzählen müssen – – –«

Ilse Wagner nickte. »Bestimmt ... wir kennen uns ja kaum ...« Sie stockte und sah Cramer fragend an.

»Heute abend werde ich dir alles erzählen.« Cramer sah sie ernst an. »Du wirst plötzlich begreifen, wie gefährlich du in Venedig lebst – – –«

»Gefährlich?« stammelte Ilse.

»Wo sind Dr. Berwaldts Akten?«

»Noch im Bahnhofstresor ...«

»Und der Schlüssel?«

»In meiner Tasche ...«

»Wir müssen sofort die Aktentasche herausholen und im Hoteltresor deponieren. Den Schlüssel kann man dir wegnehmen.«

»Wer soll ihn mir denn wegnehmen?«

»Die Leute um Dr. Berwaldt.«

»Welche Leute – – –« Ilse Wagner umklammerte Cramers Arm. »Du weißt mehr! Du sagst mir nicht alles. Was ist mit Berwaldt?!«

»Ich ahne nur etwas, Liebes.« Cramer strich ihr beruhigend über die Haare und die Wangen. »Die Polizei wird nichts finden, die Presseaktion wird übermorgen schon vergessen sein ... aber die Bettler werden etwas bringen ...«

»Die Bettler? Diese schrecklichen Gestalten, die überall im Canale Santa Anna herumlungern?«

»Ja. Ich habe sie gekauft – – –«

»Gekau – – –« Ilse blieb das Wort im Halse stecken. »Woher hast du das Geld, Rudolf ...«

Cramer legte ihr begütigend die Hand auf die Schulter.

»Auch das werde ich dir alles heute abend erklären ... es ist eine einfache, aber traurige Geschichte ... Bringen wir erst die Aktenmappe in Sicherheit – – –«

Arm in Arm verließen sie das Grand-Hotel. Wer ihnen nachsah, glaubte an eines der tausend verliebten Paare, für die Venedig die Pforte zum Paradies bedeutet.

Auf dem Dachboden waren die drei Kammern zur Zufriedenheit Cravellis eingerichtet worden. Fast beglückt über seinen genialen Einfall stieg er wieder hinunter in den Keller und fand Dr. Berwaldt auf dem Bett liegend. Er rauchte pausenlos. Durch eine Klimaanlage wurde der Rauch abgesogen und frische Luft in den Raum geblasen.

»Bitte Koffer packen!« rief Cravelli fröhlich. »Wir ziehen um!«

Dr. Berwaldt blieb liegen und drückte seine Zigarette aus. »Mir gefällt es ganz gut hier«, sagte er.

Cravelli schüttelte fast mitleidig den Kopf. »Dottore ... bitte, seien Sie nicht unhöflich. Ich möchte Ihnen nur einige bessere Zimmer geben ... hier im Hause. Das Labor werden wir später wieder brauchen ... im Augenblick glaube ich, daß eine Veränderung uns enger zusammenbringt.«

»Welche Teufelei haben Sie wieder vor?« fragte Dr. Berwaldt gepreßt.

»Wie sie mich verkennen, Dottore! Ich gebe Ihnen in meinem Haus neu eingerichtete Zimmer – – –«

»Nicht ohne Hintergedanken!«

Cravelli lachte gemütlich. »Ich bin ein Makler! Wo ich Kapital hineinstecke, hole ich Kapital heraus! Das ist nun einmal ein unumstößliches Geschäftsgebahren ... vom Zusetzen lebt keiner! In Ihrem Fall aber ist es reine Menschenliebe – – –«

»Cravelli, bitte seien Sie still!« rief Berwaldt grob. Er sprang vom Bett und zog seinen Rock an. »Also denn – gehen wir! Ich bewunderte nur Ihre Hartnäckigkeit! Sie werden mich nie zur Aufgabe meiner Formel bringen können.«

»Abwarten liebster Dottore!«« Cravelli brannte sich genüßlich eine Zigarette an. »Es werden Ereignisse eintreten – in spätestens fünf Minuten – die Ihre Welt verändern! Und Ihre starre Haltung! Wenn es nicht unfair wäre – weil ich gewinne –, würde ich sogar mit Ihnen darum wetten – – –«

Dr. Berwaldt fühlte es eiskalt um sein Herz werden. Die Sicherheit, mit der Cravelli das Ereignis ankündigte, von dem er sich nicht die geringste Vorstellung machen konnte, bewies ihm, daß sein Widerstand in die härteste Probe kam.

»Spielen Sie kein billiges Theater – – – gehen wir!« sagte er hart. Cravelli nickte. Er ließ Berwaldt die enge Stiege zuerst hinaufgehen, schob die Bücherwand wieder vor die Tür und schnippte die Asche seiner Zigarre in den Aschenbecher. Berwaldt lehnte an dem riesigen Globus. Er sah sich um. Cravelli winkte ab.

»Schreien Sie nicht. Stürzen Sie nicht ans Fenster ... es hat keinen Sinn. Die Diener sind im Hinterhaus, der Canale ist um diese Zeit unbelebt ... nur ein paar lumpige Bettler sind da, die sich von der Mittagshitze ausruhen. Wir werden jetzt in das Dachgeschoß steigen ...«

»Wie Sie wollen – – –«

Cravelli ging ihm voraus, durch die große Halle, die breite Treppe hinauf, durch eine andere Tür, von der eine Wendeltreppe sich bis zum Dach hinaufschraubte.

»Das ist ein Weg«, sagte Cravelli und kletterte voraus. »Es gibt noch eine bequemere Treppe, aber die kann vom Personal eingesehen werden.«

Sie kletterten weiter und kamen nach einer neuen Tür, an der die Wendeltreppe endete, auf einen langen, dunklen Flur.

»Die oberste Etage«, sagte Cravelli und lehnte sich schweißgebadet an die Wand.

Dr. Berwaldt sah den Flur entlang. Er war aufgeräumt, sauber, mit einem Teppich ausgelegt. Einige Türen gingen rechts und links von ihm ab. Es war Berwaldt, als hörte er Laute ... menschliche Stimmen, ein leises Radio ... Cravelli beobachtete ihn und wischte sich den Schweiß aus dem Gesicht.

»Sie irren sich nicht ... menschliche Stimmen ...«

»Was soll das?« Berwaldt fuhr herum. »Haben Sie hier ein Privatgefängnis?«

»Abwarten, mein Lieber! Das ist meine große Überraschung ...«

Cravelli ging wieder voraus und öffnete eine Tür. Dann trat er zur Seite und winkte.

»Bitte einzutreten – – –«

Berwaldt kam näher. Vor ihm lag ein fensterloses, aber taghell erleuchtetes Zimmer. Es war mit modernen Möbeln als Wohn-Schlafraum eingerichtet. Eine Tür an der Seitenwand führte in ein zweites Zimmer. Diese Tür war offen. Berwaldt sah in ein komplett eingerichtetes ärztliches Behandlungszimmer. Ein OP-Tisch, ein Glasschrank mit allen erforderlichen Instrumenten, ein Sterilisator, ein Medikamentenschrank ...

»Ich glaube, daß nichts fehlt«, sagte Cravelli. »Wenn es sein sollte ... ich besorge es sofort – – –«

»Was soll das?« fragte Berwaldt laut.

»Abwarten! Cravelli hat noch eine schöne Bescherung für Sie bereit, Dottore. Bitte, folgen Sie mir ...«

Sie verließen das Wohnzimmer und gingen zwei Türen weiter. Die Radiomusik wurde lauter ... auch hörte man deutlich menschliche Stimmen. Frauenstimmen. Berwaldt blieb ruckartig stehen.

»Cravelli, welche Schweinerei ist hinter dieser Tür?«

»Dottore ... ich betone: Es geschieht aus Menschenliebe – – –« Cravelli stieß die Tür auf. Die Stimmen verstummten, nur das Radio dudelte weiter.

Es war ein großer Raum. An jeder Wand stand ein Bett. In zwei Betten lagen zwei Frauen und sahen Berwaldt mit großen Augen entgegen. Ihre Gesichter waren fahlblaß, eingefallen, knöchern. Die Augen brannten in tiefen Höhlen. Als sie zu lächeln versuchten, verzerrten sich ihre Gesichter zu Fratzen.

»Das ist unser Dottore!« sagte Cravelli gemütlich. »Nun hat bald alles ein Ende, und ihr werdet gesund zu euren Kindern zurückkommen ...«

Der Glanz in den Augen der Frauen wurde stärker. Ihre knöchernen Finger glitten über die Bettdecke. Dr. Berwaldt lehnte sich betäubt an die Wand und starrte auf die beiden lebenden Leichen.

»Das ... das ist unerhört, Cravelli ...« stammelte er. Cravelli ging zu einem Tischchen und nahm zwei Schnellhefter. Er schlug sie auf und begann, daraus vorzulesen.

»Lucia Tartonelli, 34 Jahre alt, Uteruscarcinom, inoperabel, Metastasen in Lunge und Brustwand, Mutter von fünf Kindern, Prognose infaust...«

Cravelli nickte zu der jüngeren Frau hin. Sie winkte Berwaldt zu und richtete sich etwas auf. Es war Berwaldt, als würge man ihm die Luft ab. Ungerührt las Cravelli weiter aus dem zweiten Schnellhefter.

»Emilia Foltrano, 51 Jahre alt, Mammacarcinom. Totalexstirpation der linken Mamma, Metastasen in Brustwand, im Gehirn und an der Wirbelsäule. Prognose infaust. Mutter von sieben Kindern ...«

»Sie Satan!« stammelte Berwaldt tonlos. »Sie einmaliger Teufel ...«

»Meine lieben Mädchen – – –« sagte Cravelli fast scherzend und legte die Schnellhefter zurück. »Das ist unser Dottore, der mit seinem Wundermittel euch heilen wird. Habt keine Angst, tut alles, was er euch sagt, wundert euch über nichts ... ihr wißt, daß kein anderer Arzt der Welt euch mehr helfen kann ... nur dieser Dottore! Und habt Geduld ... auch Wunder brauchen Zeit ...«

Er nahm Berwaldt wie ein Kind an der Hand, führte den vor Schreck fast Gelähmten aus dem Zimmer auf den Flur und schloß die Tür. Dann schob er ihn zurück in das Wohnzimmer und hielt ihm eine Zigarettenschachtel hin.

»Sie werden es nötig haben? Oder einen Kognak? Ist alles hier ...« Cravelli ging zu einem Wandschrank und holte eine Flasche. »Zwei unheilbare Krebsfälle, die auf Ihr Wundermittel warten und die Sie heilen können! Nur Sie! Zwei Mütter ... die eine mit fünf, die andere mit sieben Kindern! Allerliebste, kleine Kinderchen ... süße bambinis, mit schwarzen Lockenköpfchen ... Und nur Sie allein können die Mütter dieser Bambinis am Leben halten ...«

Dr. Berwaldt schlug die Hände vor das Gesicht und sank in einen Sessel. »Sie Teufel!« sagte er immer wieder. »Sie widerlicher Teufel!« Er ließ die Hände vom Gesicht fallen und starrte Cravelli an. »Wo haben Sie diese beiden Unglücklichen her?«

»Gekauft – – –«

»Ge – – –« In Berwaldt sprang Entsetzen hoch. Cravelli winkte ab und schob ihm ein Kognakglas hin.

»Es ist alles legal, Dottore. Ich habe erst mit allen Kliniken in der Umgebung telefoniert, um Namen zu bekommen von unheilbaren Krebsfällen! Sie machen es nämlich auch hier nicht anders wie in den anderen Kliniken der Welt: Die unheilbaren Fälle, die sogenannten ›Pflegefälle‹, werden nach Hause geschickt, denn sterben können sie auch dort, und außerdem belasten sie nicht die Statistik der Klinik. Ich kenne eine Reihe Ärzte, und sie haben mir Adressen von solchen aufgegebenen Fällen gegeben. Vor allem in Chioggia, arme Fischersfrauen, die nie das Geld haben, sich eine teure Privatklinik zu leisten. Da bin ich hingefahren und habe den Männern ihre Frauen abgekauft für 100 000 Lire! Pro Frau! Und ich habe versprochen, sie gesund wiederzubringen. Sie sollen nur für 100 000 Lire den Mund halten. Das ist alles, Dottore! Meinen Erfolg sehen Sie! Die Frauen sind da ... und ich bin mir sicher, daß ich die 200 000 Lire gut investiert habe – – –«

»Ein Irrer sind Sie!« schrie Dr. Berwaldt und sprang auf. »Sie haben nicht nur Patrickson und Dacore, sondern jetzt auch diese beiden Frauen auf dem Gewissen! Ich kann sie nicht behandeln – – –«

»Aber Dottore – – – nur Sie können es.«

»Ich habe kein Serum mehr!«

»Dann stellen wir es her! Unten ist ein voll eingerichtetes Labor ... besser als Ihr eigenes in Berlin!«

Cravelli lächelte gemütlich. Er schlug die Beine übereinander und trank mit Genuß seinen Kognak. Dr. Berwaldt schloß die Augen. Die Falle war zugeklappt, das große Ereignis, dem er nicht mehr entrinnen konnte, war eingetreten. Er erkannte, wie teuflisch und dazu genial der Gedanke Cravellis war: Nebenan lagen zwei sterbende Frauen, die er mit seinem Serum retten konnte. Das bedeutete, daß er die Formeln in das Haus Cravellis bringen mußte, daß er das Serum neu herstellen mußte, daß er sich völlig in die Hand der internationalen Gruppe gab, deren Haupt Cravelli war. Tat er es nicht, so wurde er zum Mörder der beiden Frauen ...

Cravelli sprach es aus, was Berwaldt dachte.

»Sie haben doch diesen Eid des Hippokrates geleistet, Dottore. Jedem Kranken helfen, ganz gleich, wer es ist ... wo er ist ... Ihr ganzes moralisches Korsett ist doch diese ärztliche Ethik ... bitte, jetzt können Sie es beweisen!«

»Ich tue es nicht!« schrie Berwaldt.

»Sie nehmen damit 12 Kindern die Mütter – – –«

»Aber ich rette die Menschheit vor einer Sklaverei, in die sie fällt, wenn Sie meine Entdeckung in das Gegenteil umkehren! Dafür opfere ich lieber zwei Menschen!«

Cravelli sah Berwaldt nachdenklich an. »Das glaube ich Ihnen nicht ... Sie sind Arzt! Sie werden hier oben mit diesen beiden Sterbenden leben müssen ... so oder so ... Sie werden ihre Todesschreie hören, wenn Sie ihnen nicht helfen. Das werden Sie nie vergessen! Und auch wenn Sie sich selbst töten ... diese Schuld nimmt Ihnen niemand ab!«

»Gehen Sie ...« stöhnte Berwaldt und lehnte das Gesicht gegen die Wand. »Gehen Sie, Sie Schwein – – –«

Cravelli antwortete nicht. Er erhob sich, steckte sein schmutziges Kognakglas in die Tasche und verließ das Zimmer. Berwaldt hörte, wie entfernt mehrmals einige Türen abgeschlossen wurden. Er war allein mit zwei sterbenden Krebskranken.

Ein ganze Weile stand er mit dem Gesicht gegen die Wand und wünschte sich, die nächsten Stunden nicht mehr zu erleben. Das Grauenvolle war nicht mehr zu umgehen. Nebenan lagen zwei arme, von allen Ärzten aufgegebene Frauen und glaubten an ihn. Er war ihre letzte Hoffnung ...

Dr. Berwaldt schloß die Augen. Und plötzlich weinte er, die Stirn gegen die Wand gedrückt. Alles, was an Erregung in ihm war, an Anspannung, an Angst und Grauen löste sich auf in einem Weinkrampf ... als er nach einer halben Stunde sich wusch und langsam eine Zigarette rauchte, war er wieder von einer kämpferischen Nüchternheit und durchdrungen von einem klaren Verstand.

Er ging nebenan in den Behandlungsraum, zog einen weißen Kittel über, holte aus einem Glaskasten das neue Membranstethoskop und ein Paar dünne Gummihandschuhe. Er schrak zusammen, als auf dem Schreibtisch ein Telefon rappelte.

»Ja?« sagte er. Die Stimme Cravellis klang jovial.

»Da staunen Sie, was? Sogar per Telefon sind wir verbunden! Wenn Sie was brauchen, Dottore ... Ihr Telefon ist unmittelbar mit meinem Privatapparat verbunden. Was machen Sie jetzt im Augenblick?«

»Ich bereite mich vor.« Dr. Berwaldt steckte die Gummihandschuhe in die Manteltasche. »Ich mache meine erste Visite. Vielleicht ist den Frauen auf andere Art zu helfen.«

»Unmöglich!« Cravelli lachte. »Zwei Wunder hintereinander bringen auch Sie nicht fertig, Dottore – – –«

*

Die Untersuchungen, die Dr. Berwaldt vornahm, bestätigten die Richtigkeit des Cravellischen Berichtes ... beide Frauen waren in einem fortgeschrittenen Stadium. Ihre inoperablen Carcinome waren deutlich tastbar, ebenfalls ein Teil der über die ganzen Körper verteilten Metastasen. Es bedurfte keiner Röntgenbilder oder Krankengeschichten mehr ... diese Frauen waren zum Sterben verurteilt.

Dr. Berwaldt saß auf dem Bett Lucia Tartonellis und hielt ihre Hände. Sie weinte und lag schmal und fahl in den Kissen. Der merkwürdig süßliche Geruch, der fast allen Krebskranken eigen ist, lag im Zimmer.

»Helfen Sie, Dottore«, bettelte Lucia leise. »Bitte, helfen Sie ... Ich habe fünf Kinder ...«

Berwaldt wußte, daß keine der Frauen ahnte, warum der »Menschenfreund« Cravelli sie in den Palazzo Barbarino hatte schaffen lassen. Es mußte vor wenigen Stunden erst geschehen sein, als Berwaldt in seinem Kellerverließ das Abfahren und Zurückkommen der Jacht gehört hatte. Ungesehen von allen hatte Cravelli die Kranken innerhalb des Hauses ausgeladen und auf den Dachboden bringen lassen. Nun lagen sie in sauberen, weiß bezogenen Betten und warteten auf ein Wunder.

Der Widerstreit in Berwaldts Innerem war ungeheuerlich. Er wußte, daß er helfen mußte, es gab gar keine andere Wahl ... aber er wußte auch, daß er damit eine Waffe aus der Hand gab, die die ganze Menschheit in ein unermeßliches Leid stürzen konnte. Er verfluchte die Stunde, in der er seine Entdeckung gemacht hatte.

»Ich werde Ihnen helfen – – –« sagte er heiser und löste seine Hand aus den krallenden Fingern Lucias. »Aber versprechen kann ich Ihnen nichts. Sie wissen, wie es um Sie steht, man hat Ihnen die Wahrheit gesagt. Ich will tun, was ich kann ...«

»Die Madonna wird Sie segnen – – –« sagte Emilia Foltrano gläubig. Sie hob die zitternden Hände und schlug ein Kreuz.

Dr. Berwaldt senkte den Kopf und verließ schnell das Zimmer.

Im Wohnraum wartete Cravelli. Er sah zufrieden aus und hatte Berwaldt aus der Küche einen großen Rumpudding mitgebracht.

»Nun?« rief er. »Sind das Fälle?! Ihr Arztherz muß doch – – –«

»Halten Sie den Mund!« schrie Berwaldt.

»Was wollen Sie tun?« fragte Cravelli ernster.

»Nichts.«

»Aber Dottore – – –«

»Ich kann nicht! Rein technisch nicht!«

»Ich besorge Ihnen alles, Was Sie brauchen ...«

»Ich kann ohne meine Formeln nichts tun. Gar nichts. Oder glauben Sie, ich habe diese komplizierten Formeln im Kopf? Meine Flüssigkeit ist das Ergebnis unzähliger Versuchsreihen mit unzähligen verschiedenen Kombinationen. Aus diesem ganzen Formelgewirr kam plötzlich diese eine Verbindung zustande.«

Cravelli sah Berwaldt mit schiefem Kopf an. »Sie haben diese Formel nicht bei sich?«

»Nein.«

»Dann denken Sie nach – – –«

»Selbst wenn ich es wollte, ich kann es nicht. Ich brauche die Unterlagen der Forschungsreihen.«

»Und wo sind diese Berechnungen?«

»In Berlin. Meine Sekretärin verwahrt sie. Sie hat sie in ihrer Mappe, ohne Ahnung, was sie da herumträgt. Sie hat zwar Formeln in den Schnellheftern, aber sie sind Tarnformeln. Auf diese paßt sie auf. Die wirklichen Formeln sind in den vielen Blättern irgendwo verborgen, deren Stelle nur ich kenne . . .«

Cravelli nickte. »Gut, Dottore. Dann setzen Sie sofort ein Telegramm auf und rufen Sie Ihre Sekretärin nach Venedig. Dieses Mal lasse ich mich nicht bluffen wie mit den postlagernden Briefen . . . ich bringe das Telegramm selbst weg! Also – rufen wir dieses Mädchen . . .«

Dr. Berwaldt setzte sich. Plötzlich lächelte er, was Cravelli ein unangenehmes Gefühl in der Magengegend erzeugte.

»Das habe ich bereits getan«, sagte Berwaldt.

»Was?« Cravelli starrte ihn entgeistert an. »Sie haben Ihre Sekretärin . . . wann denn?«

»Schon nach unserer ersten Besprechung zusammen mit Patrickson und Dacore. Damals glaubte ich an den pharmazeutischen Konzern und war bereit, die Karten auf den Tisch zu legen . . .«

Cravelli überlief es eiskalt.

»Und nun? Nun?«

»Meine Sekretärin ist seit zwei Tagen in Venedig.«

»Nein!« schrie Cravelli und sprang auf. »Sie lügen mich an!«

»Sie können in Berlin anrufen, man wird es Ihnen bestätigen. Sie ist hier in Venedig, mit den Plänen. Das heißt, – sie wird sich an die Polizei gewandt haben, nachdem sie niemand abholte und mich keiner finden konnte. Die Pläne dürften also bei der Polizei sein!«

»Sie lügen!« brüllte Cravelli wie ein verwundeter Stier.

»Bitte, fragen Sie bei der Polizei an . . .« Dr. Berwaldt lächelte breit. »Man wird diese Pläne nur herausgeben, wenn *ich* es will!

Das bedeutet, daß ich mit der Polizei sprechen muß. Das wiederum bedeutet, mein lieber Cravelli, daß man Sie ...«

»Ich möchte Sie töten!« knirschte Cravelli.

»Sie sehen, ich kann also nichts machen! Auch die beiden Frauen müssen sterben ... Mütter von 12 kleinen Kindern ... Sie, Cravelli, *Sie* sind auch ihr Mörder ... Sie haben mich 24 Stunden zu früh eingesperrt ... Sie hatten es zu eilig – – –«

Cravelli atmete heftig. Er erkannte, daß er der Unterlegene war. Er hatte sich selbst in den Untergang gehetzt.

»Wo ist Ihre Sekretärin jetzt?«

»Ich weiß es nicht – – –«

»Wie heißt sie? Ich werde sie überall suchen lassen ...«

»Das werden Sie selbst herausfinden müssen, Cravelli. Sie haben hinter mir die Welt abgeschlossen ... nun suchen Sie den Schlüssel, sie mir wieder aufzuschließen ... Ich bin in der gleichen Lage wie Sie ... Sie brauchen meine Erfindung, die Welt zu versklaven ... ich brauche es dringendst, um zwei Frauen zu retten ... und beide wissen wir nicht, wie es getan werden soll! Wobei ich zugebe, daß Sie der Teil sind, der schlimmer dran ist – – –«

Mit einem Fluch rannte Cravelli aus dem Zimmer. Er meldete ein Blitzgespräch nach Berlin an, aber der Labor-Assistent gab auf alle Beschwörungen keine Antwort und verlangte, Dr. Berwaldt selbst zu sprechen. In ohnmächtiger Wut hieb Cravelli den Hörer auf die Gabel zurück.

Die Formeln waren in Venedig, sie waren in Händen der Polizei. Das große Ziel lag vor seinen Augen ... aber er konnte es nur ansehen, nie erreichen.

Ein Ausweg, dachte Cravelli. Ein Gedanke! O komme mir doch ein Gedanke. Aber nicht ein Gedanke half ihm, sondern ein äußeres Ereignis, von dem Cravelli wenige Stunden später behaupten würde, es gäbe auch ein Satansglück ...

Ilse Wagner hatte die Aktentasche aus dem Bahnhofschließfach geholt und bei Signore Barnese abgegeben, der sie sofort in den Hoteltresor wegschloß. »Hier kommt keiner dran, Signorina!« versicherte Barnese. »Hier haben schon Millionen an Schmuck gelegen – – –«

Rudolf Cramer wurde wieder gerufen. Der Polizeikommissar wollte ihn noch einmal vernehmen wegen des Falles Ilona Szöke.

»Am Abend bin ich längst zurück!« rief Cramer aus dem Polizeiboot zu Ilse Wanger und winkte mit beiden Armen. Dann schoß das Boot knatternd auf dem Canale Grande davon.

Ilse Wagner sah ihm nach, bis es in einen Seitenkanal einbog. Aber ihre Gedanken waren nicht bei Cramer und nicht in der Vorfreude auf den Abend, sondern sie beschäftigten sich mit dem düsteren Palazzo Barbarino Cravellis. Cramer hatte gesagt, daß er sie gesucht habe, und zwar im Canale Santa Anna. Warum suchte er sie gerade dort? Welchen Zusammenhang ahnte er? Gab es eine Spur Dr. Berwaldts, die zu Cravelli führte und die man ihr verschwieg? Warum hatte er die Bettler Venedigs gekauft, Cravelli zu beobachten?

Eine Fülle von Fragen, auf die er heute abend eine Antwort geben wollte. Eine ehrliche Antwort oder eine Lüge, wie schon sein Name eine Lüge sein sollte?

Ilse starrte in das leicht bewegte Wasser des Kanals. Die Furcht, die der Palazzo Barbarino ihr eingeflößt hatte, wich dem Drang, der Wahrheit entgegenzugehen. Sie stieß sich von dem Eisengitter der Ufermauer ab und wandte sich zu den Gondelplätzen. Ein Heer von Gondolieris fiel über sie her und pries ihr die Vorzüge der Gondeln. Sie stieg in die erste und sank auf die gepolsterte Bank. Durch ihren Körper jagte wieder die Angst vor dem Kommenden. Da hielt sie die Hände in das kalte Wasser und ließ die Pulse kühlen. Der Gondoliere stieß vom Ufer ab.

»Wohin, Signorina?«

»Canale Santa Anna. Palazzo Barbarino . . .«

»Si!« Die Gondel glitt weg.

Im Canale Grande schien noch die Sonne und vergoldete das Wasser. In der Ferne glühte Santa Maria della Salute mit orangenfarbenen Kuppeln. Aus diesem Goldschein hinaus glitten sie in den Canale Santa Anna, in eine andere Welt.

Hier war es fast schon Nacht. Am Fuße der breiten Marmortreppe standen einige zerlumpte, schmutzige Musikanten und spielten auf Lauten, Mandolinen, Geigen und kleinen, untereinander abgestimmten Handtrommeln alte venezianische Lieder. Sogar ein Sänger war unter ihnen. Mit hellem, klarem Tenor sang er mit aller schmelzenden Sehnsucht und jenem angeborenen belcanto, der den italienischen Gesang unsterblich und unnachahmbar macht.

Ilse Wagner winkte. Die Gondel glitt langsamer durch den Canale Santa Anna. Sie sah an der Hauswand empor und bemerkte, daß auf dem Balkon jemand saß. In einem Korbliegestuhl ruhte die Gestalt weit zurückgelehnt. Ab und zu wehte eine dünne blauweiße Qualmwolke über die Ballustrade. Sergio Cravelli saß und genoß die Musik. Er hatte sich mit den Bettlern ausgesöhnt. Nicht, daß er sie beteiligte oder daß er wußte, warum sie sein Haus umlagerten ... danach zu fragen, war sinnlos. Ihm gefiel nur, daß statt der zerlumpten Gestalten eine Horde Musikanten gekommen war. Cravelli liebte Musik wie jeder Italiener. Drei Dinge gab es in seinem Leben, die ihm heilig waren: Das Geld, die Macht und die Musik. Es war eine merkwürdige Zusammenstellung, aber sie paßte zu ihm. So oft er Musik hören konnte, nahm er die Gelegenheit wahr. Vor allem die alten venezianischen Gesänge gingen an sein Herz. Sie erinnerten ihn an seine Mutter. Sie hatte eine gute Stimme gehabt, die arme Frau, und sie sang die alten Lieder während des Putzens und Gemüselesens. Cravelli erinnerte sich, daß als Kind immer Gesang um ihn herum gewesen war.

Ilse Wagner winkte noch einmal. Die Gondel blieb in der Mitte des Canale Santa Anna stehen. Deutlich sah man jetzt die Gestalt auf dem Balkon. Die große, adlerschnabelige Nase, das energisch vorspringende Kinn, lange, knochige Hände, die auf der Korbstuhllehne den Takt schlugen.

»Ist er das?« fragte Ilse Wagner leise. Der Gondoliere sah sie verwundert an.

»Das sein Signore Cravelli – – –«

Ein körperliches Unbehagen stieg in ihr hoch. Sie versuchte, die wenigen Merkmale, die sie sah, zusammenzusetzen, zu ergänzen und daraus den ganzen Menschen Cravelli zu formen. Es ergab ein Bild, das neue Furcht in ihr aufkommen ließ. Sie steckte die Hände wieder in das kalte Wasser und spürte wohlig, wie die heiße Erregung in ihr verging.

»Fahren Sie mich an die Treppe ...« sagte sie. »Und warten Sie. Ganz gleich, wie lange es dauert – – –«

»Si, Signorina ...«

Dann stand sie wieder vor der hohen, dicken, eisenbeschlagenen Tür und bewegte den bronzenen Klopfer im Löwenmaul. Dumpf hallten die Schläge durch das Haus, als läge hinter der Tür eine riesige, leere Grotte. Die Bettler sangen weiter. Einer von ihnen machte eine Notiz in einem Schreibblock. Er riß das Papier heraus und gab es einem Geiger. Dieser legte sein Instrument auf die Stufen der Treppe, sprang in einen alten, farblosen Kahn und ruderte schnell davon.

Hinter der Tür wurde ein schwerer Riegel zurückgeschoben. Es knirschte und schrie verrostet. Knarrend schwang die dicke Tür zur Seite. Der Hausmeister sah Ilse Wagner fragend an.

»Signorina? fragte er. »Sie waren schon einmal hier ...

»Ja. Herr Cravelli war nicht im Hause. Ist er jetzt ... Ich sah ihn auf dem Balkon ...«

Der Hausmeister trat zur Seite. »Bitte Signorina.«

Ilse Wagner betrat den Palazzo Barbarino. Sie war erstaunt, wie sicher und fest ihr Schritt war. In der großen Halle sah sie sich um.

Der Hausmeister entschwand durch eine Tür und ließ sie allein. In der gleißenden Beleuchtung eines riesigen Kristalleuchters blitzten an den Wänden alte Waffen und Rüstungen. Gobelins mit mittelalterlichen Ritterspielen und exotische Lanzen und Schilde umrahmten einen riesigen Marmorkamin.

Diese Minuten des Wartens wurden zur Qual. Sie spürte, wie sich ihre Kehle zuschnürte, wie sich die Furcht eisig auf ihr Herz legte und wie ihr geringer Mut kleiner und kleiner wurde und von einem Gefühl zerdrückt wurde, einfach wegzulaufen, die Tür aufzureißen und sich in die Gondel zu stürzen.

Sie kam nicht mehr dazu. Über die breite Treppe kam Sergio Cravelli herab. Er lächelte wohlwollend, obwohl er ungehalten war, daß man ihn den Liedern seiner Kindheit entriß. Mit langen Schritten nahm er die breiten Stufen, den Kopf etwas vorgestreckt.

Wie ein Geier, dachte Ilse Wagner. Genau wie ein Geier, der eine Beute wittert.

»Ich stehe zur Ihrer Verfügung, Signorina ...« sagte Cravelli. Wer ist sie? fragte er sich gleichzeitig. Sie ist eine Deutsche, das sagte mir Fausto, der Hausmeister.

»Ich ... ich wollte Sie um eine Auskunft bitten ...« sagte Ilse stockend. »Sie sind mir empfohlen worden ...«

Cravelli nickte freundlich. Aha, ein Grundstückskauf. Er überschlug schnell in Gedanken, was es sein konnte. Das kleine Landgut oder der Weinberg? Oder das Hotel am Strand?

»Darf ich Sie in meine Bibliothek bitten, Signorina? Darf ich Ihnen etwas bringen lassen? Eine Erfrischung? Einen Kaffee? Ein Eis – – –«

Cravelli ging voraus, öffnete die Tür zur Bibliothek, ließ Ilse an sich vorbeigehen und zog dann die Tür zu. Dann eilte er zu einigen Schaltern und verscheuchte die halbdunkle Atmosphäre, die in der weiten Bibliothek lag. Statt der alten Lampen brannten nun versteckt angebrachte Neonröhren mit indirektem Licht.

»Der Palazzo ist ein wenig düster«, sagte Cravelli und bot Ilse einen tiefen Sessel an. »Ich wollte den Charakter erhalten, jenen halbdunklen Glanz der Renaissance, der noch verschwiegene Nischen schafft. Die moderne grelle Beleuchtung entzaubert und enthüllt zu viel. Da Sie Deutsche sind, müßten Sie die Romantik lieben – – –« Er lächelte sie an, aber sein Geiergesicht war lauernd und kritisch. Er hatte sich etwas abseits der Beleuchtung in den Schatten gesetzt. Sein Gesicht schwamm in der Dämmerung.

»Sie haben es schön hier – – –« sagte Ilse leise, nur, um etwas zu sagen und am Klang ihrer Stimme Mut zu bekommen.

»Darf ich fragen, was Sie zu mir führt? Wer hat mich Ihnen empfohlen? Um welchen Ankauf handelt es sich.«

»Um keinen Ankauf.« Ilse lächelte gezwungen. Die Rolle, die sie spielen wollte, verzehrte fast ihre Kräfte. »Nur eine Frage – – –«

»Ich höre, Signorina – – –«

»Kennen Sie Dr. Berwaldt?«

Das kam plötzlich, wie ein Hieb, wie ein Stich ins Herz. Cravelli beglückwünschte sich, daß er im Schatten saß. Sein leichtes Aufzucken wurde von ihm verschluckt. Als er sich vorbeugte, konnte er wieder lächeln.

»Dottore Berwaldt?« fragte er gedehnt.

»Ja. Ich suche ihn.«

»Sie auch?«

Cravelli war sich unschlüssig, was er denken sollte. Es gab zwei Dinge, die man annehmen konnte: Die Abenteuerlust eines Mädchen, das, von den Zeitungsmeldungen angeregt, sich 100 000 Lire verdienen und eine Schlagzeile erobern wollte, oder das Auftauchen einer raffiniert getarnten Detektivin, die mit unschuldiger Miene erschien und eine Lücke in der Unangreifbarkeit Cravellis suchte.

»Sie haben die Zeitungen auch gelesen?« fragte Cravelli spöttisch.

»Ja.«

»Und was, bitte, soll ich in dieser Angelegenheit tun? Es ist im Augenblick unangenehm genug, im Canale Santa Anna zu wohnen.«

»Ich dachte, Sie könnten mir helfen, Signore Cravelli – – –«

»Wie konnten Sie so denken?«

»Ich fand Ihre Adresse im Papierkorb Dr. Berwaldts.«

Das war der zweite Hieb. Er kam noch plötzlicher als der erste, und es war unmöglich, in den Schatten zurückzuweichen. Cravellis Augen weiteten sich. Er spürte die Gefahr, in die er gekommen war. Daß ein Briefkuvert von ihm an Dr. Berwaldt existierte, hatte er nicht bedacht. Bei seiner Durchsuchung von Berwaldts Hotelzimmer hatte er nichts gefunden. Es konnte sein, daß das Mädchen vor ihm bluffte, aber die Sicherheit, mit der sie es sagte, schaltete diese Möglichkeit aus. Dafür wurde die Frage riesengroß: Wer war sie? Wie kam sie an das Kuvert? Wer hatte sie geschickt? Cravelli wurde unruhig. Er gestand sich ein, daß er seinem gefährlichsten Gegner gegenübersaß, dem einzigen Menschen, der einen Beweis gegen ihn in der Hand hatte. Und er wußte, daß es eine Katastrophe geben würde, wenn dieses Mädchen den Palazzo Barbarino wieder verlassen konnte.

Er sprang auf, ging zum Fenster und sah hinaus. Vor der Treppe wartete die Gondel. Der Gondoliere unterhielt sich mit einigen der Bettler.

»Ihre Gondel, Signorina?«

»Ja.«

Cravelli überlegte weiter. Es war unmöglich, sie heute unschädlich zu machen. Draußen wartete der Gondoliere, und er würde sich von Cravelli nicht wegschicken lassen, wenn er den Auftrag hatte, auf jeden Fall auf die Rückkehr der Signorina zu warten. Es gab nur einen Weg ... hinhalten, Vertrauen erwecken, mit List Zeit gewinnen, ihr Versprechungen zu geben, in ihr die Sicherheit zu erzeugen, die blind macht ...

»Sie haben ein großes Geheimnis gelassen ausgesprochen, Signorina«, sagte Cravelli und drehte sich vom Fenster weg. »Natürlich kenne ich Dottore Berwaldt. Wir korrespondierten zusammen und standen in geschäftlicher Verbindung. Auch in das Hotel ›Excelsior‹ schickte ich ein Handschreiben ... wenn Sie darauf anspielen wollen ... Ich sehe nicht ein, warum ich es leugnen sollte ...«

Bei der Erwähnung des Hotels jagte es plötzlich heiß durch Cravellis Körper. Es war ein solcher innerer Anprall, daß er sich mit dem Rücken gegen die Wand lehnen mußte und irgend etwas hinter sich ergriff, um sich daran festzuhalten und nicht einen wilden Satz auf seine Besucherin zu vollführen. Es war ein Gedanke, der ihn fast atemlos machte.

»Wer sind Sie, Signorina ...« fragte er mit höchster Anstrengung, seiner Stimme einen normalen Klang zu geben. Er hatte das Gefühl, platzen zu müssen.

»Ilse Wagner – – –«

Cravelli schloß einen Moment die Augen. Oh, dachte er. Oh, mein Herz zerspringt. Ich halte diesen Blutstrom nicht aus, ich zerplatze in dieser Sekunde des Sieges.

»Die Sekretärin von Dottore Berwaldt ...« rief Cravelli heiser.

»Ja. Aus Berlin – – –«

»Aus Berlin!«

Es war wie ein Schrei. Alle Freude, aller Triumph, alle Hoffnung, alle Siegeslust klangen in diesem Ruf wider.

»Endlich sind Sie da! Endlich! Endlich!« Cravelli schwamm in einem Meer voll Wonne. »Madonna mia ... wir suchen Sie schon seit Tagen! Wie einen verlorenen Diamanten suchen wir Sie! Dr. Berwaldt mußte dringend nach Florenz, und er vergaß, daß er Sie vom Bahnhof abholen wollte. Am nächsten Morgen war er wieder hier ... er hat sich fast die Haare ausgerauft. Wir sind von Hotel zu Hotel gefahren, wir haben Gasthof nach Gasthof abgesucht. Am Ende war er ganz verzweifelt und bat mich, alles zu tun, um Sie zu finden! Aber was sollte ich tun? Sie waren in Venedig verschwunden! Dottore Berwaldt aber mußte heute wieder nach Florenz.« Cravelli schlug die Hände zusammen. »Und nun sind Sie hier – – – durch einen alten Briefumschlag! Ich muß sagen, Signorina ... Ihr Kombinationstalent ist einzigartig! Wie wird sich Dottore Berwaldt freuen, wenn er von Florenz zurückkommt – – –«

Ilse Wagner preßte die Hände auf das Herz. Die Spur war richtig. Cravelli war mit Berwaldt zusammen gewesen. Wußte auch Cramer davon und ließ Cravelli deshalb bewachen? War es Wahrheit, daß Berwaldt in Florenz weilte? Und das Wichtigste: Warum hatte Cramer ihr nicht gesagt, daß Cravelli und Berwaldt bekannt miteinander waren? Welche Rolle spielte Rudolf Cramer?

»Dr. Berwaldt lebt also?« fragte sie.

Cravelli riß die Augen theatralisch auf. »Warum sollte er nicht leben? Sie meinen den Zeitungsartikel? Dummes Zeug ... man will die sensationsarme Zeit etwas beleben! Die Presse hat eine ›Saure-Gurken-Zeit‹ – man nennt das so! Dr. Berwaldt ist gesund wie wir zwei. Nur hat sein plötzliches Verschwinden einen politischen Hintergrund. Den braucht die Öffentlichkeit natürlich nicht zu wissen. Es geht um Millionenbeträge! Sie wissen doch ... seine Entdeckung! Er kann mit ihr die gesamte Medizin umstellen! Es ist eine Entdeckung, deren Wert man überhaupt nicht in Zahlen ausdrükken kann. Und ich –« Cravelli hob sich etwas auf die Zehenspitzen und streckte den Kopf hoch – »ich kann mich glücklich schätzen, zu seinem unermeßlichen Glück die Brücke geschlagen zu haben – – –«

Ilse Wagner atmete auf. Die Lösung des Rätsels schien ihr jetzt so banal, daß sie sogar lachte. Cravelli lachte mit, aber es war ein heiseres, angespanntes Lachen.

»Ich hatte solche Angst«, sagte sie.

»Angst? Ach, wegen des Artikels! Ich habe die Zeitungen sofort nach Florenz nachgeschickt. Schon morgen wird Dottore Berwaldt alles dementieren und sich der Öffentlichkeit stellen. Morgen oder übermorgen ... wenn er wieder hier ist ... Erweisen Sie mir heute das Vergnügen, mit Ihnen zu Abend zu essen«, sagte er. »Schicken Sie Ihren Gondoliere weg ... ich bringe Sie mit meiner Jacht ins Hotel zurück ...«

Ilse Wagner zögerte. Sie dachte an die Verabredung mit Cramer, an die geplante Gondelfahrt und das Versprechen, viele Unklarheiten in dieser Nacht zu erklären.

»Ich bin bereits verabredet – – –« sagte sie ausweichend. Cravellis Geierkopf fuhr wie hackend vor.

»Unmöglich! Sie sagen bitte alles ab. Nie, nie wird es Dottore Berwaldt mir verzeihen, daß ich Sie habe gehen lassen. Endlich haben wir Sie gefunden! Alle Verzweiflung hat ein Ende! Sie sind mein Gast ... etwas anderes gibt es gar nicht – – –«

»Ich kann nicht absagen.«

»Ich werde es für Sie übernehmen.« Cravelli lächelte breit. »Der Zauber Venedigs ... ich kenne das. Man muß sich verlieben, ob man es will oder nicht. Und ehrlich: Venedig lernt man erst zu Zweien kennen. Dann seufzten die Brücken wirklich, und das Wasser ist wirklich wie Silber im Mondschein.« Cravelli schüttelte bedauernd den Kopf. »Aber in unserem Falle, signorina, heißt es, auf diesen Abend zu verzichten. Heute wenigstens ... man kann den Zauber nachholen. Das ist das einmalige an Venedig: Hier verfliegt nicht eine Stunde unwiederbringlich, sondern hier werden immer neue Stunden des Glücks geboren ...«

»Sie werden ja poetisch, Signore Cravelli – – –«

»Ich bin ein Sohn der ›Königin der Meere‹! Wenn ich von Venedig spreche, dichte ich. Man kann von Venedig nur in Versen sprechen. Die Alltagssprache ist zu gemein für sie ...« Cravelli beugte sich über Ilse Wagner, und ehe sie ihn abwehren konnte, hatte er ihre Hand ergriffen und geküßt. »Sie müssen hierbleiben, Signorina, und mit mir essen! Nur eine halbe Stunde ... sie läßt sich abziehen ... Gönnen Sie einem alten Mann die Freude an der Jugend ...«

Ilse Wagner überlegte schnell. Sie sah auf ihre Armbanduhr und rechnete. Eine halbe Stunde, das war möglich. Mehr nicht. Sie nickte, aber Cravelli sah es nicht. Er stand schon in der Halle und rief nach Fausto, dem Hausmeister und Butler.

Von Ilse war ein großer Druck genommen. Berwaldt lebte, er war in Florenz und kam morgen zurück. Auch Cravelli erwies sich bei näherer Bekanntschaft nicht als ein Mensch, in dessen Gegenwart die Kühle modriger Grüfte wehte. Im Gegenteil, je länger er sprach, um so mehr gewann er an Sympathie, vor allem, wenn er wie ein Junge von seiner Stadt schwärmte.

»Fausto!« rief Cravelli in der Halle. »Wein, Essen, Früchte ... und schnell!« Er kam zurück in die Bibliothek und hob bedauernd beide Arme. »Es geht hier noch sehr wie im Mittelalter zu. Man muß brüllen. Verzeihen Sie, Signorina. Dafür wird der Wein Sie entschädigen. Ein Marsala, schwer wie der Duft von tausenden Kamelen und süß wie das Öl einer Tonne ausgepreßter Rosen ...«

Er wartete, bis Ilse Wagner sich auf einen der hohen, geschnitzten Stühle gesetzt hatte, ehe er sich auch setzte. Aus einer blitzenden, geschliffenen Kristallkaraffe goß er einen dunklen, fast braunen Wein in hochstielige, bunte Gläser. Ein Duft wie Mandeln und gegorene Rosinen durchzog die Nische. Ilse Wagner sah erstaunt auf den braunen Wein.

»Was ist das?« fragte sie. Cravelli roch an seinem Glas und schloß die Augen. Sein Gesicht war mit tiefstem Behagen überzogen.

»Ein Wein, den ich das ›Blut der Sonne‹ nenne! Er wächst südlich des Vesuvs auf vulkanischem Boden. Es ist nur ein kleines Weinstück, es ergibt nur zweihundert Flaschen pro Ernte ... aber es ist ein Wein, um den selbst die Götter gekämpft haben würden.« Er hob das Glas Ilse entgegen. »Dieses Weinstück gehört mir. Wenn ich jemals glücklich werde, dann ist es, wenn ich diesen Wein trinke.«

Mit verklärtem Gesicht trank Cravelli die Hälfte seines Glases leer. Ilse Wagner nippte nur. Der Wein war süß und ölig, von einem merkwürdigen, fast fauligen Geschmack, der nicht unangenehm, sondern im Gegenteil anziehend wirkte. Mit einem Kopfschütteln betrachtete sie wieder den braunen Wein.

»Ein merkwürdiger Wein, Signore Cravelli.«

»Herzblut der Sonne, Signorina. Ausgeschmolzen aus der glühenden Lava des Vesuvs. Die Zunge badet in einem paradisischen Tau ...«

»Ein Poet – – –« lachte Ilse.

»Man muß es sein, um zu genießen.« Cravelli sah zur Tür. Fausto, der Hausmeister kam mit zwei anderen Dienern. Sie trugen auf großen silbernen Platten die Speisen heran und deckten den Tisch. In weißen Handschuhen, stumm, wie Automaten, ohne einen Blick auf Ilse Wagner, ohne eine Regung. Nur Fausto sah Ilse an, als er servierte. Die beiden anderen Diener verließen nach dem Aufdecken und Abstellen der Platten wieder lautlos die Bibliothek.

Fausto legte ein Stück kalte Hühnerbrust auf Ilses Teller. Cravelli nahm sich Salat. Dabei beobachtete er seinen Gast. Sie hat die Mappe, dachte er immer wieder. Aber sie hat sie nicht bei sich. Wie wird man an die Formeln kommen, ohne sie zu zwingen? Wie kann man sie danach fragen, ohne daß es plump ist und ein Verdacht aufkommt.

Cravelli beugte sich etwas vor. »Ich bin glücklich für diese Stunde«, sagte er galant. »Sie wissen nicht, wie dankbar ein alter Mann für einen Hauch wärmender Jugend ist – – –«

In seinem Dachkammer-Krankenhaus saß Dr. Berwaldt wieder an den Betten von Lucia Tartonelli und Emilia Foltrano. Er besah sich die Fotos der Kinder, die beide Frauen mitgenommen hatten. Auch die Ehemänner waren auf den Bildern. Lachende, kräftige, lebensfrohe Fischer. Man sah ihnen an, daß eine Schar von Kindern zu ihrem Leben gehörte wie Boote und Netze.

Emilia hatte Schmerzen bekommen. Berwaldt beruhigte sie mit einer kleinen Dosis Morphin. Nun lag sie mit glänzenden Augen, schmal und ohne Hoffnung, in den Kissen und erzählte mit schleppender, müder, immer wieder versiegender Stimme von ihren sieben Kindern.

Berwaldt schluckte krampfhaft. Ihr werdet sterben, alle zwei werdet ihr elend sterben müssen, hätte er schreien müssen. Nicht, weil es Cravelli so will, sondern weil es für euch keine Heilung mehr gibt. Es gäbe eine Chance, sicherlich ... ich könnte es versuchen mit meinem Mittel ... aber euer wiedergeholtes Leben bedeutete den Tod von Millionen, auch von Feruccio, dem armen, kleinen, schwachen Bambino ...

Er tätschelte Emilia beruhigend die Hand und nickte Lucia zu, die weinend ein Foto ihrer Kinder betrachtete. Dann lief er hinaus und rief Cravelli über den Hausapparat an. Es dauerte lange, bis sich Cravelli meldete.

»Ja?« fragte er kurz. »Was ist? Ich habe Besuch.«

»Ich wollte Ihnen nur etwas mitteilen!« Berwaldts Stimme keuchte vor Erregung. »Die beiden Frauen werden sterben – – –«

»Aber, aber – – – das können Sie doch nicht zulassen, bei der Möglichkeit ...«

»Ich gebe die Formeln nicht her! Nie! Auch jetzt nicht! Aber ich habe hier oben genug Morphium. Dafür haben Sie leichtsinnigerweise gesorgt. Es reicht für die beiden Frauen und mich vollkommen aus ...«

»Machen Sie keine Dummheit!« Cravellis Stimme war sanft und leise. Es schien, als solle der Gast nicht seine Worte verstehen. »Ich brauche weder Sie noch Ihr Opfer noch Ihr – Geheimnis! Ich werde es morgen frei Haus geliefert bekommen ...«

»Sie bluffen kindisch dumm, Cravelli . . .«

»Bleiben Sie in diesem Glauben, mein Lieber. Ich habe hier Besuch. Wir essen in bester Eintracht zusammen ein kaltes Huhn und trinken Marsala. Die Dame heißt übrigens Ilse Wagner . . . kennen Sie sie . . .?«

Es knackte. Cravelli hatte aufgehängt.

Dr. Berwaldt fiel der Hörer aus der Hand. »Ilse Wagner . . .« stammelte er tonlos. »Er hat sie aufgegriffen. Mein Gott, laß es nicht zu . . .«

In sinnlosem Aufbäumen gegen sein Schicksal rannte er aus dem Zimmer, stürzte den langen Flur herunter und trommelte mit Händen und Füßen gegen die dicke Bodentür. Er hörte seine Schläge in dem weiten Haus widertönen, aber ob sie die untere Etage erreichten, wußte er nicht.

»Ilse!« schrie er grell und hieb und hieb. »Ilse! Ilse!« Seine Handfläche sprang auf und blutete. Aber er trommelte weiter, verzweifelt, schweißüberströmt, nach Atem ringend. Er war heiser vom grellen Schreien, und er dachte nicht mehr an die beiden Frauen, die entsetzt und bewegungsunfähig in den Betten lagen und sein Toben hörten.

Es schlug immer weiter gegen die Tür. Rhythmisch, in dem wahnwitzigen Gedanken, man könne es hören und aus den Schlägen lesen.

Dreimal kurz . . . dreimal lang . . . dreimal kurz.

SOS. SOS. SOS.

Rettet mich! Rettet mit mir die Menschheit vor dem Untergang.

Hilfe!

»Es freut mich, daß Ihnen mein bescheidenes Mahl zusagt, Signorina«, meinte Cravelli, als er vom Telefon zurückkam. »Bitte, entschuldigen Sie die Störung durch das Telefon. Ein alter Bekannter, der mir ein baufälliges Haus aufschwatzen will . . .« Cravelli setzte sich wieder und nippte an dem Weinglas. »Ich werde Dr. Berwaldt gar nichts sagen, daß ich Sie gefunden habe. Ich habe mir das überlegt . . . Wenn er morgen zurückkommt aus Florenz, werden wir ihn überraschen. Ich werde sagen: Gut, diktieren wir den Vorvertrag. Ich lasse meine Sekretärin rufen . . . und dann kommen Sie herein. Das wird einen Spaß geben!« Cravelli lachte fröhlich und prostete Ilse Wagner zu. Er war in einer Art Hochstimmung.

Der schwere Wein begann, sich wie Blei auf das Gehirn Ilses zu legen. Sie spürte es, weil alles, was sie in die Hand nahm, so leicht wurde, während sie das Gefühl hatte, selbst wie ein Bleiklotz in die Polsterung des Stuhles einzusinken. Sie sah auf die Uhr und stand mit großer Mühe auf.

»Es war sehr schön, Signore Cravelli«, sagte sie mit mühsam fester Stimme. »Aber nun muß ich gehen ... die halbe Stunde ist überschritten.« Cravelli verzog das Gesicht zu einer traurig wirkenden Grimasse.

»Sie sind hart, Signorina. Ich stelle mir vor, daß ihre Abendeinladung charmanter und vor allem jünger ist als ich.« Er hob theatralisch die Hände. »Das Los des alten Mannes – – –« Auch er stand auf und kam um den Tisch herum.

Die Formel, dachte er. Wie bekomme ich die Formel. Es wird gar keine andere Möglichkeit sein, als sie gehen zu lassen.

»Wo sind Sie abgestiegen?«

»Im ›Excelsior‹.«

»Sie kamen direkt aus Berlin?«

»Ja.«

»Wie verlassen mußten Sie sich vorkommen ... in Venedig angekommen, und keiner holt sie ab.«

»Ich war völlig ratlos.«

»Es ist unverzeihlich von Dottore Bergwaldt! Ich werde ihm meine Meinung sagen. Wie kann man Sie vergessen?! Aber so sind sie, die lebensfernen Wissenschaftler – – –«

»Mir war das alles zunächst unerklärlich. Ich hätte nicht gewußt, was ich tun sollte, wenn mir nicht ein Herr seine Hilfe angeboten hätte.«

Cravelli lächelte nachsichtig. Natürlich, dachte er. Wie üblich in Venedig. Es gibt da eine gewisse Sorte von Männern, die tagaus, tagein nur auf dem Bahnhof oder auf dem Markusplatz herumstehen und darauf warten, ratlose junge Damen anzusprechen und ihnen zu helfen. Nur zu Ilse Wagner paßte dieses Bild nicht, dachte Cravelli. Sie ist nicht von dieser Sorte Italienreisender, die einem Papagallo wie ein Hühnchen in die Hand flattert. Sie mußte wirklich verzweifelt gewesen sein, und in ihrer Ratlosigkeit hatte sie den Worten eines solchen Burschen vertraut.

»Sie werden sich mit diesem hilfreichen Herrn treffen, nicht wahr?« fragte er. »Bitte, nehmen Sie mir diese Frage nicht übel.«

»Ja. Ich treffe ihn.«

»Dann haben wir noch ein paar Minuten Zeit ... er wird sicherlich warten.«

»Aber ich möchte ihn nicht warten lassen. Ich möchte vor allem nicht, daß er weiß, daß ich hier ...« Sie schwieg, weil sie merkte, daß sie in eine große Dummheit hineingeglitten war. Cravelli begriff sofort. Sein Gesicht wurde verschlossen.

»Wieso?« fragte er. »Ich wüßte nicht, wieso ein Besuch bei mir – – –«

»Es ist in den letzten Stunden soviel geredet und geschrieben worden.« Ilse Wagner versuchte, aus der Falle herauszukommen. »Man hat mich verhört, ich mußte Protokolle unterschreiben, ein Herr Cramer ließ mir keine Ruhe – – –«

»Ich weiß nicht, was ich damit zu tun habe, signorina ...« sagte Cravelli steif.

»Gar nichts. Aber Sie werden damit zu tun haben, wenn man erfährt, daß ich bei Ihnen war. Noch weiß man nicht, daß Sie Dr. Berwaldt kennen und in Geschäftsverbindung stehen ... aber dann wird man es wissen. Ich glaube, das ist nicht in Ihrem Interesse ...«

Cravelli sah Ilse Wagner erstaunt an. »Sie sind ein überaus kluges Mädchen!«

»Sie haben selbst gesagt, daß Dr. Berwaldt Wert auf eine Geheimhaltung legt.«

»Allerdings.« Cravelli lächelte wieder jovial. »Ich werde den dottore zu solch einer Perle von Sekretärin beglückwünschen. Sie haben doch die Akten bei sich?« schoß er unvermutet seine Frage ab, die Frage, die in ihm war wie ein unterdrückter Vulkan.

»Welche Akten?«

»Unsere Verhandlungen kamen ins Stocken, weil Dr. Berwaldt einige wichtige Unterlagen nicht mitgebracht hatte. Er wollte sie durch Sie übermitteln lassen. Ich glaube, es sind Formeln oder dergleichen. Dottore Berwaldt braucht sie für seine Erfindung und zur Demonstration – – –«

Ilse Wagner nickte. Zweifel, die in ihr aufgekommen waren, verschwanden wieder. Die Erwähnung des Aktenstückes und der Formeln bewies, daß Cravelli tatsächlich mit Dr. Berwaldt in enger Geschäftsverbindung stand. Nie hätte sonst Berwaldt ein Wort von seinen Formeln erwähnt, noch weniger, daß sie, Ilse Wagner, beauftragt war, diese Geheimmappe nach Venedig zu bringen. Das konnte nur ein gut Eingeweihter wissen.

»Es stimmt«, sagte sie. In Cravelli platzte das Herz vor Glück. »Sie sind mit Dr. Berwaldt so gut bekannt, daß – – –«

»Wir sind Freunde Signorina!« rief Cravelli enthusiastisch. »Nur wegen seiner Unabhängigkeit, die er ja – wie wir wissen – über alles liebt, zog er in das Hotel ›Excelsior‹ und nahm mein Angebot, bei mir zu wohnen, nicht an. Und dann das Fiasko mit den vergessenen Formeln! Unsere Partner aus Amerika und Kanada – ein großer pharmazeutischer Konzern! – ließen sich zwar überzeugen, aber es fehlte ja die wissenschaftliche Grundlage. Der rechnerische Beweis! Die Formel! Es war zum Verzweifeln. So nahe am Ziel – – –«

Ilse Wagner nickte wieder. »Ich habe die Pläne mitgebracht – – –«

Nicht zittern, sagte Cravelli innerlich zu sich. Nicht schreien vor Freude. Nicht in der Sonne, die in mir aufglüht, verbrennen! Ganz ruhig bleiben, gelassen und fast gleichgültig.

Er wandte sich ab, weil es ihm unmöglich war, seine Augen zu beherrschen. Sie hat die Pläne, dachte er immer wieder.

»Dann wird es in den nächsten Tagen zu einem endgültigen Abschluß kommen«, sagte er rauh, als er zu Ilse Wagner zurückkam. »Wenn Dottore Berwaldt morgen oder übermorgen – genau steht es noch nicht fest – zurückkommt, werden wir ihm den fertigen Vertrag überreichen. Sie werden mir dabei helfen und ihn schreiben. Ich glaube, daß Dottore Berwaldt aufgrund unserer Freundschaft nichts dagegen hat, wenn Sie mir die Formelmappe übergeben und wir mit den anderen Gesellschaftern das Ergebnis Berwaldtschen Genies durchrechnen – – –«

Cravelli hielt den Atem an. Es war geschafft, auf eine elegante, selbstverständliche, unverfängliche Art. Ohne Zwang, ohne Druck, ohne ein neues Verbrechen – – –

»Ich weiß nicht – – –« sagte Ilse Wagner in diesen erwartungsvollen Triumph hinein. »Ich habe den strikten Befehl, keinem Außenstehenden – – –«

»Signorina . . . bin *ich* ein Außenstehender?«

Cravelli lächelte. Wie ein gütiger Onkel sah er aus. Nur seine kleinen Augen waren kalt und raubtierhaft.

»Ich weiß nicht – – –«

»Sie sehen doch, ich bin über alles orientiert! Ist das ein Außenstehender? Ich weiß um die Vorsichtsmaßnahmen des Dottore. Die Spionage ist hinter ihm her . . . Sie glauben nicht, wie auch in unserer Branche mitleidlos spioniert wird. Jedes neue Mittel bedeutet ja einen Millionengewinn, wenn es anschlägt. Die Fabrik, die ein gleiches Mittel *früher* herausbringt, ist der Sieger!« Cravelli steckte die Hände in die Tasche seines Anzuges, weil sie vor verhaltener Erregung bebten. »Bei uns ist das etwas anderes. Der Dottore und wir sind Partner! Freunde sogar! Wir werden uns zusammentun und in großem Maße die Erfindung auswerten.«

»Ich habe ein Verbot – – –« sagte Ilse hart. Eine natürliche, instinktmäßige Abneigung gegen Cravelli hielt sie davon ab, der Logik ihres Gegenüber rechtzugeben. Cravelli lächelte noch immer, aber es war eine im Lächeln erstarrte Maske.

»Ihr Diensteifer in allen Ehren, Signorina, aber manchmal kann Übereifer großen Schaden bringen. Für Dottore Berwaldt hängen von dem Gelingen unserer Pläne immerhin gute 25 Millionen Dollar ab. Wollen Sie diesen Verlust verantworten?«

»25 Millionen Dollar ...« stammelte Ilse Wagner. Es war eine Zahl, die ihr in die Knie fuhr. »25 Millionen ...« wiederholte sie stockend.

Cravelli hob die Schultern. »Dazu noch 25 % von den Nettoeinnahmen, vertraglich auf Lebenszeit. Diesen unermeßlichen Schatz tragen Sie in Ihrer Aktentasche spazieren, Signorina. Glück oder Untergang Ihres Chefs! Je schneller wir der Konkurrenz, die sich naturgemäß sehr aktiv rührt, zuvorkommen, um so sicherer ist unser Gewinn!«

Sie sah Cravelli an. Sein Vogelgesicht schwamm im Halbdunklen. Es grinste und stieß gleichzeitig ab. Ekel kam in ihr hoch, aus einem Unterbewußtsein, über das sie keine Macht hatte. Die Hände Cravellis, die auf der Weltkugel lagen, kamen ihr plötzlich unheimlich vor ... sie sahen aus, als könnten sie jeden Augenblick zugreifen und würgen.

»Die Mappe liegt bei mir im Hotel – – –« sagte sie leise. »Ich kann sie Ihnen morgen früh bringen – – –«

Cravelli überlegte rasend schnell.

Morgen früh?! Das war eine gute Zeit. Noch hatte die Polizei keinerlei Spuren entdeckt. Sie hatte die Hütten am Ende des Canale Santa Anna durchsucht, ohne etwas zu finden. Den Zeitungsartikel würde man schnell vergessen, weil er nur vage Vermutungen enthielt und keine Beweise. Wenn es Rudolf Cramer aber wirklich gelingen sollte, im Laufe der nächsten Tage einen Beweis zu erbringen, daß Dr. Berwaldt mit Cravelli zusammengekommen war, kam er um Stunden zu spät. Dann waren die Formeln schon in seiner Hand, und man würde den Palast leer vorfinden. Nein, nicht völlig leer ... zwei sterbende Frauen würde man auf dem Dachboden finden und im Nebenzimmer einen mit Morphium vergifteten Arzt – – –

Cravelli beugte sich galant zu Ilse Wagner.

»Morgen früh ... das ist schön. Ich werde noch in dieser Nacht versuchen mit allen Gesellschaftern Verbindung aufzunehmen. Morgen abend kann dann das Vertragswerk diktiert werden. Natürlich in Ihrer Gegenwart ... Sie können dann die Geheimakten wieder an sich nehmen! Einverstanden?«

»Ja.«

Ilse Wagner wandte sich zur Tür. Cravelli blieb stehen und rang die Hände. Eine wahnsinnige Angst spülte über ihn hinweg. Wenn sie nicht wiederkommt, dachte er. Wenn der greifbare Sieg eine Illusion bleibt?

Einen ganz kurzen Augenblick nur spielte er mit dem Gedanken, Ilse Wagner einfach neben Dr. Berwaldt auf den Boden einzusperren und sich mit Gewalt die Akten aus dem Hotel zu holen. Er spreizte schon die Finger, um sie um den weißen Hals des Mädchens zu krallen und zuzudrücken, wie er damals den Hals Ilona Szökes – – – Diese Erinnerung ernüchterte ihn völlig. Er ließ die Hände sinken und kam Ilse Wagner in die Halle nach.

»Es war mir eine wirkliche Freude – – –« sagte er heiser.

Er begleitete sie zur Tür und entriegelte sie eigenhändig. In diesem Augenblick hörten sie ein schwaches Klopfen. Ilse Wagner hob erstaunt den Kopf. Woher es kam, war nicht festzustellen ... ob aus dem Keller, hinter den Mauern, die Treppe herunter, von der Decke ... es war ein rhythmisches Klopfen, das im ganzen Hause zitterte, vom Boden bis zur Decke.

Cravelli wurde bleich. Sein freundliches Gesicht verhärtete sich unheimlich. Aus den Augenwinkeln beobachtete er Ilse Wagner. Er war bereit, die Tür zuzuwerfen und sich auf sie zu stürzen, wenn sie jetzt eine verdächtige Frage stellte.

Da war es wieder ... ganz leise, aber wie eine Vibration durch das ganze Haus zitternd. Von der Decke kommt es, dachte Ilse. Es ist über uns.

»Oben, im Rittersaal, wird eine Fußleiste angeschlagen«, sagte Cravelli leichthin. »Immer muß man an diesen alten Palästen renovieren. Es hört nie auf. Darf ich bitten, Signorina ...« Er trat hinaus auf die Treppe zum Kanal.

Als er schwieg, war es wieder zu hören. Es war ein bestimmter Rhythmus in diesen Schlägen, nicht, als wenn man einige Nägel in Holz treibt. Fast wie eine Melodie war es. kurz, kurz, kurz ... Pause ... lang, lang, lang ... Pause ... kurz, kurz, kurz .

Ilse Wagner ging Cravelli nach und ließ sich bis zu der wartenden Gondel bringen. Cravelli warf dem Gondoliere einen großen Schein zu, geschickt fing dieser ihn auf und verbeugte sich.

»Mille grazie, Signore!«

»Zum ›Excelsior‹ ...«

Die Bettler um sie herum schwiegen. Cravelli beachtete sie nicht, als seien sie angespülte, tote Ratten. Er winkte der Gondel nach und wartete, bis sie um die Biegung zur Einmündung in den Canale Grande verschwand. Dann lief er in den Palazzo zurück und rannte die Treppe hinauf.

Noch immer zitterte das ferne Klopfen durch das stille Haus. »So ein Idiot!« schrie Cravelli und sprang die Stufen empor. »Im letzten Augenblick – – –«

Langsam glitt die Gondel durch das schwarze Wasser des Canale Santa Anna. Nur ein paarmal hatte Ilse zurückgewinkt. Dann saß sie da, blickte an der großen Fassade des Palazzo Barbarino empor und sah zurück auf den noch immer winkenden Sergio Cravelli.

Diese Klopfen, dachte sie. Dieser bekannte Rhythmus. So nagelt man keine Fußleiste an. Das war ein System des Klopfens, ein Zeichen, ein – – –

Sie fuhr sich mit beiden Händen zum Mund, um den Schrei zu ersticken, der in ihr aufbrach. Die Erinnerung an eine weit zurückliegende Zeit kam zurück. Damals, vor Kriegsende, hatte man sie vom BdM aus in einen Lehrgang geschickt. Morsen sollte sie lernen. Ein paar Tage lang hatte sie das Morsealphabet gelernt ... dann brach der Lehrgang zusammen im Feuer der russischen Artillerie. Aber einige Morsezeichen kamen jetzt in der Erinnerung zurück, vor allem das wichtigste und bekannteste von ihnen.

Dreimal kurz, dreimal lang, dreimal kurz ...

SOS!

Das Hilfezeichen! Der Ruf nach Rettung. Der Schrei in der Not! Hilfe! Hilfe!

SOS!

In dem Gemäuer des Palazzo Barbarino, irgendwo in dem Labyrinth von Zimmern und Kellern, hinter geheimnisvollen Wänden verborgen, saß ein Mensch und schrie um Hilfe.

Ein lebendig begrabener Mensch.

SOS!

Dr. Berwaldt – – –

In diesem Augenblick des Erkennens begriff Ilse Wagner auch die volle, grauenhafte Wahrheit. Mit einem wilden Schauder sah sie auf dem Palazzo zurück, dem sie entronnen war, weil sie unbewußt die Mappe mit den Formeln für morgen früh versprochen hatte. Die Mappe, um die es allein ging.

Noch immer stand Cravelli auf der Treppe und winkte.

»Schnell – – –« sagte Ilse mit tonloser Stimme. »Prego ... presto

– – – presto . . .« Sie wußte, daß es falsch war, aber der Gondoliere verstand es trotzdem. »Zum ›Excelsior‹ . . . bitte schnell, schnell – – –«

Mit großen Stößen trieb der Gondoliere die Gondel durch das schwarze, faulig riechende Wasser.

Das Lichtermeer des Canale Grande nahm sie auf. Aber Ilse sah es nicht . . . sie hatte die Hände vor die Augen geschlagen und weinte leise vor dem entflohenen Entsetzen.

Zwei Dinge raubten Cravelli an diesem Abend die Ruhe.

Einmal die Aussprache mit Dr. Berwaldt nach dem Besuch Ilse Wagners und zum anderen ein Besuch, der noch spät am Abend lautstark Einlaß in den Palazzo Barbarino begehrte.

Cravelli war zunächst nach oben gestürzt und hatte die Tür aufgerissen. Dr. Berwaldt fiel ihm entgegen, mit blutigen, aufgeschlagenen Handballen, schweißbedeckt und wie von Sinnen. Mit einem Aufschrei stürzte er sich auf den Italiener, aber Cravelli wehrte ihn mit einem langen Arm ab und stieß ihn in den Flur zurück.

»Sie Satan!« schrie Dr. Berwaldt außer sich. »Sie Satan!« Er stürzte wieder auf Cravelli und krallte sich in dessen Rock. »Wo ist das Mädchen?! Was haben Sie mit Ilse gemacht?!«

»Nichts.« Cravelli sah kopfschüttelnd Dr. Berwaldt an und löste dessen Finger von seinem Anzug. »Sie überschätzen mich anscheinend doch! Ich habe sie zurück ins Hotel gehen lassen – – –«

»Das glaube ich Ihnen nicht«, keuchte Dr. Berwaldt.

»Wenn es möglich wäre, würde ich Sie im Excelsior anrufen lassen. Aber ich weiß, daß Sie Dummheiten machen, deshalb geht es nicht. Signorina Wagner und ich haben nett zusammen gegessen, und dann ist sie wieder abgefahren.«

»Und . . . und . . .«

Cravelli nickte fröhlich. »Die Formeln, wollen Sie wissen? Die bringt sie mir morgen früh – – –«

»Das wird sie nie tun!« schrie Berwaldt.

»Es schien so, als sollten Sie Recht behalten. Signorina Wagner hat eine sehr korrekte Dienstauffassung. Aber ich konnte sie überzeugen, daß es für Sie eine Überraschung sei, wenn wir bei Ihrer Rückkehr aus Florenz – Sie befinden sich gegenwärtig in Florenz, dottore – Ihnen den fertigen Vertrag präsentieren könnten. Sie hat ein gutes Herz, die Signorina – – –«

»Ich habe noch nie den Wunsch gehabt, einen Menschen zu töten, mir wäre nie, nie ein solcher Gedanke gekommen . . . bei Ihnen wünschte ich mir, ich hätte einmal die Gelegenheit, es zu tun!«

»Kommen Sie, Dottore, wir beide haben uns ineinander so verstrickt, daß unsere Leben untrennbar miteinander verbunden sind. Wenn Sie leben, werde ich leben ... wenn Sie zu Grunde gehen, ist es auch für mich das Ende. Wir müssen das ganz klarsehen! Es gibt nur einen gemeinsamen Weg.«

»Die Wahl zwischen den Alternativen dürfte doch wohl klar sein, nicht wahr?« sagte er. Cravelli schüttelte den Kopf.

»Durchaus nicht. Wenn ich die Formeln habe – – –«

»Fräulein Wagner wird Ihnen die Mappe nie bringen, das weiß ich!« unterbrach er Cravelli.

»Sie täuschen sich.«

»Nein. Ich kenne meine Wagner – – –«

Cravelli wurde sichtlich unsicher. Was er bei sich schon längst befrüchtet hatte, schien jetzt wirklich zu werden: Es war ein Fehler gewesen, Ilse Wagner gehen zu lassen. Zwischen jetzt und dem kommenden Morgen lagen so viele Stunden der Besinnung und des Nachdenkens, in denen Zweifel an der Wahrheit geboren werden konnten. Und der kleinste Zweifel, das wußte Cravelli, würde Ilse hindern, morgen früh die Akte in den Palazzo Barbarino zu bringen.

»Es gibt auch andere Möglichkeiten, Dottore«, sagte er dumpf.

»Die haben Sie verpaßt.«

»Noch nicht. Ich werde Ihnen in ein paar Stunden mehr sagen können – – –«

Schroff wandte sich Cravelli ab und verließ den Dachboden. Als er über den Flur ging, hörte er aus dem Krankenzimmer die beiden Frauen rufen. »Dottore! Dottore!« Er ging weiter, ohne auch nur eine Sekunde zu zögern oder den Schritt zu verhalten. Sie waren für ihn uninteressant geworden. Lucia Tartonelli und Emilia Foltrano galten für ihn nicht mehr, als die weißen Mäuse, die in dem Glasbehälter vergast worden waren. Sie waren Objekte, weiter nichts. Objekte, die jetzt ausgedient hatten. Ihr weiteres Schicksal kümmerte Cravelli nicht mehr. Höchstens einen kurzen Brief würde er schreiben müssen – – – »leider konnte auch der neue Arzt in diesem Zustand nicht mehr helfen – – –«

In der Bibliothek ging Cravelli nachdenklich hin und her. Ab und zu sah er auf die alte, große Standuhr. Zwischen 11 und 12 Uhr nachts ist die beste Zeit, dachte er. Es fällt am wenigsten auf in dem gesellschaftlichen Gewühl, das im großen Saal und in der Halle des »Excelsior« herrschen wird. Niemand würde ihn beachten oder anhalten.

Der dumpfe Schlag des Klopfers an der Tür schreckte ihn auf.

Es war ein wildes Hämmern, unbeherrscht und wütend. Cravelli trat an das Fenster und sah zur Seite hinaus.

Auf der Marmortreppe stand klein, mit vom Wind zerzausten weißen Haaren Prof. Dr. Panterosi und hieb mit dem Bronzeklopfer an die Tür.

Cravelli seufzte. Natürlich, Panterosi. Ihn hatte er fast vergessen in diesem Spiel um die Macht. Prof. Panterosi gab es ja auch noch, einer der wenigen, die Dr. Berwaldt gesehen hatten.

Cravelli öffnete selbst und ließ den kleinen Professor in die Halle stürmen.

»Wo ist er?« schrie Panterosi.

Cravelli brauchte nicht zurückzufragen: »Wer?« Es gab nur einen, den Panterosi suchte.

»In Florenz.«

»Lüge! Dort war ich! Keiner kennt ihn!«

»Bitte, kommen Sie näher, Professore ...«

»Ich brauche Ampullen! Begreifen Sie nicht ...«

»Ich begreife alles. Aber ich bin ohnmächtig wie Sie.«

»Was bedeutet die Pressenachricht? Wieso ist Dr. Berwaldt im Canale Santa Anna verschwunden?«

Panterosi rannte in die Bibliothek und kreiste um den riesigen Globus wie ein Pferd, das eine afrikanische Wasserpumpe antreibt. Immer rundherum, mit gesenktem Kopf.

»Die Pressemeldung?« Cravelli lachte. »Ein Trick, die ›Saure-Gurken-Zeit‹ zu überbrücken!«

»Die Polizei sieht es anders an!«

»Stimmt! Sie war auch bei mir. Auch sie ist froh, endlich etwas tun zu müssen«, sagte Cravelli gemütlich. »Einen Kognak, Professore?«

»Ich will wissen, wo Dr. Berwaldt ist!« schrie Panterosi.

»Wie soll ich Ihnen das sagen? Er sagte zu mir, er fahre nach Florenz. Aus Florenz rief er kurz an ... weiter kann ich Ihnen nichts sagen.«

»Florenz! Was macht er denn in Florenz?«

»Geben Sie Ihrer Umgebung von allen Ihren Schritten Rechenschaft, Professore ...?«

Panterosi ließ sich in einen der Sessel fallen. Wie eine zusammengeschrumpfte Mumie sah er aus, farblos, faltig, kraftlos.

»Eine Frau wird sterben – – –« sagte er dumpf. »Eine Frau, die ich retten kann – – –«

Einen Augenblick dachte Cravelli an Emilia Foltrano und Lucia

Tartonelli. Sein Gesicht wurde hart.

»Ich habe Ihnen nicht geraten, den Affenversuch an einem Menschen fortzusetzen, Professore. Auch Dottore Berwaldt wäre entsetzt, wenn er es wüßte!«

»Mein Gott, ja, ich weiß! Aber es lockte mich ... verstehen Sie das denn nicht?! Niemand hatte etwas zu verlieren, es war nur etwas zu gewinnen ... und der Gewinn liegt vor uns! Ich brauche nur noch 10 Ampullen!«

»Und die haben wir nicht! Also ist es kein Gewinn, sondern ein Verbrechen – – –«

Panterosi schnellte aus dem Sessel. Mit den Armen fuchtelte er wild durch die Luft. Was er schrie, verstand Cravelli nicht mehr. Es war ein unartikuliertes Gebrüll mit sich überschlagenden Worten. Cravelli goß unterdessen mit ruhiger Hand einen großen Kognak ein und hielt ihn Panterosi entgegen. Plötzlich brach das Brüllen ab. Der Professor ergriff das Glas und stürzte den Kognak herunter.

»Ich werde mich der Polizei stellen«, sagte er danach mit einer unheimlichen Ruhe.

Cravelli verzog den Mund. Es war genau das, was er nicht wollte.

»Warum, Professore?«

»Weil ich ein Verbrechen begangen habe.« Er stellte das Glas auf die Weltkugel. »Und es wird sich in den nächsten Tagen vollenden... ich kann es nicht aufhalten.«

»Aber Dottore Berwaldt.«

»Wo ist er denn?« schrie Panterosi wieder.

»Warten wir es ab, Professore. Wie lange haben Sie Zeit?«

»Gar keine!«

»Wie lange – schätzen Sie – wird die Besserung Ihrer Patientin anhalten, ehe der Zustand wieder kritisch wird?«

»Vierzehn Tage.«

»Und da schreien Sie jetzt schon?«

Panterosi starrte Cravelli an, als wolle er sich mit einem Satz auf ihn stürzen. Die Ruhe Cravellis brachte ihn vollends aus der Fassung.

»Das bedeutet vierzehn Tage unerträgliche Qual, Sie Idiot!« brüllte er. »Ich wünsche es Ihnen. Ich bete darum, daß Sie einmal diese vierzehn Tage selbst erleben – – –«

»Danke.« Cravelli lächelte mokant. »Aber in vierzehn Tagen ist Dr. Berwaldt längst wieder hier. Er will morgen oder spätestens übermorgen wiederkommen. Und die Formeln zur Herstellung des

Mittels haben wir schon morgen früh. Sie kommen direkt aus Berlin. Was wollen Sie mehr, Professore Panterosi?«

Der Professor blieb wie festgenagelt stehen. »Morgen früh – – –« wiederholte er wie ein Echo.

»Ja.«

»Ist das sicher?«

»Ganz sicher.«

»Sie versprechen es mir?«

»Ich verspreche es.«

»Und wenn nicht – – –«

»Dann können Sie zur Polizei gehen und sich anzeigen. Von mir aus können Sie auch sagen: Sergio Cravelli ist mitschuldig, denn er hat dieses Wundermittel erst mit mir bekannt gemacht – – –«

»Sie sind unheimlich sicher«, sagte Panterosi leise. Cravelli nickte.

»Das bin ich. Beweist Ihnen das nicht, daß wir morgen früh die Formel haben und übermorgen Dottore Berwaldt selbst hier ist?«

Prof. Panterosi setzte sich wieder. Er winkte mit dem Glas. »Noch einen, Signore – – –«

Cravelli goß nach, er selbst trank nicht. Für sein Vorhaben in wenigen Stunden mußte er völlig klar und eiskalt handeln können.

»Wann kann ich morgen kommen?« fragte Panterosi.

»Gegen Mittag. Wir werden dann die Formeln schon ausgewertet haben.«

»Ich stelle Ihnen mein Labor zur Verfügung – – –«

»Danke. Unser Konzern verfügt über eigene Labors.«

»In Venedig?«

»In Venedig.« Cravelli lächelte wieder sarkastisch. »Unsere Stadt fabriziert nicht nur Gondeln, Romantik, Buntpostkarten, Touristenträume, Glas und Alimente.« Er lachte sogar. »Es geschehen auch unter der Oberfläche größere Dinge . . .«

Panterosi atmete schwer. Die Erregung der letzten Stunden hatte sein Herz stark überlastet. Er schnappte wie ein auf das Trockene geschleuderter Fisch nach Luft und fingerte aus seiner Rocktasche eine kleine Medizinflasche. Er schüttete ein paar Tropfen in die zitternde Handfläche und saugte sie auf. Nach ein paar Atemzügen wurde er ruhiger, der pfeifende Atem hörte auf.

»Wie lange wird die Herstellung des Mittels im Labor dauern?«

»Das wird uns nur Dottore Berwaldt schnell beantworten können.«

»Also übermorgen! Noch zwei Tage!« Panterosi sprang wieder auf. »Wird Dr. Berwaldt noch einmal aus Florenz anrufen?«

»Es ist möglich – – –«

»Beschwören Sie ihn, sofort zu kommen! Sagen Sie ihm, was ich getan habe! Ich weiß, er wird sofort zurückkommen!«

»Sicherlich – – –« sagte Cravelli gedehnt.

Endlich fuhr auch Prof. Panterosi ab. Er war mit einem Krankenboot gekommen, das weiß, mit großem rotem Kreuz, an der Treppe schaukelte. Die Bettler umringten es und sprachen mit dem Fahrer. Panterosi blieb an der Tür stehen.

»Was wollen diese Lemuren bei Ihnen?« fragte er Cravelli. »Sie sitzen hier und wimmern ... das ist doch völlig sinnlos! Hier kommt doch keiner vorbei. Ein Bettler steht doch immer da, wo's Geld gibt! Was soll das?«

»Ich weiß nicht.« Zum erstenmal war Cravelli ehrlich. »Wenn man sie fragt, sagen sie: Es gefällt uns hier. Wollen Sie es mit ihnen aufnehmen?«

»Um Gottes willen!« Prof. Panterosi stieg ungehindert in das Krankenboot. Die Bettler grüßten ehrfürchtig. Wer in Venedig kannte Prof. Panterosi nicht.

Cravelli ging ins Haus zurück und verriegelte die Tür. Durch das Haustelefon befahl er dem Hausmeister Fausto, keinen Besucher, ganz gleich, wer es sei, mehr vorzulassen.

»Ich gehe zu Bett«, sagte er. »Vor morgen früh um 7 Uhr möchte ich nicht gestört werden.«

Er wartete noch eine halbe Stunde in der Bibliothek, ging dann in die Küche, nahm ein halbes kaltes Huhn aus dem Vorratsschrank, Weißbrot, Käse und Butter, eine Flasche Wein und trug es hinauf zum Bodenraum.

Als er die Flurtür aufschloß, strömte ihm der Geruch gekochter Milch entgegen. Dr. Berwaldt stand an einem kleinen Elektrokocher und kochte für seine beiden Patientinnen einen Pudding. Ein zweiter Topf mit Fleischbrühe und kleinen Nudeln bruzzelte auf der zweiten Kochplatte.

Cravelli lachte. »Unsere beiden Mädchen ... natürlich, sie müssen ja etwas zu essen haben! Sie denken auch an alles, Dottore – – –«

Dr. Berwaldt gab keine Antwort. Er goß den heißen Pudding in eine ausgespülte Glasschale. Cravelli nahm einen Löffel und rührte die blubbernde Fleischbrühe um.

»Wir können morgen die beiden wieder nach Chioggia schaffen«, sagte er. »Als Lockvögel sind sie unbrauchbar geworden. Ich bekomme ja die Formel frei Haus – – –«

Dr. Berwaldt schwieg noch immer. Er füllte zwei Teller mit

Suppe, setzte sie auf ein Tablett und stieß mit dem Ellenbogen Cravelli zur Seite, als er hinausging.

Auf der Fahrt zum Grand-Hotel »Excelsior« hatte sich Ilse Wagner soweit beruhigt, daß sie wieder ohne Schrecken denken konnte. Die Möglichkeit, daß Dr. Berwaldt irgendwo in dem weiten Palazzo Barbarino versteckt gehalten wurde und in seiner Not gegen die Wand oder die Decke ein SOS hämmerte, kam ihr immer unwahrscheinlicher vor, je näher sie der strahlenden Hotelfassade kam.

Vielleicht war es doch nur eine Fußleiste, dachte sie. Warum sollte Cravelli einen Mann gefangen halten, mit dem er ein großes Geschäft machen will?

Als die Gondel an der Anlegestelle des »Excelsior« festmachte und ein Boy ihr aus dem Kahn half, war sie entschlossen, Rudolf Cramer nichts von ihrem Besuch bei Cravelli zu erzählen. Immer rätselhafter wurde ihr die Gestalt des Sängers und sein Interesse, ihr bei der Suche Dr. Berwaldts zu helfen.

Ein paar Worte Cravellis kamen ihr wieder in Erinnerung. Die Konkurrenz war sehr aktiv, man spionierte sich gegenseitig aus, um den Markt zu erobern ... War der Mann, der der Sänger Cramer sein wollte, vielleicht ein Agent irgendeiner Firma, die Dr. Berwaldt für sich gewinnen wollte? Welches Interesse hat ein Opernsänger an chemischen Formeln? Warum versuchte er, Cravelli zu belasten, den er gar nicht kannte? Wie kam er überhaupt auf den Namen Cravelli?

Dieser Mangel an Vertrauen, diese Vorsicht verhinderten, daß Rudolf Cramer von dem verzweifelten SOS Dr. Berwaldts erfuhr. Ilse Wagner schwieg und nahm sich vor, erst die Rückkehr Dr. Berwaldts abzuwarten. Viel wichtiger erschien ihr der kommende Abend mit Cramer. Er sollte Klarheit schaffen, wer er wirklich war. Sie wußte, daß es ein schwerer Abend werden würde. Sie war versucht, im Stillen zu bitten: Laß ihn wirklich Cramer sein, laß ihn ein harmloser, lieber Mensch sein ... ein Mensch, den ich lieben kann ...

Aber Ilse Wagner wußte nichts von einem Besuch, den Rudolf Cramer einige Minuten vorher in der Halle des »Excelsior« erhalten hatte.

Roberto Taccio war erschienen und hatte Signore Cramer zu sprechen verlangt. Er sah nicht mehr wie ein Bettler aus. Er trug einen dunklen, maßgeschneiderten Anzug, ein blütenweißes Perlonhemd, eine fröhliche Krawatte und spitze, enge schwarze Krokodillederschuhe. Sein schwarzes Haar war glatt und pomadisiert, und wie er so in der Halle saß, unter den Palmen wartend und eine Zeitung durchblätternd, unterschied er sich in nichts von den geldschweren Gästen, die um ihn herumgingen.

Er sprang auf, als Rudolf Cramer aus dem Aufzug kam.

»Bitte, Signore«, sagte Taccio und zog eine Liste aus der Tasche. »Sie sollen sehen, daß wir ehrliche Menschen sind. Die ersten Meldungen habe ich zusammengestellt. Alle Besuche ab gestern nacht . . .«

Cramer klopfte Taccio auf die Schulter, was dieser mit einem Mißfallen hinnahm. Einem Dienstboten spricht man so ein Lob aus, nicht einem eleganten Herrn wie Roberto Taccio.

Die Liste war umfangreich. Sie begann mit Prof. Panterosi am Vormittag, sogar Cramer selbst war darin erwähnt. Leise pfiff er vor sich hin.

Zweimal stand da: Eine fremde, braunhaarige, junge Dame. Einmal heute morgen, einmal vor einer Stunde. Das erste Mal nur ein kurzes Gespräch mit einem Diener an der Tür, der sie nicht einließ; das zweite Mal wurde sie eingelassen, und zum Zeitpunkt des Abganges des Berichtes befand sie sich noch im Palazzo Barbarino. Ferner waren gesehen worden: Ein Gemüsehändler, ein Fleischer, ein Bote einer großen Weinhandlung, zwei Zeitungsjungen, drei Immobilienkunden, ein Briefträger und eine Frau, die Eier und Hühner vom Land brachte.

Rudolf Cramer faltete die Liste zusammen, nickte anerkennend und steckte sie in die Tasche. Er holte ein Bündel Scheine hervor und gab zwei Scheine in Taccios diskret vorgestreckte Hand. Taccio sah genauer hin und grinste zufrieden.

»Dollars. Das ist gut, Signore. Umgerechnet sind das – – –« Er wollte mit dem Rechnen beginnen, aber Cramer zog ihn unter die Palmen.

»Was ist mit dem Mädchen?« fragte er. »Es ist noch bei Cravelli?«

»Si, Signore. Anscheinend eine lange Unterredung.«

»Es ist die gleiche Dame, die schon einmal da war?«

»Ja. Meine Leute sind genau, Signore.«

»Das glaube ich dir, Roberto.« Cramer schob nachdenklich die Unterlippe vor. »Was will sie bloß bei Cravelli?«

»Das haben wir nicht feststellen können, Signore«, sagte Taccio bedauernd. »Auch der Neugier sind Grenzen gesetzt – – –«

Cramer sah nachdenklich über Taccios Kopf hinweg gegen die Palmblätter. Auch bei ihm bildeten sich viele Fragen, die er nicht beantworten konnte. Warum fuhr Ilse heimlich zu Cravelli? Woher kannte sie ihn überhaupt? War es denn wahr, daß sie als kleine

Sekretärin mittellos auf dem Bahnhof von Venedig vergessen worden war? Oder hatte man ihm das alles nur vorgespielt, aus einem Grund, den er überhaupt nicht erklären konnte? Dagegen sprach wieder ihre echte Verzweiflung, die man so natürlich nicht spielen konnte. Er sah ihre großen Augen vor sich, in denen die Angst brannte. Das war keine künstliche Angst ... es war echtes Entsetzen. Aber warum hatte sie zweimal versucht, Cravelli zu sprechen?

»Hast du sonst noch irgend etwas Besonderes bemerkt, Roberto?« fragte er.

Taccio überlegte. Er nickte kurz und hob beide Hände.

»Nichts Wichtiges, Signore. Cravelli liebt Musik – – –«

»Was?«

»Meine Freunde spielten und sangen, weil es ihnen zu langweilig wurde. Da kam er auf den Balkon, setzte sich in einen Liegestuhl und lauschte auf die Musik. Sogar hundert Lire warf er ihnen zu, damit sie alte venezianische Lieder spielten. Wir waren sehr erstaunt – – –«

Rudolf Cramer schüttelte den Kopf. Es paßte ganz und gar nicht zu Cravelli, dieses Bild des träumenden Musikliebhabers. Ein Mörder, der bei Gesang die Augen schließt. Es war eine makabre Vorstellung. Und doch gebar diese Vorstellung in Cramer einen Gedanken, der grandios und fast eine Utopie war. Es war die Möglichkeit, mit der Kraft der Musik in den Palazzo Barbarino zu kommen.

»Beobachte weiter, Roberto«, sagte er. »Wenn irgend etwas Besonderes ist, rufe mich im Hotel an. Bin ich nicht hier, hinterlege bei Barnese einen Brief – – –«

»Si, Signore.« Roberto Taccio verbeugte sich leicht und verließ das Hotel. Er tat es mit Stolz und Würde, gemessenen Schrittes und dem Boy, der die Drehtür in Bewegung setzte, zehn Lire Trinkgeld gebend.

Auf der Uferstraße sah er die Gondel mit Ilse Wagner anlegen. Das ist sie, durchfuhr es Taccio. Er wollte umkehren und zum Hotel zurücklaufen, aber dann sah er, wie die Dame geraden Weges zum Eingang des »Excelsior« ging.

Alles in Ordnung, dachte Taccio. Vergnügt ging er weiter und knisterte in der Tasche mit den Dollarscheinen. Es werden 50 000 Lire sein, die man nicht zu teilen braucht. Madonna mia, es würde einen fetten Sommer geben im bella Venezia – – –

*

Cramer stand hinter der Palmengruppe verborgen, als Ilse Wagner in die Hotelhalle kam. Er machte sich nicht bemerkbar, sondern stellte sich in eine Nische. Ilse schien nach ihm zu fragen. Der Chefportier sah sich nach allen Seiten suchend um und hob dann die Schultern. Eben war er noch da, schien er zu sagen. Ilse Wagner nahm ihren Zimmerschlüssel und fuhr mit dem Lift nach oben.

Cramer wartete noch einige Minuten in seiner Nische, dann machte er hinter den Palmen einen Bogen und kam vom großen Saal her in die Halle. Der Portier winkte ihm zu.

»Es wurde nach Ihnen gefragt, Signore«, rief er. »Signorina Wagner, prego . . .«

»Danke, Philippo.«

»Sie ist auf dem Zimmer, Signore.«

»Dann verbinde mich mal mit der Signorina.«

Er betrat eine der Telefonzellen und wartete, bis es klingelte.

»Ja?« sagte er. »Hier ist Rudolf – – – Wo warst du? Ich habe dich gesucht.«

Ilse Wagner hatte sich gerade ausgezogen und wollte unter die Brause. Nackt stand sie am Telefon und mußte lächeln. Wenn man mit dem Telefonieren auch Fernsehen könnte . . . wieviele Nachtgespräche gäbe es dann.

»Ich habe mich ein wenig in Venedig umgesehen, Liebster«, sagte sie. »Wenn aus Deutschland mein Geld kommt, werde ich mir ein entzückendes Kleid kaufen. Ich habe eine Geschäft entdeckt – – –«

Wie perfekt sie lügt, dachte Cramer bitter. Bei Cravelli gibt es Grundstücke und Häuser, aber keine Moden. Die Chance, die er ihr geboten hatte, war vertan. Sie verschwieg ihm den Besuch. Cramers Argwohn wuchs, aber mit ihm auch seine Enttäuschung und Traurigkeit.

»Wann bist du fertig?« fragte er.

»In einer halben Stunde.«

»Na sagen wir – – –«

»Nein, nein!« Ilses Lachen war echt. Wie unbeschwert sie lachen kann mit diesen Lügen, dachte Cramer. »Ich halte mein Wort! Ich bin pünktlich! Ich bin bekannt dafür, daß ich nichts Falsches sage – – –«

Das aus ihrem Mund! Cramer trommelte mit den Fingern gegen die Wand der Telefonzelle.

»Ich warte unten in der Halle, Liebes«, sagte er heiser.

»Vielleicht dauert es nicht einmal eine halbe Stunde. Bis gleich – – –«

Ilse hängte auf. Sie lief unter die heiße Brause und seifte sich ab. Es war ihr, als streife sie damit den Moder ab, den sie bei Cravelli in ihre Haut aufgesogen hatte. Wie frisch nach einem langen Schlaf, wie erholt frottierte sie sich ab und war voll ehrlicher Freude über den kommenden Abend. Selbst die Gedanken, Cramer nach seinem wirklichen Ich zu fragen, waren nicht mehr drückend. Eine andere Version wurde unter der Brause geboren: Zuerst dachte er, es wird ein Flirt, und da war jeder Name gut genug. Was bedeutet ein Name bei einem Sommerflirt? Dann aber wurde es in ihren Seelen mehr, und Rudolf Cramer suchte bestimmt eine Gelegenheit, die Wahrheit zu sagen. Ilse wollte ihm in einer Stunde dazu Gelegenheit geben.

In der Halle trank Cramer einen Whisky und hinterher einen Schwarzen Johannisbeersaft, um den Alkoholgeschmack aus seinem Mund zu bekommen. Mißmutig betrachtete er die Gäste in Abendkleid und Frack, die aus überdeckten Gondeln ausstiegen. Irgendein Industriemagnat gab eine Gesellschaft im Mittelsaal. Blumenkörbe wurden hereingetragen, Orchideen in Plastikkartons, Rosen in Frischhaltebeuteln.

»Kummer, Signore?« fragte der Barkeeper.

»Warum?«

»Weil Sie Saft trinken ...«

»Sie sind ein Psychologe, Charly.« Cramer ging in die Halle zurück und setzte sich unter die Palmen. Eine Wolke aller bekannten Parfüms umwehte ihn, ein Millionenvermögen wurde an Hälsen und Armgelenken an ihm vorbeigetragen.

Zehn Minuten früher öffnete sich die Lifttür und Ilse Wagner kam auf ihn zu. Sie sah in ihrem rohseidenen Kleid mit den langen braunen Locken und der schlanken Figur schöner aus als die glitzernden Damen in den teuren Abendroben. Cramer biß sich auf die Unterlippe. Warum lügt so etwas Schönes, dachte er verbittert.

»Pünktlich?« fragte sie fröhlich.

»Unwahrscheinlich pünktlich!« Cramer faßte sie unter und verließ mit ihr das Hotel. Eine bestellte Gondel wartete an einem der blauweißen Anlegepfähle des Hotels. Ein Boy half ihnen in den Kahn, stieß ihn mit einer langen Stange in den Kanal und winkte ihnen zu. Cramer stand an dem großen Ruder und steuerte die Gondel in die Mitte des Wassers, wo sie sich in den Schwarm der anderen Gondeln eingliederte. Bunte Laternen wippten an Bug und Heck, aus einem der umgebenden Kähne klang leise, zärtliche Musik durch die Nacht.

»Herrlich!« sagte Ilse und lehnte sich in die Polster zurück. »Du kannst rudern wie ein echter Gondoliere. Wenn du auch so singen kannst – – –«

Sie sah ihn mit großer Erwartung an. Wenn er ein Sänger ist, wird er jetzt beginnen. Aber Cramer schwieg. Er starrte in die Dunkelheit vor sich und ruderte mit ruhigen, gleichmäßigen Bewegungen.

»Es ist wie ein Märchen – – –« sagte Ilse enttäuscht.

»Unser Märchen, Ilse. Aber es soll kein Märchen sein, das mit ›Es war einmal‹ beginnt, sondern mit ›Es wird einmal sein‹ – – –«

Sie nickte. »So vieles ist märchenhaft – – –« sagte sie doppelsinnig.

Cramer nickte. »Fast alles um uns herum.«

Dann schwiegen sie wieder. Stumm ruderte er die Gondel an anderen Gondeln vorbei, auf denen das Licht gelöscht war. Winzige Liebesinseln auf der schwarzen, leicht bewegten Wasserfläche.

Vereinzelte Lichter glitzerten vor ihnen auf. Ein dunkler, massiver Fleck schälte sich aus der Nacht.

»Was ist das?« fragte Ilse.

»Die Isola Poveglia. Wir haben uns gedreht und fahren wieder zurück zu ihr. Ich will dir dort etwas zeigen. Die Insel hat eine schöne kleine Kirche ...«

Nach einigen Minuten knirschte der Kiel des Bootes im Ufersand. Cramer sprang zuerst an Land und half Ilse aus der Gondel. Ein paar Schritte mußte er durch knietiefes Wasser laufen und trug sie auf seinen Armen. Sie blickte zurück zum Boot. Das große Ruder stach steil in den Nachthimmel.

Gleich über ihnen war die kleine Kirche. Cramer nahm Ilses Hand und ging mit ihr die wenigen Schritte hinauf. Die Tür war nicht verschlossen, sie knirschte leise, als Cramer sie aufklinkte.

In dem kleinen Raum vor dem Altar brannte das ewige Licht. Sonst war es dunkel. Nur der Mond schien durch die bunten Bleifenster und zauberte bizarre Ornamente auf den steinernen Fußboden, die alten, geschnitzten Bänke und die weiße Altardecke aus handgeklöppelten Spitzen.

Cramer ging bis zur ersten Bank und zog Ilse mit. Dort setzte er sich und legte den Arm um ihre Schulter. Eine ganze Weile saßen sie stumm und starrten auf das ewige Licht und die von goldenen Strahlen umgebene Marienstatue.

Plötzlich erhob sich Cramer, ein Streichholz flammte auf, und dann brannten zwei lange Kerzen rechts und links vom Altar. Ihr flackernder Schein geisterte über Ilses Gesicht. Es war bleich und schwamm in einem Meer von Fragen, als Cramer zu ihr zurücktrat und sich wieder neben sie setzte.

»Hier bin ich jedes Jahr um diese Zeit«, sagte er leise, aber der unerwartete Klang seiner Stimme war in der vollkommenen Stille wie ein Donner. Ilse zuckte zusammen und tastete nach seiner Hand. Er nahm sie und hielt sie fest, während er weitersprach.

»Heute, an diesem Tag vor zehn Jahren, starb Ilona Szöke – – –«

Ilse spürte, wie ein kalter Schauer über sie lief. Sie wollte ihm ihre Hand entreißen, sie wollte aufspringen und weglaufen, schreien vor Angst wollte sie ... aber er hielt sie fest, und sie hatte auch gar keine Kraft mehr, ihm die Hand wegzureißen.

»Ja – – –« stammelte sie.

»Ilona war meine Frau – – –«

»Deine – – –« Ihre Stimme versagte.

»Wir machten unsere Hochzeitsreise nach Venedig. Unsere erste und letzte Reise. Heute vor zehn Jahren fuhr sie mit einer Gondel weg und kam nicht wieder. Du weißt, daß sie später aufgefischt wurde. Ermordet.« Cramer schloß die Augen und lehnte den Kopf zurück. »Einen Tag vor ihrem Tod waren wir hier. Wir haben hier gesessen, wo wir jetzt sitzen ... auf der gleichen Bank, auf der gleichen Stelle, und auch damals war eine milde Sommernacht, es war still wie im Paradies ... Wir hielten uns an den Händen wie wir ... und wir waren so glücklich, so unendlich glücklich. Damals habe ich gesungen in dieser Stunde – – –«

»Gesungen – – –« sagte Ilse kaum hörbar.

»Ja. Es war ein Dank für dieses Glück, das ich bekommen hatte. Heute möchte ich singen, um dieses Glück noch einmal bitten ...«

»Um welches Glück?«

»Um das Glück, vertrauen zu können. Um das Glück, lieben zu können. Um ... um ...«

Er sprang auf und rannte durch die Bänke weg. Ilse wagte nicht, ihm nachzurufen ... sie saß wie erstarrt vor dem Altar und faltete ängstlich die Hände. Bitte, bitte, dachte sie. Hilf mir, was auch geschehen mag ...

Irgendwoher, aus den Mauern, hinter dem Altar, von der Decke oder aus dem Nachthimmel quoll ein Ton auf, wurde lauter und gebar neue Töne, wurde zur Melodie und zum Gebet. Eine kleine, alte Orgel spielte, mit zitternden Pfeifen und brummelnden Bässen. Aber ihr Klang war so zauberhaft, daß die Töne über Ilse zusammenschlugen wie eine Woge.

Dann plötzlich, in den Klang der Orgel einschwebend und lauter und kräftiger werdend, sang eine Stimme. Sie wurde mächtig und erfüllte den Raum, eine herrliche, volle Tenorstimme, mit einer Reinheit, als seien die Töne aus Glas und klängen aus sich heraus wie kristallene Glocken.

Langsam senkte Ilse den Kopf auf die gefalteten Hände und schloß die Augen. Verzeih mir, sagte sie leise. Bitte, bitte verzeih mir ...

Als Orgel und Stimme schwiegen, war es Ilse Wagner, als friere sie, als sei eine helle Wärme von ihr genommen, als sei sie ausgesetzt in eine dunkle Einsamkeit. Erst, als Cramer wieder neben ihr saß und ihre Hand nahm, wußte sie, daß die Wirklichkeit wieder um sie war.

»Wer ... wer bist du ...?« war das erste, was sie fragen konnte.

Cramer sah sie groß an. »Ich heiße Rudolf Cramer«, sagte er. »Aber nur wenige wissen, daß ich so heiße. Mich kennen sie alle nur als Gino Partile ...«

»Partile ...« Ilse Wagner starrte Cramer mit weiten Augen an. »Du ... du bist Partile ...«

»Ja. Der große Partile mit dem traurigen Herzen. Rudolf Cramer, der jedes Jahr um diese Zeit nach Venedig kommt, um an seine Ilona Szöke zu denken.« Er wischte sich mit der Hand über das Gesicht, als wolle er ein Bild, das er zehn Jahre vor Augen hatte, wegwischen. »Zum erstenmal sitze ich hier mit einer anderen Frau ... und ich habe keine Gewissensbisse. Ich weiß, daß Ilona in dieser Stunde zu verblassen beginnt und ein neues Bild voll und ganz von mir Besitz ergreift ... Darum bin ich hierher gefahren, wo einmal mein Leben begann und endete und nun wieder beginnen soll ... Nicht der große Gino Partile, sondern der unbekannte Rudolf Cramer. Ein seit zehn Jahren armer, einsamer Mensch, dem die Menschen auf der Bühne zujubeln und der sie gar nicht sieht, weil er mit jeder Arie einen Teil seiner Vergangenheit wieder aufriß. Nun wird es anders sein ... jetzt wird jeder Abend ein Schritt mehr in die Zukunft sein.« Er ergriff Ilses Hände und hob sie hoch an seine Brust. »Willst du meine Frau werden – – –«

»Rudolf«, stotterte Ilse. »Gino ... Rudolf ...«

»Ich kann dir nicht mehr sagen, als daß ich dich liebe – – –«

»Liebe ist Vertrauen – – –« sagte sie leise.

»Ja«, sagte er stockend. »Ich will dir blindlings vertrauen.«

»Ich muß dir gestehen, daß ich es bis zu dieser Minute nicht getan habe. Ich habe dich verdächtigt ... ich ... ich ... es ist so gemein von mir ... Ich wußte, daß du nicht Cramer heißt...«

»Wer hat dir das gesagt?«

»Direktor Barnese.«

»Er hat mir nie etwas davon gesagt!«

»Nein. Er hatte einmal in Zürich, wo du angeblich singen würdest, angefragt. Der Brief kam zurück. Rudolf Cramer an der hiesigen Oper unbekannt. Aber er schwieg ...« Ilse Wagner legte den Kopf an Cramers Schulter. »Der große Gino Partile und die kleine Sekretärin ... das ist ein Märchen ...«

»Wo warst du heute nachmittag?« fragte Cramer unvermittelt. Ilse schrak nicht zusammen. Sie lächelte nur und nahm ganz fest seine Hand.

»Bei Sergio Cravelli.«

Ihre plötzliche Ehrlichkeit machte ihn sprachlos. Sie nickte und legte den Kopf wieder an seine Brust.

»Ja, ich habe gelogen. Weil ich kein Vertrauen zu dir hatte. So gemein war ich ... Überleg es dir, mich zu heiraten – – –«

»Woher kennst du Cravelli?«

»Von einem Briefkuvert, das ich in Dr. Berwaldts Papierkorb fand.«

»Du also hast das Kuvert herausgenommen?!«

»Ja!«

»Mein Gott, wie einfach wäre alles gewesen, wenn wir uns gleich die Wahrheit gesagt hätten! Wie benahm sich Cravelli?«

»Wie ein Gentleman! Besser als du.« Sie drehte den Kopf zu ihm. »Einen solch trocknen Antrag habe ich nicht erwartet. Ich habe mir immer vorgestellt: Wie wird es sein, wenn ein Mann mich fragt, ob ich ihn heiraten will. Ich hatte mir das so schön ausgedacht. Und nun fragt dieser Mann: Wie benahm sich Cravelli – – –«

Rudolf Cramer lächelte glücklich. Er beugte sich über sie und küßte sie. Es war ein langer Kuß, in dem das Versprechen eines ganzen, langen, gemeinsamen Lebens lag.

»Ich glaube, wir müssen zurück nach Venedig«, sagte er nach einer langen Zeit stummen Glücks. Sie saßen eng umschlungen vor dem im flackernden Kerzenlicht wie schwebenden Altar.

»Hier ist es so wundervoll still. Hier können wir träumen – – –« Ilse legte den Kopf an seine Schulter. »Warum schon fahren?«

»Ich glaube, wir werden in Venedig gebraucht – – –«

»Du bist ein gräßlicher Mensch!«

»Ich ahne, daß etwas geschehen ist!«

Sie zuckte hoch und starrte ihn an. »Mit Cravelli?« Sie umfaßte seine Hände, und es war mehr ein Umklammern in höchster Angst.

»Sag es frei heraus: Du hältst Cravelli für den Mörder Ilonas – – –«

»Ja!« Cramers Stimme klang hart und hallte in dem stillen Kirchenschiff wider. »Er ist es!«

»Du hast keine Beweise!«

»Keine offiziellen. Aber ich sehe die Schuld in seinen Augen! Immer, wenn ich ihn besuchte, war ein Flimmern in ihnen, eine Lust, auch mich umzubringen, um das auszulöschen, was ich ihm geworden bin: Ein jährlich wiederkehrendes, anklagendes Gewissen.«

»Wenn das wahr ist, Rudolf ... wenn das wahr ist ...« Sie stockte und sah ihn nachdenklich an. Cramer spürte, daß sie ihm noch etwas verschwieg. Er legte den Arm um ihre Schulter.

»Was denn, Liebes?«

»Es ist vielleicht dumm – – –«

»Nichts ist dumm, wenn es von Cravelli kommt!«

»Ich habe etwas gehört in seinem Palazzo. Es kann eine Täuschung sein, eine Überhitzung meiner Nerven, eben eine Dummheit ... man hört in der Angst vieles, was nachher völlig harmlos ist ...«

»Was hast du gehört?«

»Ein Klopfen.«

»Klopfen? Wo?«

»Ich weiß es nicht. Es kam von der Decke oder unter dem Boden, aus dem Keller, hinter einer Wand ... es konnte überall sein. Ein unheimliches Klopfen. Cravelli bemerkte es und sagte – – –«

»Also es war da? Es war keine Täuschung?!«

»Nein! Nur der Rhythmus ... das kann eine Phantasterei sein ...«

»Der Rhythmus?« sagte Cramer atemlos.

»Ja. Cravelli sagte leichthin: Oben wird eine Fußleiste angeschlagen. Aber es klang nicht wie ein Hämmern von Handwerkern ... es klang wie ein Zeichen ... wie – – – SOS – – – dreimal kurz, dreimal lang, dreimal kurz ... Immer wieder ... SOS ... SOS ...«

Cramer sprang auf »Berwaldt!« schrie er. Er vergaß, daß er in einem Kirchenraum stand. »Das ist Dr. Berwaldt! Er ist bei Cravelli! Ich habe es geahnt, o Gott, ich habe es geahnt!«

Ilse Wagner starrte ihn aus großen, furchterfüllten Augen an. »Du meinst, Cravelli hält ihn verborgen ...«

»Es geht ihm um Berwaldts Erfindung! Dein Chef ist weder verreist, noch hat er dich am Bahnhof vergessen! Cravelli hat ihn in den Palazzo gelockt und festgesetzt. Nun ist er ein Gefangener seiner eigenen Gier geworden ... und nur du kannst ihm noch helfen! Ilse – – –« Cramer riß sie an sich, als wolle Cravelli sie wegschleppen. »Daß du noch lebst . . . Weißt du, daß du zum Mittelpunkt eines grandiosen Verbrechens geworden bist?!«

»Dann war es also wirklich SOS?!«

»Natürlich! Was hast du Cravelli gesagt?«

»Daß ich morgen früh mit der Mappe Berwaldt wieder zu ihm komme – – –«

Cramer schwieg. Er zerrte Ilse aus der kleinen Kirche und schloß die Tür. Erst draußen am Strand sprach er wieder, als er das Boot heranzog und Ilse durch das seichte Wasser trug.

»Ich kenne Cravelli. Er wird nicht warten! Ich habe das Gefühl, daß in Venedig in diesen Stunden etwas geschehen ist.« Er stieß das Boot ab. Leise glitt es in das schwarze Wasser. Die kleine Kirche schwamm im ungewissen Nachtlicht zwischen den Büschen und Bäumen in die völlige Dunkelheit zurück. Vor ihnen lag Venedig. Ein Lichtermeer, eine Kette angestrahlter Brillanten, eine im Wasser wogende Schale aus blitzenden Edelsteinen.

Rudolf Cramer ruderte mit starken Schlägen der Stadt entgegen. Er hatte seinen Rock ausgezogen und auf den Bootsboden geworfen. Als Ilse sie aufhob und auf den Sitz legte, fühlte sie unter ihren Fingern in der Jackentasche etwas Hartes, Längliches. Sie tastete schnell die Form ab. Ein Revolver. Schaudernd ließ sie die Jacke auf den Sitz fallen.

»Du hast einen Revolver bei dir?« sagte sie leise.

Cramer nickte. Er legte sich in die Ruder und keuchte unter den schnellen Schlägen. »Wir werden ihn bald brauchen, Liebes! Morgen werden wir Dr. Berwaldt wiederfinden . . .«

»Lebend – – –« Es war nur ein Hauch.

Cramer antwortete nicht. Sein Gesicht war jetzt hart. Sein Schweigen war Antwort genug. Schaudernd wandte sich Ilse ab und starrte Venedig entgegen. Der Zauberstadt aus Glück und Liebe . . . der Stadt aber auch mit den dunklen, schweigenden Kanälen, die Heimat der Ratten . . .

Als sie an der Anlegestelle des »Excelsior« ankamen, sahen sie schon vor dem Eingang des Hotels eine große Menschenmenge stehen. Zwei Polizeiboote schaukelten vor der Holzbrücke, eine Kette Polizisten sperrte den Zugang zum »Excelsior« ab. Stimmen schrien durcheinander, Arme wurden gestikulierend hochgeworfen. Es war eine helle Aufregung auf der Straße.

Mit Püffen und Stößen bahnten sich Cramer und Ilse einen Weg durch die Menschenmauer. Was man schrie, verstand man nicht. Nur einzelne Worte schnappten sie auf ... »Überfall« ... »niedergeschlagen ...« ... »Vor hundert Menschen ...«

Ein Polizist hielt sie auf. Cramer sagte seinen Namen. Er wurde sofort durchgelassen und rannte, Ilse an der Hand hinter sich herziehend, in die Hotelhalle.

Hier war die Aufregung gedämpfter, aber massierter. Die Gäste standen rund herum an den Wänden und unter den Palmen, drei Kommissare verhörten sie, Polizisten sperrten alle Zugänge zum Saal und zur Treppe ab –. In einem Sessel, unter einer breiten Fächerpalme, saß Direktor Pietro Barnese. Er sah jammervoll aus. Um seinen schönen Römerkopf trug er einen dicken Verband, sein linkes Auge begann zuzuschwellen, obwohl er einen dicken Wattebausch mit essigsaurer Tonerde daraufdrückte. Als er Cramer und Ilse Wagner sah, sprang er mit einem hellen Schrei auf.

»Signorina!« brüllte er. »Madonna mia! Da ist sie! Dieser Skandal! Dieser Skandal! Sehen Sie, wie man mich zugerichtet hat! Oh! Wir können das Haus schließen! Wir sind erledigt! Oh!« Er sank in den Sessel zurück, drückte den Wattebausch auf sein zuschwellendes Auge, und da unter seinen Fingern die essigsaure Tonerde hervortropfte, sah es aus, als weine er dicke Tränen.

Hinter der Rezeption drängten sich die Pagen und Kellner und wurden verhört. Der Hauptkommissar löste sich von einer Gruppe Gäste und kam auf Cramer zu. Ilse umklammerte die Hand Cramers, er spürte, wie sie wie im Schüttelfrost zitterte.

»Sie sind Signore Cramer?« Der Kommissar sah ihn kritisch an. »Wo waren Sie?«

»Einen Augenblick! Darf ich erst fragen, was geschehen ist?«

»Oh!« schrie Barnese weinerlich. »Ich wußte immer, daß mit Ihnen nicht alles stimmt!«

»Ihren Ausweis bitte!« sagte der Kommissar.

Cramer holte seinen schweizer Paß aus der Tasche und reichte ihn aufgeklappt hin. Nach einem kurzen Blick sah der Kommissar verblüfft hoch.

»Er stimmt. Cramer – – –«

Barnese hob beide Hände. »Keiner kennt ihn. Es ist eine Fälschung – – –«

»Bitte – – –« Der Kommissar sah Cramer ernst an. »Wieso kennt man Sie nicht in Zürich?«

»Weil ich als Sänger anders heiße.«

»Sänger!« Barnese johlte fast auf. »Wenn er Sänger ist, heirate ich meine Großtante!«

»Meine Gratulation zu dieser Verbindung im voraus.« Cramer sagte es so ernst, daß Barnese entsetzt seinen Wattebausch sinken ließ. Sein Auge war ein einziger blauer Fleck. »Ich bin Gino Partile – – –«

»Wer?« Der Kommissar trat einen Schritt zurück. Barnese stöhnte auf, warf seinen Wattebausch in die Palme und sprang auf.

»Partile?« brüllte er. »Nie! Ich habe Partile gesehen und gehört!«

»Wo?« fragte Cramer.

»In Mailand. In der Scala – – –«

»Als was?«

»Als Othello!«

»Da war ich schwarz geschminkt! Ich glaube, daß dann kaum eine Ähnlichkeit mit mir besteht. Verlangen die Herren, daß ich mich schwarz anmale? Ich habe meinen Schminkkoffer bei mir – – –« Er öffnete ein Fach seiner Brieftasche und nahm einen anderen Ausweis heraus. Der Kommissar überflog ihn und gab ihn an Barnese weiter. Der kleine Direktor las und riß sein eines heil gebliebenes Auge weit auf.

»Partile!« stammelte er. »Tatsächlich! Gino Partile. Der große Partile – – –«

»Verlangen die Herren, daß ich noch singe, um es zu beweisen? Vielleicht: Dies Bildnis ist bezaubernd schön . . .« Er sah dabei Barnese an. Mit einem tiefen Seufzer gab dieser den Ausweis zurück.

»Verzeihung, Signore Maestro . . .« sagte er wie gebrochen. »Ich kann mich aufhängen! Ich bin erledigt . . .« Er sank zurück in seinen Sessel und winkte verzweifelt nach einem Pagen, der eine Schüssel mit essigsaurer Tonerde bereithielt.

»Was ist nun?« Cramer sah sich um. Die Erregung war nicht abgeschwächt, die Verhöre gingen weiter. »Was ist passiert? Ist etwas mit Dr. Berwaldt?«

»Nein.« Der Kommissar sah auf Ilse, zögernd, ob er auch ihren Paß verlangen sollte. Die Gegenwart des »großen Partile« irritierte ihn. Wie alle Italiener empfand er eine ungeheure Hochachtung vor der Stimme Partiles, eine Achtung, die fast einer religiösen Verehrung glich. »Es ist eingebrochen worden. Bei signorina Wagner – – –«

»Rudolf!« stammelte Ilse.

»Man hat alles durchwühlt, aber anscheinend nicht gefunden, was man suchte. Dann rief ein Unbekannter – eben der Täter – Direktor Barnese hinauf aufs Zimmer. Er gab sich als Rudolf Cramer aus. Direktor Barnese eilte sofort nach oben und wurde dort, kaum daß er das Zimmer betrat, aus dem Dunkel heraus niedergeschlagen. Man durchwühlte seine Taschen, fand aber nicht, was man suchte, und schlug ihn vollends zusammen. Dann konnte sich der Täter unerkannt entfernen ... wenn er nicht noch hier unter den Gästen ist!«

»Bestimmt nicht«, sagte Cramer überzeugt. »Und wissen Sie, warum man Barnese niederschlug?«

»Eben nicht! Es war kein Raubüberfall. Alles Geld wurde belassen – – –«

»Der Täter suchte den Tresorschlüssel!«

»Ah!« schrie Barnese und sprang wieder auf. »Der ist immer versteckt in meinem Büro! Also doch ein Raub!«

»Nein! Es geht um eine Aktentasche ...«

»Eine Aktentasche – – –?« fragte der Kommissar.
versteckt in meinem Büro! Also doch ein Raub!«

Barnese seufzte wieder. »Von der Signorina. Die sie in Verwahrung gegeben hat ...«

»Ja.«

»Und was ist in der Tasche? Schmuck?«

»Nein.« Cramer atmete tief auf. »Eine Erfindung, ein neues Medikament gegen den Krebs ...«

»Madonna mia!« stöhnte Barnese. »In meinem Tresor – – –«

»Und warum ...?« Der Kommissar sah etwas dumm zwischen Cramer und Ilse hin und her.

»Es gibt eine Interessengruppe, die sich dieser Formel bemächtigen will. So wenigstens glaube ich, diesen Fall zu durchschauen. Der Überfall galt allein der Tasche!«

»Aber wer? Wer hat ein Interesse daran? Wissen Sie das auch, Signore Cramer ... o pardon, Maestro Partile ...«

»Ja.«

»Den Namen bitte.«

Cramer schüttelte den Kopf. »Es hat keinen Sinn, Kommissar. Sie lachen mich aus.«

»Aber nein Maestro.«

»Sergio Cravelli – – –«

Der Kommissar wurde verschlossen.

»Das ist ein schwerer Verdacht, Maestro – – –«

»Ich weiß. Aber ich hoffe, Ihnen morgen den Beweis zu erbringen.«

»Wir haben keinerlei Anhaltspunkte, Signore Cravelli, einen geachteten Bürger Venedigs zu verhören und zu verhaften.«

»Ich weiß Kommissar. Cravelli hat nicht nur die Schlauheit, sondern auch den Namen auf seiner Seite. Untersuchen Sie weiter, verhören Sie, sichern Sie Spuren – falls welche vorhanden sind, was ich bezweifle. Glauben Sie an den großen Unbekannten. Ich werde Ihnen morgen das Raubtier vor die Füße legen – – –«

Der Kommissar schwieg. Er hatte schwere, dunkle Gedanken. Er hatte eigentlich die Pflicht, den großen Partile zu warnen, sich nicht in die Ermittlungen der Polizei einzumischen und sich strafbar zu machen.

Aber er unterließ den Hinweis. Irgendein Gefühl hinderte ihn daran. Das Gefühl, daß ein Gino Partile nicht ohne Grund solche Verdächtigungen ausspricht.

»Bitte, halten Sie sich weiter zur Verfügung, Maestro«, sagte er nur und wandte sich ab.

Die Verhöre gingen weiter, bis in die tiefe Nacht hinein. Sie waren ohne Ergebnis, was man auch gar nicht anders erwartet hatte.

»Eine schöne Schweinerei!« sagte Cravelli.

Er hatte Dr. Berwaldt aus dem Bett geholt und saß nun vor ihm in ziemlich erregtem Zustand. »Ihre hübsche Kleine hat die Mappe im Hoteltresor eingeschlossen!«

Dr. Berwaldt nickte freundlich. »Ich weiß. Mein Wagnerchen ist ein kluges und gut geschultes Mädchen. Ihr Husarenritt war eine Attacke gegen Windmühlen! Ich hätte Ihnen nicht diese Don-Quichoterie zugetraut, Cravelli.«

Der Italiener schluckte diesen Spott mit ernster, unbeweglicher Miene. Er rauchte eine Zigarette und sah auf die glühende Spitze.

»Sie verkennen anscheinend Ihre Lage, Dottore.«

»Durchaus nicht. Sie ist trostlos. Aber Ihre auch!«

»Eben! Ich habe Prof. Panterosi versprochen, ihm morgen mittag einige neue Ampullen zu geben, weil Sie dann angeblich aus Florenz zurückkommen.«

»Das war dumm. Ebenso dumm und dilettantisch wie Ihr Einbruch bei meiner Sekretärin. Sie haben einen großen Fehler, Cravelli: Sie können nicht warten!«

»Reden wir keine Lebensweisheiten, Dottore! Ich brauche das Mittel! Für die Kranken nebenan, für den Professor, für die Millionen Krebskranken – – –«

»Hören Sie auf, Cravelli! Ihre triefende Menschenfreundlichkeit ekelt mich an!«

»Ich werde Ihnen heute einen neuen Fall bringen. Die Nummer

3 Ihrer ›Privatstation‹. Ein Kind, Dottore. Ein 7jähriges Mädchen. Claretta Valconi. Es hat eine Lymphogranulomatose.«

Dr. Berwaldt rannte erregt hin und her. »Auch das bekommen Sie noch fertig, Sie Satan!« schrie er. Cravelli nickte.

»Ich habe das Kind bereits, Dottore. Ich hole es morgen früh ab! Die Eltern, arme Handwerker, sind glücklich, daß ich ihnen ihr Mädchen retten will. Es ist ihr einziges Kind. Die Mutter hat – als ich ihr versprach, Claretta durch Sie heilen zu lassen – sofort der Madonna zwei dicke Kerzen gestiftet – – –«

»Hören Sie auf!« brüllte Dr. Berwaldt.

»Sie werden Ihr Mittel herausgeben müssen, Dottore! Sie werden sich nicht des Mordes an einem unschuldigen Kind schuldig machen. Denn es ist Mord, weil Sie genau wissen, daß Sie helfen können!«

»Gehen Sie!« sagte Berwaldt dumpf. »Ich höre Ihnen einfach nicht mehr zu.«

»Sie werden mir morgen einen Brief mitgeben und Ihre Sekretärin zu mir bitten.« Cravelli erhob sich. »Dann geben Sie mir die Formel ... und eine Stunde später sind Sie frei, können Ihre Krebskranken behandeln und sich zum Retter der Menschheit erheben lassen.«

»Und Sie?«

»Auf mich wartet eine Privatmaschine außerhalb Venedigs. Ich werde längst in der Luft sein mit unbekanntem Ziel, wenn Sie wirklich so einfältig sein sollten, die Polizei zu verständigen.«

»Und meine 25 Millionen Dollar?« fragte Berwaldt spöttisch. Cravelli nickte eifrig.

»Der Scheck wird vor Ihnen liegen, bevor ich abfliege.«

»Und wer garantiert mir, daß er echt ist?«

»Erlauben Sie mal!« Cravelli war sehr beleidigt. »Schließlich bin ich ein Ehrenmann – – –« Er verließ hocherhobenen Hauptes den Dachboden.

Dr. Berwaldt wartete eine halbe Stunde, bis er gewiß war, daß Cravelli sich wirklich in den unteren Räumen befand. Dann ging er in das Laboratorium, das neben dem Krankenzimmer lag. Die beiden Frauen schliefen fest. Berwaldt hatte ihnen das einzige gegeben, was er konnte, um ihre Schmerzen zu lindern: Morphium. Mit einem Perkussionshammer klopfte er die Decke des fensterlosen Raumes ab. Es klang hohl und dünn, als befände sich über dem Deckenputz nur eine dünne Holzlagenschicht und darüber Dachpappe oder Ziegel. Nirgendwo traf er auf den harten Klang von Mauerwerk oder festen Stoffen. Dr. Berwaldt kletterte vom Stuhl und rannte in das Ordinationszimmer. Er holte einen Hammer und einen Knochenmeißel und schüttelte den Kopf über die Korrektheit, mit der Cravelli ihm einen Operationssaal mit allen notwendigen Instrumenten eingerichtet hatte, als wolle er eine Musterschau eines gut eingerichteten OP demonstrieren. Dann stieg er wieder auf den Stuhl und begann, leise, mit kleinen, schnellen Schlägen, die sofort verklangen, ein Loch in die Decke zu stemmen. Zuerst staubte der Putz über ihn und fiel in größeren Stücken herab, dann kam eine geschlossene Holzdecke. Darüber muß Teerpappe liegen, dachte er. Anders ist es nicht erklärlich, daß der Klopfton so resonanzreich ist. Holz, Pappe und darüber der freie Himmel ...

Er trieb den Knochenmeißel immer tiefer in das Holz und splitterte die Späne heraus. Dann, nach einem wuchtigen Schlag, fuhr der Meißel ins Freie. Der Durchstoß war gelungen. Dr. Berwaldt bohrte das Loch etwas größer. Er sah einen winzigen Fleck eines sternenreichen Nachthimmels und spürte das Eindringen frischer Luft mit dem Wohlgefühl und der zitternden Lebenslust, die ein Erstickender erlebt, wenn er wieder durchatmen kann.

Dr. Berwaldt hielt mit dem Vergrößern des Loches ein. Es war unmöglich, es so zu erweitern, daß er hinaus auf das Dach klettern konnte. Außerdem war es sinnlos, denn niemand wußte, wie das Dach beschaffen war, ob es abfiel, ob es Halt bot. Nur eines wußte er, daß der Palazzo zu hoch war, um hinunterzuspringen in den Canale Santa Anna. Aber ein Zeichen konnte man geben, und wenn man Glück hatte, wurde es aufgenommen.

Dr. Berwaldt nahm sein Taschentuch heraus und schrieb mit Tinte groß darauf:

»Ich bin im Palazzo Barbarino bei Cravelli. Auf dem Boden eingesperrt. Kommt sofort. Berwaldt.« Er schrieb es in deutscher und in italienischer Sprache.

Dann kletterte er wieder auf den Stuhl und zwängte das Taschentuch durch das kleine Loch. Mit einer Sonde stieß er es durch das Dach und schüttelte es dann ab. Ein Windhauch trieb das Taschentuch weg, über das Dach, wirbelte es über die Stirnmauer des Palazzo und wehte es hinunter in den Canale Santa Anna.

Dr. Berwaldt konnte es nur ahnen. Er spürte an der Sonde, wie das Taschentuch wegflog.

»Viel Glück!« sagte er zu sich selbst. »Irgend jemand wird es finden und zur Polizei bringen – – –«

Er räumte den wenigen Schutt weg, kehrte alles zusammen, rannte zurück in den OP, rührte etwas Gips an und verschmierte das Loch in der Decke. Niemand, der nicht genau die Decke ansah, konnte noch die Stelle entdecken, an der der Durchbruch in die Freiheit gelungen war.

Das Taschentuch flatterte in das dunkle Wasser. Einer der wachhabenden Bettler sah es ... er sprang in den Kahn und ruderte, fischte das Tuch heraus. Verwundert drehte es in den Fingern, drückte das Wasser aus und verschmierte damit die Tintenschrift völlig. Die Botschaft Dr. Berwaldts wurde unleserlich, ein großer, ineinander verlaufender Tintenkleks.

Alles ist wichtig, was vor Cravellis Haus geschieht, hatte Roberto Taccio seiner Mannschaft gesagt. Also auch ein durch die Luft flatterndes Taschentuch! Der Bettler legte sich in die Ruder und glitt in schneller Fahrt zum Canale Grande davon.

Sergio Cravelli war noch nicht zu Bett gegangen. Die Erregung der vergangenen Stunden lebte noch in ihm und verhinderte die Ruhe. Er ging in seiner riesigen Bibliothek hin und her, stand am Fenster und starrte hinaus auf den schwarzen Kanal, trank zwei Kognaks und spielte mit dem großen Globus, den er um die Achse rotieren ließ, um ihn dann wieder anzuhalten und nachzusehen, auf welchem Land sein Finger lag. Das Spiel eines Diktators, dem die Welt gehört.

Er war wütend. Seine Voreiligkeit hatte ihn weit zurückgeworfen. Ein Mensch, der zu spät kommt, braucht sich keine Vorwürfe zu machen, er erkennt seine Schuld. Aber zu früh zu kommen und alles zu zerstören, ist eine Tragik, die das Herz aufreißen kann. So wütete Cravelli gegen sich selbst, ohne einen Ausweg zu finden, wie er seine Voreiligkeit wieder rückgängig machen sollte. Als er in einer wilden Verzweiflung den Hoteldirektor Barnese niederschlug, um an den Tresorschlüssel zu kommen, wußte er bereits, daß fast alles verloren war. Aus dem Dunkel geheimer Macht war er übergegangen zur brutalen Gewalt ... Aber ihm blieb keine andere Wahl ... es war ein Verzweiflungsschritt.

Nun gab es nur noch drei Möglichkeiten: Ilse Wagner mußte in seine Macht kommen. Es war leicht, den Mut eines Mädchens zu brechen. Oder Dr. Berwaldt ließ sich durch das Schicksal der siebenjährigen Claretta rühren und brach zusammen. Oder – die letzte Möglichkeit, an die Cravelli mit Schaudern dachte – Dr. Berwaldt mußte sterben wie Patrickson und Dacore, der Traum von der Weltherrschaft wurde mit ihnen begraben, und das Leben des Grundstücksmaklers Cravelli lief weiter wie bisher ... geachtet, still, zurückgezogen, ein Leben im Glanz einer zauberhaften Stadt.

Cravelli ging hinauf in sein Arbeitszimmer und setzte sich auf den Balkon. Die Bettler registrierten es und jagten einen Boten zu Taccio: Er sitzt wieder. Wir werden wieder musizieren und singen.

Auf dem Balkon wickelte sich Cravelli in eine Wolldecke. Es war eine schwülwarme Nacht, aber er fror trotzdem, als sei sein Blut kalt geworden. So saß er in der Dunkelheit, starrte gegen die gegenüberliegende Hauswand, hörte das Plätschern des Kanals und die leisen Zurufe der Bettler. Als die erste Mandoline aufklang, huschte ein Lächeln über sein Vogelgesicht. Er lehnte sich fast wohlig zurück, legte den Kopf an die Hinterlehne und schloß die Augen.

Musik, dachte er. Was wäre mein Leben ohne Musik! Ich bin doch ein merkwürdiger Mensch ... ich könnte töten und nachher Puccini hören. Das ist eine Art von sadistischem Wahnsinn ... aber er hat mich so durchdrungen, daß ich glücklich in ihm bin ...

In die Mandoline fiel eine Gitarre ein. Schwermütig zogen die Melodien zu ihm empor. Verdi, dachte Cravelli. La Traviata. Das kleine, arme Hurenvögelchen, das an Schwindsucht stirbt ... »Komm, laß uns fliehen aus diesen Mauern ...« Sinnig, dachte Cravelli und lächelte breit. Schade, daß es der Dottore oben unter dem Dach nicht hört – – –

In der Hotelhalle hatten die Verhöre aufgehört. Die Kommissare waren ebenso erschöpft wie die Gäste; die Polizisten draußen auf der Straße, die noch immer die Menschen abdrängten und um das »Excelsior« eine Kette bildeten, fluchten in bester venezianischer Tradition, und die Boys, Pagen und Kellner, die hinter den großen Rezeptionstisch gedrängt worden waren, durften ihre normale Arbeit wieder aufnehmen, die vorerst darin bestand, den Gästen Stärkungen in Form von allen bekannten Alkoholika zu servieren.

Pietro Barnese hockte noch immer in seinem palmenüberdachten Sessel und kühlte sein linkes Auge. Es war nun völlig geschlossen und blaugelb verfärbt. Rudolf Cramer und Ilse Wanger saßen neben ihm und aßen ein paar Schnittchen. Der Hauptkommissar hatte dem großen Partile diese Sondervergünstigung erlaubt und den Küchenchef vom Verhör solange beurlaubt.

Nun war die Sisyphusarbeit der Polizei kläglich zusammengebrochen. Was Cramer ihnen prophezeit hatte, war eingetreten: Niemand hatte etwas gesehen, alle hatten ein Alibi, keiner kam für den Überfall infrage, ein Motiv zur Tat hatte ebensowenig herausgearbeitet werden können. Der Hauptkommissar setzte sich seufzend neben Cramer auf das lange Sofa.

»Sie haben einen Verdacht, Maestro«, sagte er höflich. »Ich weiß, ich weiß ... Cravelli! Sagen Sie mir, warum Sie ihn haben.«

»Er hat meine erste Frau ermordet!«

»Beweise?«

»Nein.«

»Ein faules Ei, Maestro.«

»Ich weiß es. Darum agiere ich auf eigene Faust.«

»Und der Erfolg?«

»Sie werden ihn morgen sehen.«

»Sie sind siegessicher!«

»Ja. Wenn Sie ein Sopran wären, würde ich Ihnen gestatten, wie Aida zu singen: Als Sieger kehre heim ...«

Der Kommisar lächelte gequält. »Sie haben Humor, Maestro. Mir ist er vergangen. Erst das Verschwinden dieses Dottore Berwaldt, dann der Überfall ...«

»Sehen Sie darin keinen Zusammenhang?«

»Schon, schon ... aber wer ist es? Halt, nicht den Namen Cravelli!«

»Dann kann ich Ihnen nicht helfen!«

»Er würde uns anzeigen, wenn wir ohne Gründe sein Haus durchsuchen. Unsere Gesetze, Maestro ...«

Durch den Dreheingang kam ein eleganter, dunkelhäutiger, gutgekleideter Herr, sah sich um, sprach mit einem der absperrenden Polizisten und kam dann winkend auf die kleine Gruppe unter den Palmen zu. Der Kommissar sprang auf.

»Taccio!« rief er. »Gehen Sie ... mit einem noch nicht bekannten Gauner haben wir genug – – –«

»Lassen Sie ihn, – er kommt zu mir«, sagte Cramer ruhig.

»Zu Ihnen, Maestro. Aber – – –« Der Kommisar unterbrach sich und sah mit halboffenem Mund zu, wie der Bettlerkönig Taccio dem großen Partile vertraulich die Hand gab und ein nasses Taschentuch aus dem Rock zog. Cramer nahm es und entfaltete es. Es war voller Tinte, die einmal eine Schrift gewesen war, aber durch die Nässe zerstört worden war.

»Es flatterte in den Canale, Signore«, sagte Taccio. »Ich dachte ...«

Ilse Wagner nahm das Taschentuch. An einer Ecke waren Initialen eingestickt. P.B Peter Berwaldt. Mit einem Zittern gab Ilse das Tuch an Cramer zurück.

»Es ist von ihm ...« sagte sie tonlos. »Da steht sein Name. PB. Ich kenne diese Taschentücher.«

Cramer zwinkerte Taccio zu. Dieser verstand und grinste den staunenden und nicht verstehenden Kommissar an.

»Wo?« fragte Cramer.

»Am Haus.«

»Plötzlich?«

»Kam vom Himmel.«

»Bereithalten.«

Taccio trat zurück. Cramer hielt dem Kommissar das Taschentuch hin. Der Polizist zog das Kinn an.

»Auf dieses Taschentuch wurde etwas mit Tinte geschrieben. Es fiel ins Wasser, und die Schrift verschwamm. Können Ihre Polizeichemiker die Schrift noch entziffern?«

»Das ist ja toll!« Der Kommissar nahm das Taschentuch mit spitzen Fingern und betrachtete es. »Von wem ist es.«

»Wir vermuten, von Dr. Berwaldt.«

»Wo hast du das gefunden?« schrie der Kommissar den Bettler Taccio an. »Los! Mach den Mund auf, oder ich verhafte dich wegen Mordverdacht.«

»Entziffern Sie es erst.« Cramer winkte ab, als der Kommissar auffahren wollte. »Wenn ich Ihnen sage, woher das Tuch kommt, sagen Sie wieder: Gehen Sie mir weg mit – – –«

»Nein! Cravelli!«

»Ja.«

»Beweise! Wo war das Tuch?«

»Im Canale Santa Anna.«

»Im Wasser. Hat es jemand aus dem Palazzo Barbarino flattern sehen?«

»Nein.«

»Also kein Beweis!«

»Eben! Darum sollen Sie auch weiter nichts machen, als die Schrift zu entziffern versuchen. Alles andere machen wir.«

»Was und wer?«

»Den Beweis erbringen, und wir, das sind Taccio, ich und seine Bettler.«

»Maestro – – –« Der Kommissar sah hilfesuchend auf Barnese. Was er hier sah und hörte, warf sein ganzes Idealbild vom »großen Partile« um. Eine Wunderstimme zusammen mit einem Bettler. Es war einfach wie ein Märchen. »Wie wollen Sie das machen?«

»Mit Musik.«

Er ist verrückt, dachte der Kommissar. Der große Partile ist übergeschnappt. O Gott, wenn das bekannt wird.

»Ja. Sie werden den Erfolg in einer Stunde sehen. Nur eine Bitte hätte ich noch.«

»Sagen Sie sie, Maestro.«

»Legen Sie im Canale Grande an beiden Ausgängen einen Riegel aus Gondeln ... vor allem an der Ausfahrt nach Chiaggio hin. Lassen Sie Ihre Boote dort patrouillieren. Sperren Sie den Hinterausgang des Canale Santa Anna ab. Das andere machen meine Bettler.«

»Aber warum?«

»Eine Ratte wird aus dem Loch kommen und versuchen, in seichtere Gewässer zu rennen.«

»Wenn das wahr ist, Maestro – – –«

»Es ist nur eine Bitte an die Polizei. Eine völlig ungewöhnliche Bitte: Warten Sie ab. Weiter nichts. Sie sollen die Jäger sein ... wir werden die Treiber stellen und Ihnen das Wild genau vor die Flinte treiben.«

Der Kommisar seufzte. »Das ist ungesetzlich, Maestro. Aber tun Sie, was Sie wollen! Ich weiß von nichts. Von gar nichts! Wenn es schiefgeht, werde ich Sie verhaften müssen ... das wissen Sie.«

»Ja.«

»Und meine Boote werde ich zufällig so aufstellen, wie Sie es wünschen. Ich werde eine plötzliche Übung ansetzen.«

»Ein guter Gedanke. Man muß immer einsatzbereit sein – – – das muß man üben.«

»Genau so ist es, Maestro.«

Der Kommissar drehte sich weg, winkte seinen Polizisten und verließ mit ihnen das Hotel. Taccio wartete, bis sie gegangen waren. Dann kam er wieder näher.

»Und nun, Signore?«

»Nun geht es los, Roberto. Ich brauche innerhalb weniger Minuten ein Motorboot, mit offenem Verdeck, ein schnelles Boot muß es sein, ferner eine Gondolieretracht, einen weiten Mantel, eine Perücke mit schwarzen Locken, einen Fahrer und eine Laute. Ich brauche die besten Kletterer unter deinen Leuten, die mutigsten Männer von Venedig und ein kleines Heer von Gondeln und Kähnen, die alle Seitenkanäle, Straßen, Gassen, jedes kleine Rinnsal absperren. Ich brauche Werkzeuge, Leitern, Pistolen und Gewehre.«

Taccio grinste. Seine weißen Zähne blitzten unter den kristallenen Kronleuchtern.

»Es wird alles da sein, Signore.«

»Und wo?«

»Am Rio di San Barbara. Dort wartet das Motorboot.«

Cramer sah auf seine Armbanduhr. »Pünktlich um 1.45 Uhr.«

»Pünktlich, signore.«

Taccio verbeugte sich vor Ilse und entfernte sich mit Würde durch die gläserne Drehtür.

»Mein Gott«, stammelte Ilse. »Wenn alles gut ... Wenn er Berwaldt nicht tötet ... Was hast du vor, Rudolf ...«

Cramer schwieg. Er war ernst geworden. Sehr ernst. Und in seinen Augen lag etwas, was Ilse vorher nie bemerkt hatte. Ein Glanz, gemischt aus Haß und Freude – – –

Die tiefe Nacht um Venedig wurde lebendig. Von allen Seiten, aus allen verborgenen Winkeln der Lagunenstadt, aus den engsten Wasserwegen huschten schattenhafte Gestalten sternförmig zum Canale Santa Anna. Es war ein lautloses, katzenhaftes Gleiten, ein Flattern von Mänteln, ein paar leise Zurufe, die wie das Knarren eines Fensterladens im Wind waren, geflüsterte Verständigungen, ein schnelles Nicken und ein Untertauchen in der Dunkelheit.

Sie kamen von allen Seiten. Bettler, Händler, Musikanten, die am Tage blind oder taub vor den erbarmungsfreudigen Touristen saßen, Gondoliere, Fischer, Eckensteher, Papagallos, Träger, Schuhputzer, Austräger und Straßenfeger. Hermetisch schlossen sie den Canale Santa Anna ab, verriegelten mit alten Booten die Seitenkanäle und ruderten als lose Kette an der Ausfahrt nach Chioggia. Auf den kleinen und kleinsten Kanälen in der Umgebung des Canale Santa Anna kreuzten die dunklen Gondeln. In ihnen hockten drei oder vier finstere Burschen, zusammengedrückt, stumm, wartend. Nur das Glimmen ihrer Zigaretten huschte ab und zu über ihre Gesichter.

Am Palazzo Barbarino lagen die dunklen Gondeln wie eine Wand. Vor dem Palazzo Corner-Revedin glitten sie hin und her, im Rio della Madonetta, im Rio di Agestino, im Rio di Frari, Rio di Megio, am Palazzo Pesaro und an allen Mündungen der Seitenkanäle in den Canale Grande.

Im Schatten der Kirche San Polo klirrten Leitern, Ketten und Haken. Männer mit dicken Seilen um die Schultern und leichten Schuhen an den Füßen lehnten sich an die weiße Kirchenmauer und blickten auf das schwarze, leicht ansteigende, gegen den Nachthimmel sich scharf abzeichnende Dach des Palazzo Barbarino.

Sie sprachen kein Wort. Eine fast friedliche Stille lag über den Gassen. Von weitem hörte man das Knattern einiger Motorboote. Die Polizei vollzog ihre Nachtübung auf dem Canale Grande.

Man rauchte und starrte auf den Palazzo.

Man wartete auf das Zeichen.

Wenig später rauschte durch den Canale Grande ein pfeilschnelles, weißes Motorboot, klein und wendig, mit einem hell knatternden Motor. Ein junger Bursche lenkte es, an dem Gestänge des offenen Verdecks lehnte ein größerer Mann in einem weiten schwarzen Mantel. Sein schwarzes Lockenhaar flatterte im Fahrtwind über sein braunes Gesicht. Er hielt eine Laute in den Händen und starrte vor sich in die von dem Kiel aufgewühlten Wellen.

Im Canale Santa Anna drosselte der Fahrer den Motor. Fast lautlos glitt das Boot vorbei an den verfallenden Fassaden der alten Paläste. Kurz vor dem Palazzo Barbarino setzte der Motor völlig aus. Von einem Ruder getrieben, schaukelte das Boot der Marmortreppe entgegen, dem Balkon zu, der über dem Canale hing. Dort blieb es liegen, und der Mann am Verdeck griff in die Saiten der Laute.

Die hohe Fassade des Palazzo Barbarino war schwarz und lichtlos. Um so mehr fiel das schwache Licht auf, das aus dem Arbeitszimmer schimmerte. Cravelli saß noch immer auf dem Balkon. Aber seine Ruhe war verflogen. Er arbeitete an einem Plan, wie er Ilse Wagner wieder zu sich locken konnte. Das schien ihm die beste Möglichkeit zu sein, an die Formeln zu kommen. Es gab Mittel genug, ein Mädchen gefügig zu machen. Alles andere war eine Alternative, vor der Cravelli zurückschreckte.

In diese Gedanken hinein tönte plötzlich vom Canale herauf eine Stimme. Erst war es nur der schwebende Akkord einer Laute, den Cravelli mit halbem Ohr wahrnahm. Aber dann griffen geübte Finger in die Saiten, eine Melodie quoll auf, und ehe er sich verwundert vorbeugen konnte, begann diese Stimme zu singen.

Es war ein Tenor von seltener Reinheit und Weichheit. Er sang eine Romanze, die Cravelli nicht kannte ... einen süßen, das Herz weitenden Gesang.

Cravelli beugte sich weit vor. Unten, in der Schwärze des Wassers, schaukelte ein Boot. Ein Mann stand darin, schemenhaft in seinem weiten Mantel, und er sang mit einer Schönheit, die Cravelli unwillkürlich an eine Stimme erinnerte, die er in der Königlichen Oper Rom gehört hatte, in Aida von Verdi. Gino Partile hieß damals der Sänger, und Cravelli hatte auf dem Schwarzen Markt eine Riesensumme für die Eintrittskarte bezahlt, nur um ihn zu hören. Diese Stimme dort unten auf dem schmutzigen Canale war gleichwertig, ja, sie war voller und männlicher und klarer.

Begeistert warf Cravelli die Decke ab, stand auf und lehnte sich über das Geländer des Balkons. Eine göttliche Stimme, dachte Cravelli. Wer kann so singen? Und warum singt er hier? Nirgendwo wohnt hier ein Mädchen, dem man ein solches Ständchen bringen könnte. Vielleicht war es ein Irrtum, an dem er jetzt profitierte. Als die Stimme schwieg, applaudierte er laut. Der unbekannte Sänger verneigte sich leicht, griff wieder in die Saiten und sang eine neue Romanze.

Cravelli winkte und setzte sich wieder. Ein französisches Lied, dachte er. Und er singt es in französischer Sprache. Wirklich, das ist Venedig! Ein herrlicher Sänger singt in der Nacht in einem dunklen Canale seine Liebeslieder. Warum, für wen ... das ist ein Geheimnis, wie so manches Herrliche in Venedig ein Geheimnis ist, ein Zauber, den man genießen muß, ohne zu fragen.

Cravelli lehnte sich wieder zurück und schloß die Augen. Er ließ sich einhüllen von dieser herrlichen Stimme. Jetzt wechselte sie die Worte ... eine ihm unbekannte Sprache war es ... Cravelli lauschte. Es mochte deutsch sein, aber so gut verstand er sie nicht, um den Worten einen Sinn zu geben. Eingehüllt in diese Stimme interessierten ihn auch nicht die Worte ... es waren die Töne, die ihn fesselten und seelisch weit forttrugen.

Die Stimme auf dem Canale war laut angeschwollen, sie füllte Wasser und Himmel und riß die Sterne herab, so schien es Cravelli. Er seufzte und faltete die Hände. Und die Stimme sang:

»Wir kommen, Sie zu retten! Helfen Sie mit, das Dach an einer Stelle zu durchstoßen. Seien Sie leise und vorsichtig! Erweitern Sie das Loch, das Sie schon gemacht haben! Geben Sie den Rettern ein Zeichen, wo sie das Loch finden können, um es zu erweitern. Vermeiden Sie alle unnötigen Geräusche – – –«

Cravelli verstand die Worte nicht. Diese Stimme, dachte er nur. O Madonna! Der Partile ist ein Röchler dagegen! Hier singt ein kleiner Gott – – –

An der Rückseite des Palazzo Barbarino war unterdessen der Klettertrupp angetreten. Als auf dem Canale die Stimme begann, gab Taccio das erlösende Zeichen. Dann sprang er selbst die Wand an und begann, emporzuklettern.

Wie die Wildkatzen kletterten sie von Vorsprung zu Vorsprung, von Verzierung zu steinernen Podesten. Die besten Männer Taccios bauten eine neue Wand an der Mauer des Palazzo, eine Wand aus Leibern, Stricken, Leitern, Haken und Brettern. An Seilen wurden Reißhaken emporgezogen, Pakete mit Schmierseife und Stichsägen.

Vom Dachgesims aus spannten sie eine Seilbahn zur Erde und holten Waffen herauf. Wie die Katzen huschten sie an den Mauervorsprüngen herauf, glitten lautlos über das große Dach und klopften leise an die unter der Pappe fühlbaren Sparren.

Dr. Berwaldt hatte nach dem Hinauswerfen des Taschentuches eine Stunde gewartet. Dann war er wieder in das Labor gegangen und hatte das zugeschmierte Loch mit einigen Hieben wieder freigelegt. Vorsichtig begann er, mit dem Knochenmeißel das Loch zu vergrößern. Sein Drang nach außen war übermächtig. Erst auf dem Dach liegen, hatte er sich gesagt. Erst in der Freiheit atmen können ... es wird auch dann einen Weg geben, in das Leben zurückspringen zu können.

Schweißbedeckt hielt er mit seiner Arbeit inne. Deutlich hörte er Musik und Gesang. Er stellte einen Stuhl auf den Tisch und preßte das Ohr an das etwas vergrößerte Loch. Mit beiden Händen drückte er gegen das Dachholz und hob einen der Sparren leicht an.

Jemand sang auf dem Canale. In deutscher Sprache. Ein Zittern lief über Berwaldt. Er wollte schreien, aber im gleichen Augenblick bezwang er sich, weil sein Schreien sofort Cravelli herbeigelockt hätte. Atemlos lauschte er weiter. Und jetzt verstand er die Stimme ... nur wortweise ... aber er begriff, wie nahe er der Freiheit war.

... »wir kommen ... retten ... Helfen Sie ... das Dach ... keinen Lärm ... Zeichen ...«

Dr. Berwaldt taumelte einen Augenblick und klammerte sich mit den Fingerspitzen in dem Loch fest. Rettung, durchjagte es ihn. Rettung! Mein Gott – Rettung!

Auf dem Dach hörte er leises Kratzen und Schaben. Tappende Schritte, leise Zurufe, ein Klopfen gegen das Dach. Klirren von Werkzeugen.

Mit aller Kraft, mit einer ungeheuren Verzweiflung stemmte sich Dr. Berwaldt gegen die Dachsparren. Er keuchte, er drückte mit beiden Händen, und dann legte er die Lippen an das Loch und rief unter Stöhnen und Röcheln: »Hierher! Mehr nach links ... hierher ... hierher ...«

Mit der Faust boxte er gegen die Decke. Er splitterte durch das Loch, riß sich die Haut am spitzen Holz auf ... aber die Hand ragte aus dem Dach, sie winkte ... eine einsame Faust inmitten einer großen, schwarzen Dachfläche.

Und noch immer sang die Stimme.

»Geben Sie ein Zeichen ... Zeichen ... Zeichen ...«

Die Männer Taccios verstanden kein deutsch, aber sie hörten die

Stimme, und sie sahen plötzlich, wie eine Hand durch das Dach krachte. Der erste, der zu ihr hinkroch, war Taccio selbst. Er faßte die Faust, schüttelte sie und rief in das Loch: »Bene! Bene!«

Dann winkte er, die Geräte wurden herbeigeschleift, die Reißhaken und die Sägen. Taccio nickte zufrieden und pfiff grell durch die Finger.

Auf dem Balkon träumte Cravelli. Selbst den Pfiff nahm er nicht voll wahr, sondern ließ ihn in der Melodie untergehen.

In dem kleinen Motorboot zuckte der Kopf Cramers hoch, als der Pfiff zu ihm heruntergellte. »Sie haben ihn!« sagte er erregt in einer Gesangpause. »Geben Sie das Zeichen, Rico.« Dann sang er eine jubelnde Triole, die Cravelli entzückt in den Sessel drückte.

Nach diesem Stimmwunder klang nun ein volles Orchester auf. Der ganze Canale Santa Anna schien mit Musikern vollgestopft zu sein. Lauten, Mandolinen, Handtrommeln, Geigen, eine Okarina, Geigen, Flöten und ein Bandonium vereinigten sich zu einer rauschenden Melodie. Als Krönung fiel eine silberhelle, schmetternde Trompete ein.

Verdi! Cravelli seufzte. O dieser Verdi. Der Himmel besteht aus Musik, die Mauern, die Steine, das Wasser, alles ist nur Musik ... Es ist ein Meer, das über einem zusammenschlägt, ein Meer, in dem man vor Wonne ertrinkt – – –

Es war der Augenblick, in dem die Männer Taccios auf dem Dach die Geräte ansetzten und begannen, das Loch aufzureißen. Mit Haken und Brecheisen lösten sie die Pappe, dann stemmten sie die Latten durch und hieben sich einen Weg in das Gefängnis Dr. Berwaldts. Nebenan schliefen im tiefen Morphiumtraum die beiden Frauen. Das Knirschen und Krachen des Holzes wurde nun von dem Orchester übertönt, das Schmettern der Trompete überdeckte alle Geräusche.

Dr. Berwaldt stand bebend an der Wand, als in dem größer werdenden Loch das dunkle Gesicht Taccios erschien.

»Dottore!« rief er. »Dottore! Uno momento ...«

Er trat noch mehr zurück, mit gewaltigen Schlägen splitterte das Loch auf, eine Schulter erschien und warf eine Strickleiter in das Labor.

»Avanti, Dottore!« rief die Stimme wieder.

Dr. Berwaldt zitterte am ganzen Körper. Er machte die wenigen Schritte bis zur Strickleiter, er setzte den Fuß auf die erste Sprosse ... aber dann verließen ihn die Kräfte. Die übermäßige Anspannung löste sich in einem Schwächeanfall. Er hing an der Leiter, umklammerte die Seile, aber er war nicht mehr fähig, emporzuklettern.

»Dottore!« rief Taccio wieder. »Avanti ...«

»Ich kann nicht ...« stöhnte Dr. Berwaldt. »Ich kann nicht mehr – – –«

Er spürte, wie die Strickleiter anruckte. Zentimeter um Zentimeter wurde sie emporgezogen. Vier Mann zogen auf dem Dach, stemmten sich an die Dachpappe und hoben Berwaldt empor. Als Taccio seine Hände greifen konnte, zog er Berwaldt vollends auf das Dach und schleifte ihn aus dem Loch. Kraftlos blieb Dr. Berwaldt auf dem glatten Dach sitzen, unfähig, irgend etwas zu tun, zu sagen oder zu helfen. Er sah nur ein Gewimmel von dunklen Gestalten um sich, er sah, wie man einen Sack herbeibrachte, er ließ es geschehen, daß man ihn in diesen Sack steckte, ihn über seiner Brust fest zuband und dann mit einem großen Haken an ein dickes Seil hing. Ehe er weiterdenken konnte, schwebte er bereits langsam zwischen Himmel und Erde und landete unten an der Rückwand des Hauses in den starken Armen von drei Männern, die den Sack auffingen. Ehe er etwas sagen konnte, war er aus dem Sack befreit, wurde auf eine Bahre gelegt und weggetragen. Ein Boot wartete, nahm ihn auf und ruderte mit ihm weg in die schwarze Nacht. Das letzte, was Berwaldt sah, war die Einfahrt in den Canale Grande. Dann verließen ihn die Sinne vor Erschöpfung und nicht mehr eindämmbarer Erregung.

Er wußte nur eins, und das trug dazu bei, ihn ohnmächtig werden zu lassen: Ich bin befreit! Es wird keine Panik unter den Menschen geben. Man hat die Welt gerettet – – –

Cravelli genoß das Konzert wie in einer teuren Loge. Auch ein neuer greller Pfiff ging unter in seiner Glückseligkeit. Das Orchester schwieg ebenso plötzlich, wie es begonnen hatte. Dafür schlug die einsame Laute wieder an, und die göttliche Stimme begann wieder zu singen.

Was ihn störte, war das Anlassen des Motors, das den Gesang mit häßlichem Knattern unterbrach. Jetzt zieht er weiter, dachte Cravelli traurig. Der Zauber entflieht, und zurück bleibt wieder eine Nacht, in der die Gedanken kreisen: Wie kann man ein Mädchen in seine Gewalt bekommen ...

Cravelli erhob sich, winkte dem Sänger noch einmal zu und wollte zurück in sein Arbeitszimmer gehen. Entsetzt prallte er zurück und umklammerte die steinerne Brüstung des Balkons. Ein

Schrei, der in ihm emporstieg, blieb in der Kehle stecken, als würge man sie ab.

In der großen Glastür stand eine Gestalt in einem langen, schwarzen Mantel. Ihr Gesicht lag im Schatten. Wie eine riesige Fledermaus wirkte sie, wie ein Todesengel, wie ein Bote aus dem Schattenreich.

»Vorbei!« sagte die Gestalt. Cravelli spürte einen eiskalten Hauch über sein Herz wehen. »Es ist aus, Cravelli. Vorbei!«

»Wer ... wer sind Sie?« keuchte Cravelli. Er tastete nach seinem Revolver, aber dieser lag unten in der Bibliothek in der Schreibtischschublade. »Woher kommen Sie?«

»Durch das Dach – – –«

»Durch ...« Cravellis Aktivität kehrte zurück. Die Schrecklähmung verschwand. Er stürzte vor und brüllte. »Hilfe! Einbrecher! Hilfe!« Auf dem Canale jaulte der Motor auf ... seine Stimme zerflatterte hilflos im Geheule des Bootes.

Die Gestalt streckte eine Hand mit einem langen Dolch vor. »Bleib stehen«, sagte sie scharf. »Hebe die Hände hoch! Dottore Berwaldt ist längst in Sicherheit. Er ist schon in seinem Hotel – – –«

Cravellis Gedanken begannen eine wilde Jagd. Er bezweifelte keinen Augenblick die Richtigkeit. Verloren, dachte er nur. Alles ist verloren! Was bleibt, ist die Flucht. Irgendwohin ... in einen Winkel dieser Erde, ganz gleich, wohin. Nur weg ... weg aus diesem Venedig ...

Er sah die Gestalt an, die vorgestreckte Hand mit dem blitzenden Dolch. Ich war einmal ein schneller Bursche, dachte er. Ich konnte reagieren. Kann es der alte Cravelli immer noch? Noch bei diesem Gedanken schnellte er blitzartig vor.

Bevor die dunkle Gestalt in der Tür zu einer Gegenwehr kam, prallte Cravellis Körper gegen ihn. Gleichzeitig schlugen Fäuste auf ihn ein, ein Trommelfeuer von Schlägen, gegen den Kopf, gegen das Kinn, in die Magengrube. Die dunkle Gestalt stöhnte auf. Sie versuchte, sich zu wehren, aber Cravellis Fäuste hieben mit einer verzweifelten Kraft auf ihn ein. Der Dolch flog in das Zimmer zurück, noch einmal versuchte die dunkle Gestalt, die Hände zu erheben, sich in den Anzug Cravellis festzukrallen. Aber ein gewaltiger Schlag zwischen die Augen warf sie auf den Boden ... sie krümmte sich, stöhnend vor Schmerzen, streckte sich dann und blieb wie betäubt liegen.

Cravelli hetzte die Treppe herunter. Es kam nicht mehr darauf an, wer die Eindringlinge waren ... er hörte oben von den höheren Stockwerken laute Rufe und das Jammern seines Hausmeisters. Man hat Dr. Berwaldt befreit, dachte er nur und rannte keuchend weiter. In der Bibliothek raffte er schnell ein paar Papiere aus seinem Schreibtisch zusammen, knüllte sie in die Tasche und rannte dann zu der kleinen Tür in der Halle, die zu dem Seitengang und dem kleinen, im Hause liegenden Hafen führte.

In der Halle dröhnte es dumpf. Cravelli blieb einen Augenblick schwer atmend stehen. Die große Tür zum Canale schwankte und bebte. Sie rammen die Tür auf, die Hunde, dachte er. Kommandos ertönten, Zurufe, dann wieder das Anrennen mit einem harten Gegenstand, vielleicht einem kurzen Baumstamm oder einer dicken Eisenstange.

Cravelli stürzte weiter. Er lief durch einige langgestreckte Kellerräume, durch gewundene Gänge und feuchtkalte, modrig riechende Tunnel. Wie über der Wasserfläche, so war auch unter ihr ein Labyrinth von Gängen und Kellern, in dem sich ein Unkundiger heillos verlaufen konnte.

Einige Türen mußten aufgeschlossen werden, dann erreichte Cravelli eine Art Garage. Aber in ihr stand kein Wagen, sondern auf schwarzem, trübem, öligem Wasser schaukelte die weiße Jacht »Königin der Meere« und ein pfeilschnelles, kleines Motorboot. Mit einem weiten Satz sprang Cravelli in das kleine Boot und drehte den elektrischen Starter. Der Motor brummte auf, ein Schütteln ging durch den schlanken Bootsleib.

Es war Cravelli, als könnte er aufatmen. Das Gefühl, in Sicherheit zu sein, ließ ihn wieder klar und nüchtern denken.

In wenigen Minuten war der Spuk vorbei, und mit ihm der Traum einer Weltherrschaft. In wenigen Minuten würde Sergio Cravelli in der Anonymität der Masse untertauchen. Ein gut gefälschter Paß würde ihm in einem anderen Land wieder alle Chancen öffnen. Er legte die Hand auf die Brust und fühlte durch den Anzugstoff das wertvolle Paßbuch. Ein großer Teil seines Vermögens war sowieso ins Ausland geschafft worden, nach Panama, den Bahamas, Venezuela und Costa Rica. Nur noch ein Sprung hinaus aus Venedigs schweigenden Kanälen, und wie ein Phantom hatte sich Sergio Cravelli aufgelöst in der Weite der Welt.

Vorsichtig lenkte er das kleine, schnelle Boot aus dem unterirdischen Hafen. Auch dieser Hafen war eine der genialen Konstruktionen Cravellis. Ein kleiner, auf keiner Karte verzeichneter Seitenarm des Canala Santa Anna floß unter einem Teil des auf Pfählen erbauten Palazzo Barbarino hindurch und verschwand in einer Erdspalte. Wo er wieder zutage trat, wußte niemand. Hier hatte sich Cravelli seinen Hafen gebaut, aus dem er, aus einer schwarzen Höhlung herausschießend, jederzeit ungehindert das Haus verlassen konnte.

Oben, in der Tür des Arbeitszimmers, drehte sich die niedergeschlagene dunkle Gestalt ein paarmal auf dem Teppich, ehe sie sich aufrichtete und zunächst schwankend auf den Knien blieb. Es war Roberto Taccio, der immer wieder über sein angeschwollenes Gesicht strich und leise stöhnte. Dann, als er unter sich die Rufe und das Rammen gegen die Tür hörte, stand er mit zitternden Beinen auf und tastete sich durch das Zimmer zurück, die Treppe hinunter in die Halle. Dort schob er den Riegel zurück und wurde von der aufspringenden Tür zur Seite an die Wand geschleudert. Eine Flut von Bettlern ergoß sich in den Palazzo und kümmerte sich zunächst um Taccio, der wieder ohnmächtig neben einer Säule lag.

Dieser Zeitverlust kam Cravelli zu Hilfe. Es waren nur Minuten, aber sie genügten, ihn der Freiheit näherzubringen. Er drückte den Gashebel herunter und umklammerte das Steuer. Mit einem kreischenden Aufheulen schoß das Boot vorwärts, hinaus auf den Canale Santa Anna und gegenüber in die schwarze Einfahrt eines Seitenarmes.

Auf dem Canale Santa Anna war alle Musik erstorben. Das Boot Cramers schaukelte an die Treppe heran ... er sprang auf die Steintreppe, als sich die Tür von innen öffnete. Dann rannte er mit langen Sprüngen in die Halle und sah Taccio ohnmächtig an der Wand liegen. Von oben, über die Treppe, brachten die Bettler, die durch das Dach gedrungen waren, die Diener nach unten.

»Wo ist Cravelli?!« brüllte Cramer. Die Bettler sahen ihn ratlos an. »Wenn wir Cravelli nicht haben, ist alles halb! Sucht! Sucht! Er kann das Haus nicht verlassen haben – – –«

Nach einigem Schütteln und einem Guß kalten Wassers über den Kopf schlug Taccio die Augen auf.

»Weg Signore, weg – – –« war das erste, was er sagte, als er Cramer über sich gebeugt sah. »Er hat mich niedergeschlagen, der Hund! Er kam so schnell – – –«

Cramer ließ Taccio liegen und rannte hinaus. In dem Augenblick, in dem er wieder ins Boot sprang, hörte er ein helles Brummen. Weit hinten, aus einer schmalen Einmündung heraus, schoß ein Motorboot und bog in den Canale Santa Anna ein, um sich der Ausfahrt zum Canale Grande zuzuwenden.

»Cravelli!« schrie Cramer. »Da fährt er! Da!« Er stieß den

Bootsführer in den Rücken und klammerte sich an der Reling fest. »Wir müssen ihn bekommen! Fahr doch ... mein Gott, fahr – – –«

Mit aller Kraft trat der Bootsführer den Gashebel herunter und beugte sich über das Steuer. Der Motor heulte auf, ein heftiges Zittern durchbebte das Boot, dann packten die Schrauben das fest stehende Wasser, der Kiel hob sich hoch empor und klatschte wieder auf. Dann schoß das Boot vorwärts, flog über das Wasser und spritzte den Gischt über das ganze Deck.

In rasender Fahrt folgte es dem anderen, über den Canale hüpfenden Boot.

Hinter sein Steuer geklemmt, saß Sergio Cravelli und starrte vor sich über die aufspritzende Wasserstraße. Sein Boot schnellte durch das Wasser, die Schraube schlug kleine, rasend schnelle Wellen.

Zunächst nach Chioggia, dachte er. Von dort wird sich immer eine Möglichkeit finden lassen, wegzukommen. Man konnte sich auch verkriechen. Es gab in Chioggia viele Schlupfwinkel, wie in einem Rattennest; es gab gute Freunde, die ihn verstecken konnten und die ihm in aller Ruhe eine weitere Flucht ins Ausland vorbereiten würden. Eines Tages, nachdem sich der Sturm gelegt hatte, würde dann ein Mr. Ralf Paerson an Bord eines Schiffes gehen und wegfahren, hinaus in die Welt, die wieder offen stand, hinaus in ein neues Leben.

Cravelli wischte sich den Gischt aus dem Gesicht. Wie konnte es nur geschehen, dachte er plötzlich. Sie sind durch das Dach gekommen! Wer war die schwarze Gestalt? Sie haben Dr. Berwaldt befreit! Wer wußte, daß Berwaldt bei mir war? Wer hat ein Interesse an Berwaldt?!

Und dazu diese Musik! Diese herrliche Stimme! Dieser bezaubernde Wohlklang aus einer menschlichen Kehle.

Cravellis Gesicht wurde bleich. Die Zusammenhänge wurden ihm plötzlich klar. Das Ablenken durch die Musik, das volle Orchester, das den Lärm auf dem Dach übertönen sollte, die Stimme, die ihn träumen ließ und glücklich machte wie damals beim Anblick Ilona Szökes ...

Durch Cravelli fuhr es wie ein Schlag. Ilona. Ihr Mann, der seit zehn Jahren zu ihm kommt, dieser Idiot Rudolf Cramer, war Sänger! Wenn auch undenkbar, daß er jemals so singen konnte ... aber er war Sänger! Aber warum sollte er keine schöne Stimme haben? Er hatte Cramer nie singen hören ... sie hatten sich nur immer gegenübergestanden und sich mit Hohn und Anklagen beworfen.

Erschrocken von dem Gedanken, jetzt die Wahrheit zu kennen,

drehte er sich herum. Nicht weit hinter ihm hüpfte ein anderes Motorboot, das sich in rasender Fahrt ihm näherte. Cravellis eigener, donnernder Motor schluckte das Geräusch des Verfolgers.

Cravelli brauchte nicht mehr zu fragen, wer in diesem Boot saß. Sein Vogelgesicht wurde lang und fahl. Er krallte die Finger in das Steuerrad, trat den Gashebel ganz herunter und lenkte das sich fast aus dem Wasser hebende Boot in die Mitte des Kanals, um mit gleicher Fahrt, ohne abzubremsen, in den Canale Grande rasen zu können.

Es ging um sein Leben, dessen war er jetzt sicher. Um dieses drekkige, verfluchte und weggeworfene Leben, dem er jetzt entfliehen wollte in ein anderes, noch unbekanntes Leben, irgendwo in einem Winkel der Erde, wo man ihn wieder als reichen Ehrenmann betrachten würde.

In dem anderen Boot hockte Cramer hinter dem Fahrer und starrte dem vor ihm tanzenden Boot nach. In allen Fugen zitterte der Kahn, laut knallte der Motor, wenn der Fahrer mit dem Fuß auf das Gaspedal hieb. Fast senkrecht stand der Kiel aus dem Wasser ... das Boot schien zu fliegen und nur mit der rasend wirbelnden Schraube im Wasser zu liegen.

»Er entkommt!« schrie Cramer durch das Donnern und Knattern der Motore. »Er hat das stärkere Boot ... er entkommt! Fahr schneller, Kerl! Schneller!«

»Es geht nicht, Signore!« schrie der Fahrer zurück. »Noch mehr, und wir platzen! Die Kolben fliegen auseinander, Signore – – –«

»Er ist ein Mörder!« brüllte Cramer.

»Deswegen läuft der Motor nicht schneller!«

»Wir müssen ihn einholen! Und wenn wir nachher hochfliegen!«

»Da sind wir nahe davor!« Der Fahrer sah auf den Umdrehungszahlmesser. Der Zeiger pendelte zitternd über die rote Warnlinie. »Noch mehr, und es knallt ...«

Cravellis Boot hatte wirklich den stärkeren und besseren Motor. Es schoß wie ein Torpedo durch das Wasser und zerteilte den Kanal. In einer Gischtwolke zog es dahin, dem großen Canale entgegen.

»Die Kreuzung!« brüllte Cramer. »Wenn er zur Kreuzung fährt und nicht abbiegt, haben wir ihn! Die Kreuzung ist abgesperrt!«

Vor ihnen weitete sich der Kanal. Aber er war nicht mehr, wie im hinteren Teil, unbelebt, sondern auf seinem Wasser schaukelten Gondel an Gondel, Licht an Licht, Kiel an Kiel.

»Jetzt muß er halten!« sagte der Fahrer. Er drosselte den Motor etwas, glücklich, die Kraftprobe zwischen Motor und Willen abbrechen zu können.

»Oder auch nicht!« schrie Cramer. »Sieh nur ... er hält nicht an! Er stellt sogar den Kompressor an ... Er will durchbrechen – – –«

»Er ist verrückt!« stammelte der Fahrer. »Er ist total verrückt, Signore! Das kann er doch nicht tun – – –«

Cravelli raste der Kreuzung entgegen. Noch zwei Kanäle, dachte er voll Freude. Nur noch eine Biegung, die Kreuzung, und dann Freiheit! Freiheit! Auf dem Canale Grande bin ich sicher ...

Durchhalten, Sergio ... alter, guter Sergio ... durchhalten ... In Panama liegen 2 Millionen auf der Bank ... allein das genügt, um bis zum Ende aller Tage glücklich zu sein ...

Mit dem Handrücken wischte er sich die Gischtspritzer aus den Augen und klammerte sich dann wieder an das Steuerrad. Ab und zu warf er einen Blick zurück auf das tanzende Verfolgerboot und maß mit heißer Freude den immer länger werdenden Zwischenraum.

Der sanfte Bogen ... die breite Kreuzung ... Cravelli zischte in sie hinein. Im gleichen Augenblick schrie er auf.

Der Kanal war verstopft. Aus dem Rio di San Agestino, aus dem Rio di San Polo, aus dem Rio di Frari quollen die Gondeln. Am Palazzo Corner-Revedin stauten sie sich, bildeten eine Mauer.

Gondeln, lauter Gondeln.

Eine lebende Mauer mit blinkenden, schaukelnden Lichtern tauchte vor ihm auf.

Cravelli kannte keine andere Wahl ... es blieb ihm keine Zeit mehr, zu denken. Instinktiv trat er das Gaspedal bis zum Anschlag durch und riß den Kompressorhebel herum, der dem Motor die letzte Kraft freigab. Krachend, betäubend, mit einem grellen Geheul sprang das Boot aus dem Wasser und schoß mit wahnwitziger Geschwindigkeit auf die Mauer der Gondeln zu.

Starr sah Cravelli in das tobende Wasser um sich. Kalter, klebriger Schweiß tropfte an ihm herab. Er sah die Gondeln auf sich zufliegen, er hörte Menschen schreien, er sah fuchtelnde Arme in den Booten, aufragende Kiele mit geschnitzten Drachenköpfen ... und die Wand wuchs und wuchs und wuchs ...

Cravelli ließ das Steuer los. Mit weit aufgerissenen Augen faltete er die Hände. Speichel tropfte von seinen Lippen, er warf den Kopf zurück und starrte in den schwarzen Nachthimmel, an dem kein Stern zu sehen war.

»Vater unser, der Du bist im Himmel – – –« betete er. Er schrie es hinaus, mit greller, weinerlicher Stimme, er heulte es förmlich und hob die gefalteten Hände.

Da krachte es um ihn ... sein Körper fiel hart gegen das Steuer ... riß es in einem verrückten Winkel herum ... sein Kopf schlug gegen das Armaturenbrett ... aber es betäubte ihn nicht ... es ließ ihn noch erleben, wie ein Untergang ist ... wie Gondeln vor ihm unter das Wasser gedrückt wurden, wie Menschen aufbrüllten, wie eine Hauswand auf ihn zuraste ...

»Mein Gott! Mein Gott!« kreischte Cravelli.

Dann war nur noch ein Feuerschein um ihn ... er hörte noch das Krachen der Explosion, spürte einen glühend heißen Stich durch sein Herz zucken ... dann war die Nacht um ihn ... die ewige Nacht – – –

Rudolf Cramer hockte in seinem Boot und starrte stumm auf die letzte Wahnsinnstat Cravellis. Während der Motor seines Bootes aussetzte, heulte vor ihm der weiße Leib auf die Gondelmauer zu, rammte die ersten Kähne, wurde aus der Bahn geschleudert, raste steuerlos in wilden Bögen durch den Kanal und bohrte sich dann in die steinerner Kaimauer.

Eine grelle, donnernde Explosion erhellte taghell die Nacht, zuckte über ein Gewirr verkrümmter, umgestürzter und sinkender Gondeln und fiel dann zusammen zu einem glühenden Punkt, der an der Mauer weiterglomm. Ein dünner Strom brennenden Benzins ergoß sich aus ihm in das Wasser und trieb mit einer wunderlich blauen Flamme auf den spitzen Wellen.

Es war ein heller, sonniger, warmer Morgen, als Ilse Wagner erwachte. Sie konnte nicht sagen, daß der Schlaf sie erfrischt hatte ... bis zum Morgen hatte sie auf dem Bett gesessen oder sich aus dem Fenster gelehnt und auf Rudolf Cramer gewartet. Einmal war es ihr, als habe sie in der Ferne einen lauten Knall gehört ... aber als sie ans Fenster lief, lag vor ihr der Canale Grande in nächtlicher Ruhe. Nur ein Heer von Gondeln glitt lautlos hin und her, kaum beleuchtet, Schatten über dem Wasser. Später war sie vor Erschöpfung eingeschlafen ... und sie hatte von der kleinen Insel und der kleinen Kirche geträumt, von einer riesigen Kerze vor einem Altar und einer Stimme, die aus dem Himmel zu schweben schien.

Nun war heller Morgen, aber es lag noch wie Blei in ihren Gliedern. Sie bewegte sich etwas, hob die Hand und dachte, daß sie einen Zentner wiegen müßte. Mit einem Seufzer drehte sie sich zur Seite und sah die Vase.

Eine große, geschliffene Kristallvase. In ihr stand ein riesiger Strauß roter Rosen. An einem gelben Seidenband hing in dem Gewirr von Blüten und Dornen eine kleine Karte.

Die Müdigkeit fiel von ihr ab. Mit einem Satz sprang sie auf, riß die Karte heraus und öffnete den Umschlag. Die Unterschrift, die sie – wie alle Frauen – zuerst las, machte sie wieder schwach und ließ sie auf das Bett zurücksinken. Dann überflog sie die wenigen Zeilen.

»Liebes Wagnerchen,
für das, was Sie für mich getan haben, gibt es keine Worte, und alle Blumen der Welt reichen nicht aus, Ihnen auch nur annähernd zu danken. Ich stehe für immer in Ihrer Schuld, sie ist nicht tilgbar. Sie werden erst heute morgen erfahren, welchen Dienst Sie uns allen erwiesen haben.
Lassen Sie mich aber als Ihr ›Freund‹ auch der erste sein, der Ihnen gratuliert. Herr Cramer hat mich über alles unterrichtet ... Ihre Wahl traf auf den besten und mutigsten Menschen, den ich kenne ...

Ihr Peter Berwaldt.«

Mit zitternder Hand griff Ilse Wagner zum Zimmertelefon und ließ sich mit dem Appartement Dr. Berwaldts verbinden. Er war nicht mehr oben ... das Zimmermädchen sagte, seit einer Stunde verhandele der Dottore schon im kleinen Saal des Hotels.

»Danke ...« sagte Ilse leise. »Danke ... grazie – – –«

Sie legte auf und drückte auf den Klingelknopf hinter dem Bett. Françoise, das Zimmermädchen, kam sofort herein, als habe es vor der Tür auf das Zeichen gewartet.

»Bonjour, Mademoiselle!« rief sie fröhlich und zog die Gardinen auf. »Ein schöner Tag – – – abber heiß ...«

»Schnell ein Bad – – –« rief Ilse.

»Mademoiselle haben wunderbar geschlafen.« Françoise lief in das Bad, das Wasser plätscherte in die Wanne. »Isch soll Sie noch grüßen von Docteur und Ihre Bräutigam ... Sie waren zweimal ier, aber Sie aben so fest geschlafen wie ... wie ... wie ’amster – – –« Sie lachte und goß Parfüm in den warmen Wasserstrahl. In der Wanne schäumte es auf, und ein süßer Duft durchzog das Zimmer. mer.

Eine Stunde später führte Pietro Barnese, um den Kopf einen malerischen Turban aus viel Mull und über dem Auge eine lichtblaue Klappe, Ilse Wagner zu einem kleinen Saal.

»Ein großer Tag, Signorina«, sagte er mit verzückter Stimme.

»Und dann in meinem ›Excelsior‹. Die Geburt eines neuen Jahrhunderts . . .«

Ilse Wagner vermied es, Barnese an die Schimpfkanonaden zu erinnern, die er noch vor zwölf Stunden ausgestoßen hatte. Pietro wartete darauf, – er hatte schon eine flammende Verteidigungsrede zurechtgelegt. Daß Ilse Wagner schwieg, empfand er als wohltuend. »Wie eine Madonna sehen Sie aus«, sagte er deshalb glühend. Er sagte es jeden Tag mehr als zehnmal, aber es klang immer wieder wie neu und vor allem glaubhaft und persönlich.

Leise öffnete er die Tür zum kleinen Saal. Dabei legte er die Finger auf die Lippen.

Um einen großen runden Tisch hatten einige würdige Herren Platz genommen. Direkt der Tür gegenüber saß ein kleiner, weißhaariger, lebendig mit den Händen redender Mann. Er hatte ein vor Aufregung glühendes Gesicht und sprach ohne Rücksicht in die Worte der anderen hinein.

Es war seine Art, Glück zu zeigen. Und Prof. Panterosi war glücklich. Auch Dr. Berwaldt und Rudolf Cramer saßen an dem runden Tisch, vor sich einige Schriftstücke.

»Wann können Sie die ersten Spritzen liefern?« fragte Prof. Panterosi mit seiner hellen Stimme.

»In fünf Tagen – – –« sagte Dr. Berwaldt.

»Wunderbar!«

»Aber ich werde sie nicht liefern!«

Prof. Panterosi starrte Dr. Berwaldt an, als blicke er auf ein entsetzliches Bild. Ein paarmal bewegte er den Kopf hin und her und stieß die Fingerspitzen heftig gegeneinander.

»Was . . . was werden Sie nicht, Dottore?«

»Das Mittel liefern.« Dr. Berwaldt sprach mit ruhiger, klarer Stimme. Er sah dabei kurz zu Cramer hinüber, der mit ernster Miene auf die Tischplatte blickte. »Ich habe es nicht mehr.«

Prof. Panterosi sprang auf. Als würde er vom Sitz geschleudert, so heftig fuhr er auf. Der Stuhl polterte zu Boden. »Was soll das heißen?« schrie er hell.

»Die Formeln lagen in einer Mappe, die im Tresor des Hotels verschlossen waren. Ich habe sie mir geben lassen, und in Gegenwart von Herrn Cramer habe ich die Formeln zerrissen und die Papierschnitzel in den Canale Grande gestreut – – –«

»Ein Irrer!« schrie Panterosi und fuhr sich mit beiden Händen in das weiße Haar. »Man muß ihn festnehmen! Man muß ihn verurteilen! Ein Irrer, der eine Rettung der Menschheit wegwirft – – –«

»Sie sehen es von Ihrer Warte, Herr Professor.« Dr. Berwaldt schob einige Fotos über den Tisch, einige Berichte und Tabellen. »Hier haben Sie die andere Seite des ›Wundermittels‹, und wenn Sie das gelesen haben, werden Sie vor Entsetzen stumm sein. Zugegeben ... in einer ungeheuer schwachen Dosierung heilt es gewisse Arten von Carcinomen ... Wie ich höre, haben Sie das auf eigene Faust bewiesen ...«

Prof. Panterosi senkte den Kopf. Er würgte an den Worten, aber er war ehrlich genug, es doch auszusprechen.

»Die Patientin ist gestorben ...« sagte er heiser.

»Ach!« Dr. Berwaldt fuhr auf. »An meinen Injektionen? Das heißt, an den von Ihnen vorgenommenen – – –«

Panterosi schüttelte den Kopf. »Nein – und ja. Ich wollte etwas erzwingen ... ich habe die letzte Injektion um 100 mg höher dosiert ... «

»Und plötzlich war sie tot – – –«

»Ja. Wir haben sofort eine pathologische Untersuchung gemacht. Ich glaubte, daß Ihr Mittel doch nur ein Bluff sei. Aber nein ... es zeigte sich, daß die Krebszellen tatsächlich sich in einer Art Auflösung befanden, daß das Riesenzellwachstum gehemmt war, daß also der Krebs zum Stillstand gekommen war! Aber das Herz war plötzlich still – – – ohne erkennbaren Grund!«

»Die Patientin wurde vergiftet.«

»Vergiftet?« Panterosi sprach das Wort wie einen Hauch aus. Sein schmales Gelehrtengesicht wurde fahl.

»Bitte, lesen Sie diese Berichte, Herr Professor. Sehen Sie diese Fotos an! Sie werden Ihnen erklären, warum in den vergangenen Tagen dies alles geschehen ist und warum ich meine Entdeckung zurückwarf in das Dunkel, aus dem sie plötzlich zu mir gekommen war. Wir hätten keine Rettung der Menschheit erwarten können, sondern eine totale Vernichtung. Wir standen nicht an der Schwelle des ewigen Lebens, sondern bereits am Eingang in eine Hölle, deren Ausmaß keiner übersehen kann! Alle diese Formeln, die ich zerrissen habe, sind das herrlichste und grausamste, was ein Mensch je erdenken konnte. Wir hatten beides in einer Hand: Ein verlängertes Leben und einen sekundenschnellen, unsichtbaren Tod! Für mich war es ein Zufall, das entdeckt zu haben ... aber heute nacht wußte ich, daß es mir möglich sein würde, die Entwicklung aufzuhalten, die Herrlichkeit und Tod in einem ist. Wir hätten die Möglichkeit gehabt, den Krebs zu heilen ... Weiterleben für einige Hunderttausende. Aber mit dieser Formel hätte man ebensogut Millionen lautlos töten können. Welches Opfer ist größer, was ist für den Fortbestand unserer Menschheit wertvoller?!«

Prof. Panterosi nagte an der Unterlippe. Sein fahles Gesicht war nun gelblichblaß geworden.

»Und Ihre Dachkammerpatientinnen? Und die kleine Claretta? Und meine hoffenden, mir unter den Händen sterbenden Menschen?«

Dr. Berwaldt senkte tief den Kopf. »Ich kann ihnen nicht mehr helfen. Mein ›Wundermittel‹ wäre zum schrecklichsten Teufelsgeschenk geworden! Ich kann nur eines tun: Von neuem anfangen! Neue Versuche, neue Wege, erst an Tieren, später dann – ein Plan in dunkler Ferne – an Menschen . . . und vielleicht, vielleicht ein Erfolg! Ich werde wieder von vorn anfangen müssen . . . mit dem Versuch Nr. 1 – – –«

Prof. Panterosi legte beide Hände über die Augen. Ein Zittern lief durch seinen schmächtigen Greisenkörper.

»So nah am Ziel . . . so nah – – –« stöhnte er. »Dottore Berwaldt – – – trotz allem: Ich glaube an Sie! Ich glaube, daß Sie einmal das Dunkel durchstoßen können, das uns heute noch den Blick in das Wesen des Krebses verwehrt. Ich will es Ihnen beweisen!« Er sah sich um, aber außer Dr. Berwaldt war nur Cramer im Raum und ein Mädchen, das stumm und mit hochrotem Kopf in der offenen Tür stand. »Sie sollen meine Zeugen sein: Ich stelle Ihnen, Dottore, meine ganze Klinik zur Forschung zur Verfügung. 500 Betten, davon zur Zeit 159 Krebskranke. Alle Labors stehen Ihnen offen, alle Geldmittel gehören Ihnen, es wird Ihnen die größte Unterstützung zuteil werden, die je ein Forscher in unserem Land gehabt hat . . . Ich verbürge mich dafür! Bleiben Sie hier, Dottore Berwaldt – – –«

Dr. Berwaldt sah Panterosi sinnend an. Er schien seine Lage zu überdenken. Das kleine Labor in Berlin, die unzureichenden Mittel, der Kampf um staatliche Gelder, die vornehmlich in die Universitätsforschungsstellen flossen, aber nicht in die Labors der Privatforchser, die Mißgunst der Kollegen, die Feindschaft anderer Wissenschaftler, das Ringen um Anerkennung, die ihm in Deutschland verwehrt wurde aus der Jahrhunderte alten Engstirnigkeit heraus, daß medizinische Großtaten nur unter den Händen der Ordinarien entstehen können, das alles ließ ihn das Angebot Dr. Panterosis verlockend erscheinen.

Er wandte den Kopf, ganz zufällig, und sah Ilse Wagner an der Tür stehen. Er winkte ihr zu, und alle Köpfe wandten sich ihr zu.

»Guten Morgen!« sagte Dr. Berwaldt, als sei es ein Tag wie jeder andere. »Meine Herren – das ist meine Sekretärin, Fräulein Wagner. Wir alle sollten ihr dankbar sein!« Er winkte Ilse heran und schob den Kopf vor. »Haben Sie Papier und Bleistift bei sich?«

»Nein ...« stotterte Ilse Wagner. »Nein ... ich wollte nur – – –«

»Hier liegt genug herum. Nehmen Sie sich, was Sie brauchen ...« Dr. Berwaldt setzte sich zurecht, rückte die Brille gerade und sah Prof. Panterosi an, der noch immer unruhig hinter seinem Stuhl hin und her hüpfte. »Wann kann ich anfangen, Herr Professor?«

Panterosi zuckte zusammen. »Sofort!« rief er. »Sofort!«

Dr. Berwaldt nickte.

»Schreiben Sie, Wagnerchen – – –« sagte er wie immer. »Vertrag zwischen Herrn Prof. Emilio Panterosi, Clinica Santa Barbara, Venezia, und Herrn Dr. Peter Berwaldt, Berlin–Dahlem – – –«

Der Bleistift flog über das Papier. Er kratzte etwas, und die Stenogrammzeichen waren etwas zittrig, aber sonst war es wie in all den Jahren. Berwaldt diktierte mit ruhiger, langsamer, freundlicher Stimme.

Das Leben ist schön, dachte sie, während sie schrieb. Das Leben ist wunderschön. Heute abend werden wir wieder hinüberfahren zur kleinen Insel und in der Kirche sitzen vor den flackernden Kerzen. Und draußen wird das Wasser an die Felsen klatschen und der Wind in den Büschen pfeifen.

»Was haben Sie zuletzt geschrieben?« fragte Dr. Berwaldt. Ilse Wagner schrak empor und sah auf ihren Stenogrammblock.

»Das Leben ist schön – – –« las sie vor.

Dr. Berwaldt nickte lächelnd.

»Das ist ein guter Satz«, sagte er. »Wir sollten ihn uns merken ... aber man muß ihn wirklich aus tiefstem Herzen sprechen – – –«

DIANA GABALDON

Eine geheimnisvolle Reise ins schottische Hochland des 18. Jahrhunderts. Und eine Liebe, wildromantisch und stärker als Zeit und Raum ...

»Ein opulenter historischer Roman wie ein kunstvolles Mosaik. Und eine ungewöhnliche und packende Liebesgeschichte.«

Library Journal

43772

GOLDMANN